イッカボッグ

Original Title : The Ickabog

Full-page inside illustrations by winners of The Ickabog Illustration Competition
- age of winners correct as of 27th July 2020

J.K.ローリング

イッカボッグ

翻訳
松岡佑子

イラストレーション
イッカボッグ挿絵コンテスト入選者

静山社

イッカボッグの物語を以下のみなさんに捧げます

この物語が昔からずっとお気に入りで、
きちんと書き上げるようにと十年間も私に催促してきた
マッケンジー・ジーンに

リサ・チーズケーキとリャマの
永遠の思い出によせて
メーガン・バーンズ
と
パトリック・バーンズに

そして、もちろん、QSCの自慢の娘たち、
二人のすばらしいデイジィ
デイジィ・グッドウィン
と
デイジィ・マリイに

まえがき

イッカボッグの構想《こうそう》を思いついたのはずいぶん前のことです。「イッカボッグ」はヘブライ語の「イカボッド」に由来しており、「栄光の不在《ふざい》」とか「栄光の消失」といった意味があります。物語をお読みくだされば、私《わたし》がなぜこの名前を選んだかがお分かりになることでしょう。物語のテーマは、私がずっと関心を持っていたことです。人間が創り上げる怪物《かいぶつ》は、いったい私たち自身について何を教えてくれるのでしょう？　どういうきっかけで、邪悪《じゃあく》なものが人間を、または国家を掌握《しょうあく》するのでしょう？　そして、どうすればそれに打ち勝てるのでしょうか？　どうして人間は、不十分な証拠《しょうこ》や全く存在しない証拠に基づいた嘘《うそ》を信じてしまうのでしょうか？

イッカボッグはハリー・ポッターシリーズを書いている合間に、何度も中断《ちゅうだん》しては書き続けるという不規則《ふきそく》な形で書かれましたが、物語そのものを大きく変更したことはありません。お話はいつも、かわいそうなダブテイル夫人の死から始まり、最後はいつも……あ、初めてこの物語を読む方のために、結末がどうなるかは言わないでおきましょう！

二人目と三人目の子どもたちがまだとても小さかったときに、私はこの物語を読んで聞かせました。でもお話は中断され、この話が大好きだった次女のマッケンジーはとても失望しました。ハリー・ポッターシリーズが完結したあと、私は五年間休みをとり、その間、次に出版する本は児童書にはしないと決めたので、イッカボッグは未完のままに屋根裏部屋《やねうら》に押しやられ、十年以上そこに放置されていました。新型コロナによるパンデミックがなければ、いまでも屋根裏部屋に置かれたままだったことでしょう。コロナのせいで、何百万人という子どもたちが家から出られず、学校にも行けず、友だちにも会えないという状況《じょうきょう》になったとき、この物語をオンラインで無料公開し、子どもたちにイラストを描《か》いてもらうことを思いつきました。

そこで、タイプ打ちと手書きの混《ま》じった原稿《げんこう》が入ったまま埃《ほこり》をかぶっていた箱を、屋根裏部屋からおろしてきて、私は物語を書き直し始めました。イッカボッグの最初の聞き手だった子どもたちは、もうティーンエイジャーになりましたが、物語をほとんど書き直し終えたころから、私は毎《まい》晩《ばん》一章ずつ、その子どもたちに読み聞かせました。ところどころで子どもたちは、自分たちが昔好きだった箇所《かしょ》をどうして削《けず》ってしまったのかと聞きました。子どもたちの記憶力《きおくりょく》に驚《おどろ》きながら、当然私は、その子どもたちのお気に入りだった箇所を復活《ふっかつ》させました。

いつも応援してくれた私の家族に感謝《かんしゃ》するとともに、短期間の間にイッカボッグの物語をオンラインで公開するのを助けてくれた方々に感謝します。編集者《へんしゅうしゃ》のアーサー・レヴィーンとルース・オールタイムズ、ブレア・パートナーシップのジェームズ・マクナイト、私のマネジメント・チームのレベッカ・ソルト、ニッキィ・ストーンヒル、マーク・ハッチンソン、そして私のエージェントのニール・ブレア。すべては、ご協力いただいた全員の方々の大活躍《だいかつやく》のおかげです。心から感謝いたします。それに、挿絵コンテストに参加してくださった子どもたちの（ときには大人の！）お一人お一人にお礼を申し上げます。応募《おうぼ》作品を見るのはとても楽しかったですし、絵に現れた才能《さいのう》に感嘆《かんたん》したのは私だけではありませんでした。未来のアーティストやイラストレーターに、イッカボッグが最初の作品発表の場を提供したのであればうれしいです。

コルヌコピア国に立ち戻《もど》り、何年も前に始めた仕事を仕上げるのは、私の作家生活の中でもとりわけ実り多い経験《けいけん》でした。最後に、私が楽しんで書いたと同じくらい、みなさんが楽しんで読んでくださることを祈《いの》ります。

二〇二〇年七月

J・K・ローリング

contents

第1章　不《ふ》敵《てき》なフレッド王

昔あるところに、コルヌコピアという小さくて豊《ゆた》かな王国がありました。何世紀《せいき》にもわたって、代々《だいだい》世襲《せしゅう》で、同じ血筋《ちすじ》の金髪《きんぱつ》の王様がこの国を治めていました。私《わたし》がこのお話を書いているときの王様は、「不敵なフレッド王」と呼《よ》ばれていました。「不敵な」というあだ名は、戴冠式《たいかんしき》の朝に、王様が自分で付けたのです。なぜなら、フレッドのフと不敵なのふが同じで語呂《ごろ》がよいし、それに、この王様は、スズメバチを一人で捕《つか》まえたことがあるからです——五人の召使《めしつかい》と靴磨《くつみが》き役の子が一人いたことを数に入れなければですよ。

新しく王座《おうざ》についた「不敵なフレッド王」は、とても人気がありました。美しい巻《ま》き毛の金髪に立派《りっぱ》な口髭《くちひげ》をたくわえ、その時代のお金持ちが着ていたぴっちりしたひざ丈《たけ》のズボンにビロードのチョッキ、ひだ襟《えり》のシャツを着た姿《すがた》は、とてもすばらしかったのです。それに寛大《かんだい》な王様だと言われていましたし、誰《だれ》かに見られたときには、必ずにっこり笑って、その人に手を振《ふ》りました。見るからにハンサムな王様の肖像画《しょうぞうが》は、国中に配られ、町という町の役場に飾《かざ》られました。コルヌコピアの国民はみな、新しい王様に大満足で、先王の「律儀《りちぎ》なリチャード」よりいっそう立派な王様になるだろうと思った人も多かったのです。なにせ先王の歯並《はなら》びは（その王様の時代には誰もはっきり言いたがりませんでしたが）、乱杭歯《らんぐいば》だったのですから。

フレッド王は、コルヌコピアがたやすく統治《とうち》できるとわかって、内心ほっとしていました。何もしなくとも国はちゃんと動いているようでした。だいたいの人は十分に食べるものがあり、商人たちはどんどんお金がもうかるし、細かい問題はみな、フレッド王の顧問《こもん》たちが片《かた》づけてくれました。残されたフレッドの役目といえば、馬車で出かけるときに国民に笑顔を振りまくことと、スピットルワース卿《きょう》、フラプーン卿という二人の友人を連れて、週五回狩《かり》に出かけることだけでした。

スピットルワースもフラプーンも、それぞれ自分の広大な領地《りょうち》を持っていたのですが、王様と一緒《いっしょ》に宮殿《きゅうでん》で暮《く》らし、王様の食事を食べ、王様の鹿《しか》を狩《か》るほうがずっと安上がりでおもしろかったので、王様がお城にいる美しいご婦人《ふじん》たちの誰をも特別に好きにならないように気をつけていました。お妃《きさき》ができれば、二人の楽しみが台無しになってしまうかもしれないので、二人にとっては、フレッドの結婚《けっこん》は望ましくなかったのです。フレッドは一時期、金髪でハンサムな自分とつりあうような、黒髪《くろかみ》で美しいレディ・エスランダがお気に召《め》していたらしいのですが、スピットルワースが、この女性《じょせい》はまじめすぎて本ばかり読んでいるから、王妃《おうひ》として国民に愛されないと、フレッドにあきらめさせたのです。スピットルワース卿がレディ・エスランダに恨《うら》みを抱《いだ》いていることを、フレッドは知りませんでした。スピットルワース卿**自身が**レディに結婚を申し込《こ》み、断《ことわ》られたからなのです。

スピットルワース卿は、とてもやせていて、ずるがしこい人でした。その友だちのフラプーンは赤ら顔でとても太っていたので、自分の巨大《きょだい》な栗毛《くりげ》の馬に乗るときには、六人がかりで押《お》し上げてもらわなければなりませんでした。スピットルワースほどかしこくはありませんでしたが、フラプーンは、それでも王様よりはずっとさえていました。

この二人は、おべんちゃらにかけては一流で、フレッドのやることなら、乗馬からおはじきまで、何もかもに感心したふりをしました。スピットルワースの特技《とくぎ》は、王様が自分に都合のよいことをするように仕向けることでしたし、フラプーンに才能《さいのう》があるとすれば、王様に、この二人の友人ほど王様に忠実《ちゅうじつ》な人間はほかにいないと信じ込ませることでした。

フレッドは、この二人はいいやつらだと思っていました。二人ともフレッドに、すてきなパーティや大掛《おおが》かりなピクニック、ぜいたくな宴会《えんかい》を開くように勧《すす》めました。なにしろコルヌコピアは、食べ物にかけては国外にまでその名をとどろかせていました。国中の都市に、世界一と言われる特産品があったのです。

首都のシューヴィルは国の南のほうにあり、周りには果樹園《かじゅえん》や黄金色《こがねいろ》に輝《かがや》く小麦畑が広がっていて、エメラルド色の牧草地では真っ白な乳牛《にゅうぎゅう》が草を食《は》んでいました。クリーム、小麦粉《こむぎこ》、果物は、シューヴィルにいる最高のパン職人《しょくにん》たちに納《おさ》められ、すばらしい菓子《かし》パンが作られました。

これまで食べた中で一番おいしかったケーキとかビスケットを思い出してみてください。いいですか、シューヴィルでそれを誰かに食べさせるつもりなら、きっと恥《は》ずかしくなるはずです。大人でもシューヴィルの菓子パンを食べると、そのおいしさに涙《なみだ》ぐまずにはいられません。もしそうならなかったら、失敗作とされ、二度とその菓子パンは作られません。シューヴィルのパン屋の店先にうずたかく積み上げられているおいしい菓子パンといえば、「乙女《おとめ》の夢《ゆめ》」、『妖精《ようせい》のゆりかご』、そして一番有名なのが「天国の望み」で、あまりにもおいしすぎるので、特別な日のために取っておかれるくらいです。食べた人はみな、うれし泣きします。隣国《りんごく》のプルリタニア王国のポルフィリオ王など、フレッド王に手紙を書いて、一生分の「天国の望み」と引き換《か》えに、自分の娘《むすめ》の中で誰でも好きなのと結婚してよいと申し出ました。でもスピットルワースは、フレッドに、プルリタニア王国の大使に向かってせせら笑ってやれ、と助言しました。

「隣国の王の娘たちの器量は、『天国の望み』と引き換えにするには到底及《とうていおよ》ばないですぞ、陛下《へいか》！」

とスピットルワースは言いました。

シューヴィルの北にはさらに緑の野原が広がり、キラキラ輝く川が流れて、真っ黒な牛や幸せな

コルヌコピアという小さくて豊かな王国がありました。何世紀にもわたって、代々世襲で、同じ血筋の金髪の王様がこの国を治めていました。

橋本稜央／11歳

ピンクの豚《ぶた》たちが飼《か》われていました。牛や豚はクルズブルグとバロンズタウンという姉妹都市に供給《きょうきゅう》されていました。コルヌコピアの一番大きな川であるフルーマ川には、アーチ形の石橋がかけられて姉妹都市を結んでいましたし、鮮《あざ》やかな色のはしけが、川を使って王国の端《はし》から端まで荷物を運搬《うんぱん》していました。

クルズブルグはチーズで有名で、大きくて白い輪の形をしたチーズや、オレンジ色の大砲《たいほう》の玉のようなチーズ、青い筋《すじ》の入った大樽型《おおだるがた》の、ポクポクくずれるチーズ、それにビロードより滑《なめ》らかなベビー・クリームチーズなどが作られていました。

バロンズタウンのほうは、蜂蜜《はちみつ》でローストしたスモークハムや豚バラ肉のベーコン、ピリッとしたソーセージ、とろけるようなビフテキ、それに鹿肉パイなどで有名でした。

バロンズタウンの赤レンガ窯《がま》の煙突《えんとつ》から立ちのぼる香ばしい匂《にお》いの煙《けむり》と、クルズブルグのチーズ店の店先から流れる独特《どくとく》の匂いが交じって、四〇マイル四方まで漂《ただよ》い、そのおいしそうな空気を吸《す》い込めば、よだれを我慢《がまん》するのはとても無理でした。

クルズブルグとバロンズタウンから数時間北に行くと、ブドウ畑がどこまでも広がり、卵《たまご》ほどもあるブドウが実って、その一粒《つぶ》一粒が甘《あま》く熟《じゅく》して果汁《かじゅう》たっぷりでした。さらに旅を続けると、ワインで有名なジェロボアムの御影石《みかげいし》の町並《まちな》みに着きます。ジェロボアムの空気ときたら、街を歩くだけでほろ酔《よ》いになると言われています。年代物と呼ばれる極上ワインは、金貨何千枚《まい》、何万枚もの値《あたい》で取引され、ジェロボアムのワイン商人の中には、王国の中でも指折りのお金持ちが何人もいます。

ところが、ジェロボアムから少し北に進むと、おかしなことが起こります。魔法《まほう》のように豊かなコルヌコピアの土地が、世界一の草や、果物、小麦を生産することで疲《つか》れ切ってしまったかのようになるのです。王国の北の端は、マーシランドと呼ばれ、そこには、味のないゴムのような噛《か》みごたえのきのこと、やせた羊を養うのがやっとの乾《かわ》いた草が、まばらに生えているだけです。

マーシランド人は羊を飼っていましたが、ジェロボアムやバロンズタウン、クルズブルグ、シューヴィルに住む人たちのように、つやつやした肌《はだ》やふっくりした顔、きちんとした身なりをしていません。やつれていて、ボロボロでした。栄養不足の羊は、コルヌコピア国内でも国外でも、いい値《ね》で売れたためしがありません。ですから、マーシランド人たちはほとんど、王国名産のワイン、チーズ、牛肉、菓子パンなどのおいしいものを食べたことがなかったのです。マーシランドの普段《ふだん》の食事は、年老いて売れなくなった羊の肉で作る、脂《あぶら》っこいマトンスープでした。

コルヌコピアのほかの地域《ちいき》の人たちは、マーシランド人を、ぶっきらぼうで汚《きたな》くて、気難《きむずか》しい変な連中だとみていました。ほかのコルヌコピア人は、マーシランド人たちのガラガラ声をまねして、年老いた羊がしわがれ声で鳴くような音を出しましたし、マーシランド人のしぐさや単純《たんじゅん》さをからかいました。コルヌコピアのほかの人たちにとって、マーシランドで思い出すことといえば、たった一つ、イッカボッグの伝説だけでした。

第2章 イッカボッグ

イッカボッグ伝説は、マーシランド人の間で代々《だいだい》語り伝えられ、口伝えでシューヴィルまで広がっていました。このごろは誰《だれ》でもその物語を知っています。もちろん伝説というものは、語り手によって少しずつ違《ちが》ってきます。でも、共通しているのは、王国の一番北の端《はし》、人間が入るのはあまりに危険《きけん》な、暗くて霧《きり》深い広い沼地《ぬまち》に、一頭の怪物《かいぶつ》が棲《す》んでいるということでした。その怪物は、子どもたちと羊を食うと言われていました。ときには、夜にその沼地近くに迷《まよ》い込《こ》んでしまうと、大人でも連れ去られました。

イッカボッグがどういう習性《しゅうせい》をもち、どんな姿《すがた》かというのは、語り手によって違いました。蛇《へび》のようだという人もあり、ドラゴンのようだとか、狼《おおかみ》のようだという人もありました。吼《ほ》えるという人もあり、シューシューという音を出すという人もいましたし、まるで沼地におりる霧のように、前触《まえぶ》れもなく音もたてずに漂《ただよ》うという人もいます。

イッカボッグは途方《とほう》もない力を持っているとか、人の声をまねて旅人を誘《さそ》いこんでは捕《つか》まえるという人もいます。殺《ころ》そうとしても、魔法《まほう》のように自然に元通りになるとか、割《わ》れて二頭になるともいわれます。空を飛んだり、火を吐《は》いたり、毒《どく》をまき散らしたりするとか――イッカボッグの力は、語り手の想像力《そうぞうりょく》しだいで、どんなふうにもふくれあがるのです。

「私《わたし》が仕事に出ている間、ぜったいに家の庭から外に出るんじゃないよ」王国中の大人は、子どもたちにそう言い聞かせました。「さもないと、イッカボッグがお前を捕まえて、丸ごと食べてしまうよ！」。ですから、国中の子どもたちは、男の子も女の子も、イッカボッグと戦う遊びをしたり、イッカボッグの話をしてお互《たが》いに怖《こわ》がらせたりしますし、お話があまりに生々《なまなま》しいと、イッカボッグの悪夢《あくむ》にうなされることさえあるのです。

バート・ベアミッシもそんな男の子の一人でした。ダブテイル家の人たちがある晩《ばん》食事に招《まね》かれてベアミッシ家にやってきたとき、ダブテイルさんが、これがイッカボッグの一番新しいニュースだよと言って、その話でみんなを楽しませました。その晩、五歳《さい》のバートは、霧深い沼地にゆっくり沈《しず》んでゆく夢《ゆめ》を見ました。霧の向こうから、ギラギラ光る怪物の白い大きな眼玉《めだま》がバートを見ているのです。怖くて泣きながら、バートは目を覚ましました。

「よーし、よし」ろうそくを持ってそっと部屋に入ってきたお母さんが、バートを膝《ひざ》に載《の》せてあやしながらささやきました。「バーティ、イッカボッグなんていないのよ。ばかばかしい作り話なの」

「で、でも、ダブテイルさんは、羊がいなくなっちゃったって言ったよ！」バートがしゃくりあげながら言いました。

「ええ、そうよ。でも怪物にさらわれたからじゃないの。羊っておばかさんだから、沼地のどこかに迷い込んでいなくなったの」と、ベアミッシ夫人が言いました。

「だ、だけど、ダブテイルさんは、ひ、人もいなくなったって言ったよ！」

「暗くなってから沼地に迷い込むようなおばかさんだけですよ」ベアミッシ夫人が言いました。「さあ、バーティ、静かにおし。怪物なんていないの」

「で、でもダ、ダブテイルさんは、窓《まど》の外で声がするのを聞いた人がいるって。次の朝にその人たちの鶏《にわとり》がいなくなっていたって！」

ベアミッシ夫人は笑ってしまいました。

「バーティ、その人たちは泥棒《どろぼう》の声を聞いたのよ。マーシランドではね、しょっちゅうお互いに盗《ぬす》みあうの。近所の人たちが盗んだってはっきり言うより、イッカボッグのせいにするほうが楽でしょ！」

「盗むの？」バーティはお母さんの膝の上に座《すわ》り直して、まじめな顔でお母さんを見つめました。

「ママ、盗むって、とってもいけないことでしょう？」

「そうよ、とってもいけないこと」お母さんはバートを抱《だ》き上げて、暖《あたた》かいベッドにやさしく下ろし、毛布《もうふ》を掛《か》けてあげました。「でもね、わたしたちはそんな危《あぶ》ないマーシランドのそばに住んでいなくて辛いなの」

お母さんはろうそくを取り上げ、寝室《しんしつ》のドアをそっと開けました。出ていくときに、お母さんは、「おやすみ、おやすみ」とささやきましたが、いつもはそのあとで、「イッカボッグ、来るな、来るな」と続けるのです。コルヌコピアの親たちは、子どもを寝《ね》かしつけるとき、いつもそう言います。でも今夜のお母さんは、「ぐっすりおやすみ」だけしか言いませんでした。

バートはまた眠《ねむ》りに落ち、怪物はもう夢に現《あらわ》れませんでした。

ダブテイルさんとベアミッシ夫人はなかよしでした。学校では同じクラスで、昔からずっと知り合いだったのです。自分のお話のせいでバートが悪い夢を見たと聞いて、ダブテイルさんはすまないことをしたと思いました。ダブテイルさんはシューヴィル一の腕《うで》のよい大工さんでしたから、バート坊《ぼう》やにイッカボッグの木彫《きぼ》り人形を作ってあげることにしました。大きな口を開けて歯をむき出して笑っている人形で、大きな足には、鉤爪《かぎづめ》が生えています。木彫りのイッカボッグはバートのお気に入りのおもちゃになりました。

バートも、ベアミッシ夫妻《ふさい》も、お隣《となり》のダブテイル一家も、コルヌコピア王国の人は誰でも、イッカボッグの伝説のせいで、まもなくコルヌコピアが恐《おそ》ろしいことに巻《ま》き込まれるなんて聞かされたら、笑い飛ばしたことでしょう。この国は世界一幸せな王国なのです。イッカボッグなんかに、どんな悪さができるというのでしょう?

第3章　裁《さい》縫《ほう》婦《ふ》の死

ベアミッシ一家とダブテイル一家は、シューヴィルの「城内都市」と呼《よ》ばれる特別区に暮《く》らしていました。この地区には、フレッド王のために働く人々《ひとびと》の家がありました。庭師《にわし》、料理人、裁縫師《し》、裁縫婦、給仕、石工《いしく》、馬丁《ばてい》、大工、召使《めしつかい》、メイドなど、みんなお城の敷地《しきち》のすぐ外のこざっぱりした小さな家に住んでいました。

城内都市とシューヴィルのほかの街とは、高い白壁《しらかべ》で仕切られていて、壁《かべ》にはいくつか門があり、日中は門が開きますから、特別区の人たちは外に出て、シューヴィルに住む親戚《しんせき》や友だちを訪《たず》ねたり、市場《いちば》に行ったりできます。夜になるとがっしりした門は全部閉《し》まり、城内都市の人たちは、王様と同じく、お城の近衛兵《このえへい》たちに守られて休みます。

バートのお父さんのベアミッシ少佐は、近衛兵の隊長でした。ハンサムで快活《かいかつ》な少佐は、青みがかった灰色《はいいろ》の馬にまたがり、普段《ふだん》は週五回、王様とスピットルワース卿《きょう》、フラプーン卿の狩《かり》のお供《とも》をしました。王様はベアミッシ少佐が好きでしたし、バートのお母さんのバーサ・ベアミッシのこともお気に入りでした。なにしろバーサは、世界一といわれるこのパンの街で、大変な名誉《めいよ》である、王様お抱《かか》えのパン職人《しょくにん》長だったのです。バーサは完璧《かんぺき》な仕上がりにならなかった菓子《かし》パンを家に持ち帰る習慣《しゅうかん》があったので、バートはぷっくり太った少年でした。ですから、ほかの子どもたちは、残念なことに、ときどき「バターボール」とあだ名で呼んで、バートを泣かせました。

バートの一番のなかよしは、デイジィ・ダブテイルでした。二人は生まれた日も数日しか違《ちが》わず、遊び友だちというより、むしろ兄弟姉妹でした。バートをいじめっ子から護《まも》るのはデイジィでした。やせてはいてもすばしっこいデイジィは、バートを「バターボール」と呼ぶ子がいれば、いつでもやっつけてやるという構《かま》えでした。

デイジィのお父さん、ダン・ダブテイルは、王様お抱えの大工で、馬車の車輪や車軸《しゃじく》を直したり取り換《か》えたりしました。ダブテイルさんは木彫《きぼ》りが得意《とくい》で、宮殿《きゅうでん》の家具もいろいろ作りました。

デイジィのお母さん、ドーラ・ダブテイルは王様の裁縫婦で、裁縫婦チーム長でした。これも大変名誉な仕事でした。というのも、フレッド王は衣装《いしょう》好きでしたから、裁縫婦チームは、毎月新しい服を何着も作るのに大忙《おおいそが》しだったのです。

王様が美しい衣装が大好きだということが、やがて痛《いた》ましい事件《じけん》につながるのです。コルヌコピアについての歴史《れきし》の本に、この幸せな小王国があらゆる問題に巻《ま》き込《こ》まれていく、その最初の糸口として記録されている事件です。その出来事が起こったときは、城内都市に住むほんの数人しかそのことを知りませんでしたが、何人かの人にとっては、これはとても悲しい事件でした。

ことのしだいはこうです。プルリタニアの王様がフレッド王を公式訪問《ほうもん》することになりました（たぶん、一生分の「天国の望み」のパンと娘《むすめ》の一人とを交換《こうかん》するという望みをまだ捨《す》てていなかったのです）。そこでフレッドは、そのときのために、新しい衣装を一そろいあつらえなければならないと思いました。深紫《ふかむらさき》の布地《ぬのじ》の上に、シルバーのレースを重ね、アメジストのボタンを付けて袖口《そでぐち》はグレーの毛皮で飾《かざ》ります。

さて、フレッド王は、裁縫婦チーム長であるドーラが、具合がよくないというようなことを聞きましたが、あまり気にしませんでした。王様は、シルバーのレースをきちんと縫《ぬ》い付けるのに、デイジィのお母さんのほかには誰《だれ》も信用できなかったので、その仕事をほかの誰にもさせてはいけないと命じました。そこでデイジィのお母さんは、プルリタニアの王様の訪問までに紫《むらさき》のスーツを仕上げるのに、三日も寝《ね》ずに働きました。四日目の明け方、お針子《はりこ》の一人が、デイジィのお母さんが床《ゆか》に倒《たお》れて死んでいるのを見つけました。その手には最後の一個《こ》のアメジストのボタンが握《にぎ》られていました。

王様の首席顧問《こもん》が、フレッドがまだ朝食を食べているときにこの知らせをもたらしました。首席顧問は、銀色のあご鬚《ひげ》を膝《ひざ》まで垂《た》らした、ヘリンボーンというかしこい老人でした。裁縫婦長が亡《な》くなったことを説明したあと、ヘリンボーンはこう言いました。

「もちろん、別のお針子でも、王様の最後のボタンを付けることができると存《ぞん》じます」

そう言ったヘリンボーンの目に、王様は何か気に入らないものを感じました。胃袋《いぶくろ》の底がざわつく感じです。

その日の午前中、少しあとで、衣装係に新しい紫のスーツを着せてもらいながら、フレッドは、スピットルワースとフラプーンにこのことを話すことで、良心の痛みを和らげようとしました。

「要するに、もしその裁縫婦の具合がとても悪いと知っていたら」ぴっちりしたサテンのパンタロンをはかせるのに召使がフレッドのお腹《なか》を押《お》し込んでいたので、フレッドはハーハーあえぎながら言いました。「もちろん、余《よ》は誰かほかの者にスーツを縫わせただろうに」

「陛下《へいか》はとてもご親切です」スピットルワースは、自分の青白い顔を暖炉《だんろ》の上の鏡に映《うつ》してのぞき込みながら言いました。「歴代《れきだい》の君主の中で一番心のお優《やさ》しい方です」

「それほど具合が悪いなら、その女はそう申し上げるべきだった」窓際《まどぎわ》の椅子《いす》のクッションに座《すわ》り込んだフラプーンが、ブーブー唸《うな》るように言いました。「仕事ができない状態《じょうたい》なら、そう申し上げるべきだった。まっとうな見方をするなら、これは王様に対する不忠《ふちゅう》ですな。少なくともスーツに対して不忠ですぞ」

「フラプーンの言うとおりです」スピットルワースが鏡からやっと目をそらしながら言いました。

「陛下、あなた様ほど召使の遇《ぐう》し方のよいお方はありません」

「余は召使たちを**まちがいなく**きちんと待遇《たいぐう》している。そうではないか？」衣装係がアメジストのボタンを留《と》めている間、お腹を引っ込めながら、フレッドが心配そうに言いました。「何といっても、諸君《しょくん》、今日の余は、最高の装《よそお》いでなければならない。そうじゃないかね？　プルリタニア王がいつもどんなにおしゃれか知っているだろう！」

「プルリタニア王より少しでも見劣《みおと》りする衣装では、国家的な屈辱《くつじょく》と言えるでしょう」スピットルワースが言いました。

「陛下、こんな不幸な事件は忘《わす》れておしまいなさい」フラプーンが言いました。「不忠者の裁縫婦など、こんな天気のよい日を台無しにする価値《かち》がありません」

二人の領主《りょうしゅ》たちの助言にもかかわらず、フレッド王は心安らかではありませんでした。気のせいか、レディ・エスランダは、今日、特に厳《きび》しい顔をしているように思えました。召使たちの会《え》釈《しゃく》もいつもより冷たいようでしたし、メイドたちの挨拶《あいさつ》も、いつものように深々《ふかぶか》とした腰《こし》のかがめ方ではないように思えました。その夜、プルリタニア王をもてなす晩餐《ばんさん》会でも、ともすると最後のアメジストのボタンを握りしめたまま、床に倒れて死んだ裁縫婦のことを思い浮《う》かべてしまうのです。

その晩《ばん》フレッドがベッドに入るまえに、ヘリンボーンが寝室《しんしつ》のドアをノックしました。深々とお辞儀《じぎ》をしてから、首席顧問は王様に、ダブテイル夫人のお葬式《そうしき》にお花を送るつもりがあるかどうかと尋《たず》ねました。

「おう――あ、もちろん！」フレッドははっとして言いました。「そう、大きな花輪を送りなさい。余がどんなに気の毒《どく》に思っているか、などなどを伝えて。ヘリンボーン、そちが手配できるね？」

「かしこまりました、陛下」首席顧問が言いました。「そして――お伺《うかが》い申し上げますが――陛下は裁縫婦のご遺族《いぞく》を弔問《ちょうもん》なさいますでしょうか？　ご存知《ぞんじ》のとおり、城門から歩いてすぐのところに住んでおります」

「弔問？」王様は気乗りしない様子で答えました。「いや、ヘリンボーン、それはあまり――つまり、遺族はそれを期待しておらぬにちがいない」

ヘリンボーンと王様は少しの間見つめあい、それから首席顧問は一礼して部屋を出ていきました。さて、フレッド王は、誰からもすばらしい人だと言われることに慣《な》れっこになっていたので、首席顧問が顔をしかめて退出《たいしゅつ》したのが気に入りませんでした。王様は恥入《はじい》るどころか、不機嫌《ふきげん》になってきました。

「非常《ひじょう》に遺憾《いかん》なことだ」王様は寝るまえに鏡の前で口髭《くちひげ》をとかしつけていたのですが、その鏡の中の自分に向かってこう言いました。「しかし、結局のところ、余は王で、彼女《かのじょ》は裁縫婦だ。もし死んだのが**わたし**だったら、**彼女に**そんなことを期待はしなかったろう――」

　しかしそのとき、王様は、ふと考えました。自分が死んだら、父である先王、「律義《りちぎ》なリチャード」のときのように、コルヌコピアの国中が仕事を休み、黒い喪服《もふく》で、一週間泣き続けることを期待するだろうと。

「まあ、とにかく」鏡の中の自分に向かって、フレッドはイライラしながら言いました。「人生は続くのだ」

　王様はシルクのナイトキャップをかぶり、四本柱のベッドに這《は》い上がってろうそくを吹《ふ》き消し、眠《ねむ》りに落ちました。

第4章 ひっそりした家

　ダブティル夫人は、代々《だいだい》の王様の召使《めしつかい》たちが眠《ねむ》る、城内都市の中の墓地《ぼち》に葬《ほうむ》られました。ディジィとお父さんは手をつないで、長いことそのお墓《はか》を見下ろしていました。バートは、涙《なみだ》にくれるお母さんと、暗い顔をしたお父さんのあとについて、ゆっくり墓地を離《はな》れながら、何度も振《ふ》り返ってデイジィを見ました。一番のなかよしに何か言いたかったのですが、あまりにも大きくて恐《おそ》ろしい出来事だったので、言葉が見つかりませんでした。もし自分のお母さんが、永久《えいきゅう》に冷たく固い土の下に消えてしまったらどんな思いがするか、バートには想像《そうぞう》することさえ耐《た》えられませんでした。

　知人たちがみんないなくなってから、ダブティルさんは王様から送られた紫《むらさき》の花輪を墓石《ぼせき》から取り除《のぞ》き、代わりにデイジィが朝摘《つ》んできたマツユキソウの小さな花束を供《そな》えました。それからダブティル親子は、二度と元のとおりにはならない家に、ゆっくりと戻《もど》っていきました。

お葬式《そうしき》から一週間後、王様は近衛兵《このえへい》を連れて狩《かり》に出かけるのに、馬で城から出ていきました。いつものように、道筋《みちすじ》に住む人たちは急いで庭から出てきて、お辞儀《じぎ》をしたり、腰《こし》をかがめて挨拶《あいさつ》したり、歓声《かんせい》をあげたりしました。王様も挨拶に応《こた》えて会釈《えしゃく》をしたり手を振ったりしましたが、一軒《けん》の小さな家の前には誰《だれ》もいないことに気がつきました。家の窓《まど》と玄関《げんかん》には黒い垂《た》れ幕《まく》が掛《か》かっています。

「あの家には誰が住んでいるのかね？」王様はベアミッシ少佐に聞きました。

「あれは――陛下《へいか》、あそこはダブテイルの家です」ベアミッシ少佐が答えました。

「ダブテイル、ダブテイル」王様は顔をしかめながら言いました。「どこかで聞いたことのある名だ。ちがうか？」

「アー……御意《ぎょい》」ベアミッシ少佐が答えました。「ダブテイルは陛下御用《ごよう》の大工で、ダブテイル夫人は陛下の裁縫婦《さいほうふ》長です――でした」

「ああ、いや」フレッド王は急いで言いました。「余《よ》は――覚えている」

そして、乳白色《にゅうはくしょく》の馬を駆《か》って軽く走らせ、王様は、黒幕《くろまく》の掛かったダブテイルの家の前をすばやく通り過《す》ぎ、その日の狩のこと以外には何も考えないようにしました。

しかし、そのあと何度かその家の前を馬で通り過ぎるたびに、王様は、どうしてもダブテイルの家の空っぽの前庭と玄関の黒幕に目がいってしまい、その家を見るたびに、アメジストのボタンを握《にぎ》りしめて亡《な》くなった裁縫婦《さいほうふ》の姿《すがた》を思い浮《う》かべてしまうのです。とうとう王様はがまんできなくなり、首席顧問《こもん》を呼《よ》び出しました。

「ヘリンボーン」王様は年老いた首席顧問の目を避《さ》けながら言いました。「公園に行く道の角に家が建っている。かなり良い家だ。庭も広い」

「陛下、ダブテイルの家のことでしょうか?」

「おう、そういう者たちが住んでいるのかね?」王様はさりげなく言いました。「いや、あそこは小家族が住むには少々《しょうしょう》大きすぎるのではないかと思うのだ。たった二人しか住んでいないと聞いたが、そうかね?」

「おおせのとおりでございます、陛下。二人きりです。母親のことがあって以来――」

「ヘリンボーン、それはどうも公平とは言えないな」フレッド王は大声で言いました。「五、六人の家族で、もう少し広い家があれば喜《よろこ》ぶ者たちがいるであろうに、たった二人にあのように立派《りっぱ》で広々《ひろびろ》とした家を与《あた》えるというのは」

「陛下、わたくしにダブテイルたちを立ち退《の》かせよとお命じなのですか?」

「ああ、そういうことだ」フレッド王は、履《は》いているサテンの靴《くつ》のつま先に大変関心があるふりをしながら答えました。

「承知《しょうち》いたしました、陛下」首席顧問は深々《ふかぶか》と頭を下げながら言いました。「その者たちに、ローチ家と家を交換《こうかん》するように申しつけましょう。ローチ家はより広い家を喜ぶにちがいありません。ダブテイルたちはローチの家に入れましょう」

「そしてその家はどこにあるのかね？」王様は不安そうに聞きました。あの黒い垂れ幕が、今よりもっとお城の近くに来るのは、なんとしても避けたかったのです。

「城内都市の一番端《はし》です」首席顧問が答えました。「墓地のすぐそばで、実《じつ》は――」

「それでよい」フレッド王は勢《いきお》いよく立ち上がりながら言いました。「詳《くわ》しいことは必要ない。実行せよ、ヘリンボーン、しかと頼《たの》むぞよ。よしよし」

そして、デイジィとお父さんは、バートのお父さんと同じ近衛兵の一人であるローチ大尉《たいい》の家族と家を交換するように命じられました。フレッド王が次に馬で出かけたときには、玄関の黒幕がなくなり、ローチ家の大きくて強そうな四人の兄弟――もともとその兄弟たちがバート・ベアミッシに「バターボール」のあだ名を付けたのです――が前庭に走り出てきて、ぴょんぴょん跳《と》びはねたり、歓声をあげたり、コルヌコピアの旗を振ったりしました。フレッド王はにっこり笑って、子どもたちに手を振りました。何週間が過ぎると、フレッド王はダブテイル家のことをすっかり忘《わす》れ、再《ふたた》び幸せな気分になりました。

第5章 デイジィ・ダブテイル

ダブテイル夫人の衝撃的《しょうげき》な死から数か月が過《す》ぎ、王様の召使《めしつかい》たちは二つに割《わ》れていました。一つ目のグループは、裁縫婦《さいほうふ》の死の責任《せきにん》がフレッド王にあるとささやきあいました。二つ目のグループは、何かの間違《まちが》いだったにちがいない、裁縫婦にスーツを仕上げるようにと命じたときに、ダブテイル夫人がどんなに具合が悪かったかを、王様は知るはずがなかったのだと信じたがりました。パン職人《しょくにん》長のベアミッシ夫人は、二つ目のグループでした。王様はベアミッシ夫人に対していつも親切で、ときにはわざわざ王様の食事の間《ま》に招《まね》いて、「公爵《こうしゃく》の好み」や「たわいない楽しみ」の菓子《かし》パンが特別によくできたことを褒《ほ》めてくれるのですから、王様は親切で寛容《かんよう》で思いやりのある人だと信じていました。

「いいですか、誰《だれ》かが王様にきちんと伝えるのを忘《わす》れたのよ」ベアミッシ夫人は夫の少佐にそう言いました。「病気の召使に仕事をさせるなんて、王様はそんなこと**決して**なさらないわ。あんなことが起こって、王様はきっと心を痛《いた》めていらっしゃるにちがいありません」

「そうだな」ベアミッシ少佐が言いました。「きっとそうにちがいない」

奥《おく》さんと同じように、ベアミッシ少佐も王様の良い面を信じたかったのです。なにしろ少佐の父親も祖父《そふ》も、忠実《ちゅうじつ》な近衛兵《このえへい》だったからです。ダブテイル夫人の死後も王様が陽気で、いつもどおり狩《かり》に出かけるのを見ていたのに、そして、ダブテイル一家が住み慣《な》れた家を追われて墓地《ぼち》のそばに住むことになったのを知っていたのに、ベアミッシ少佐は、王様が裁縫婦の身に起こったことを悲しみ、その夫や娘《むすめ》の引っ越《こ》しに王様自身は関わっていないと信じようとしたのです。

ダブテイル一家の新しい家は、気の滅入《めい》る場所でした。墓地の周りに植えられた高いイチイの木に日の光が遮《さえぎ》られていましたが、デイジィの寝室《しんしつ》の窓《まど》から、黒い木の枝《えだ》の隙間《すきま》を通して、お母さんのお墓《はか》がはっきり見えました。もうバートのお隣《となり》の家ではなくなったので、デイジィの遊べる時間にバートと会うことも少なくなりました。バートのほうはできるだけしょっちゅうデイジィに会いに行きました。新しい家の庭は前のように広くなかったのですが、二人は狭《せま》くてもできる遊びをしました。

ダブテイルさんが新しい家のことや王様のことをどう考えているかは、誰も知りませんでした。そういうことについて、ダブテイルさんは決して仲間の召使たちと話をせず、黙《だま》って自分の仕事をして、娘を養い、母親がいなくとも自分にできるだけのことをして育てるために、必要なお金を稼《かせ》ぎました。

デイジィはお父さんの仕事場で手伝いをするのが好きで、作業着のオーバーオールを着ているときが一番幸せでした。汚《よご》れることを気にしない子で、着るものにはあまり関心がなかったのです。それでも、お葬式《そうしき》からしばらくの間は、お母さんのお墓に新しい花束を供《そな》えるために、毎日違《ちが》うドレスを着ていました。ダブテイル夫人が生きていたときは、娘の服装《ふくそう》にいつも気を配って、お母さんの言葉では「小さなレディ」に見えるようにしていたのです。フレッド王のすばらしい衣服を仕立てたあとにお下げ渡《わた》しいただいた余《あま》り布《ぬの》をときどき使ったりして、きれいな裾長《すそなが》のドレスをたくさん縫《ぬ》ってくれました。

こうして一週間経《た》ち、一か月経ち、一年が経ちました。お母さんが縫ってくれた服は、もうデイジィには小さすぎるようになったのですが、デイジィはタンスに大切にしまっておきました。ほかの人たちは、デイジィの身に起こったことを忘れてしまうか、デイジィのお母さんがいないことに慣れっこになっていました。デイジィも慣れてしまったふりをしました。傍目《はため》にはデイジィが普通《ふつう》の生活に戻《もど》ったように見えました。お父さんの作業場を手伝い、学校の宿題をして、一番なかよしのバートと遊びました。でも、バートもデイジィも、デイジィのお母さんのことを口にしませんでしたし、王様のことも話題にしませんでした。毎晩《まいばん》、デイジィは、眠《ねむ》りに落ちるまでずっと、月明かりに照らされた白い墓石《ぼせき》を見つめ続けました。

お母さんが縫ってくれた服は、もうデイジィには小さすぎるようになったのですが、
デイジィはタンスに大切にしまっておきました。

横山琴子／11歳

第6章 中庭での争い

お城の裏手《うらて》にある中庭では孔雀《くじゃく》が歩きまわり、噴水《ふんすい》が吹《ふ》き上げて、歴代《れきだい》の王様や女王様の像《ぞう》が見守っていました。孔雀の尾《お》を引っ張《ぱ》ったり、噴水に飛び込《こ》んだり、像によじ登ったりしなければ、お城の使用人の子どもたちは、学校が終わったあと、そこで遊んでもよいことになっていました。レディ・エスランダは子ども好きでしたから、時々《ときどき》出てきては、子どもたちと一緒《いっしょ》にヒナギクの花飾《かざ》りを作ったりしました。でも、フレッド王がバルコニーに出てきて手を振《ふ》ってくれるのが一番ワクワクするときで、子どもたちは親から教えられたように、歓声《かんせい》をあげたり、頭を下げたり、腰《こし》をかがめてお辞儀《じぎ》をしたりしました。

子どもたちがシーンとなって、石けり遊びもイッカボッグ退治《たいじ》ごっこも止《や》めたりするのは、スピットルワース卿《きょう》とフラプーン卿が中庭を通るときだけでした。この二人は子どもがまるで好きではなかったのです。自分たちが狩《かり》と夕食の間に昼寝《ひるね》をする午後のちょうどその時間に、チビガキどもがあまりにうるさいと考えていました。

バートとデイジィの七歳《さい》の誕生日《たんじょうび》が過《す》ぎてから間もなく、ある日いつものようにみんなが噴水と孔雀の間で遊んでいると、新任《しんにん》の裁縫婦長《さいほうふちょう》の娘《むすめ》でローズピンクの錦織《にしきおり》の美しいドレスを着た女の子がこう言いました。

「ああ、王様が今日わたしたちに手を振ってくださったら、どんなにすてきでしょう！」

「あら、わたしはそう思わないわ」デイジィは黙《だま》っていられなくてそう言いましたが、どんなに大きな声で言ったか、気がつきませんでした。

子どもたちは息をのんでデイジィを見ました。みんなににらみつけられて、デイジィは顔がほてり、手が冷たくなりました。

「そんなこと言っちゃいけないよ」バートがささやきました。バートはデイジィのすぐ隣《となり》に立っていたので、子どもたちはバートをもじろじろ見ていました。

「かまうもんですか」デイジィの顔に血が上ってきました。言い始めたことは最後まで言ってしまおうと、デイジィは続けて言いました。「王様がわたしのお母さんを無理に働かせなかったら、お母さんは今も生きていたわ」

デイジィは、声に出してそう言うのを長い間待っていたように思いました。

周りの子どもたちはまた息をのみましたし、メイドの娘が一人、キーッとおびえた悲鳴をあげました。

「王様は、これまでのコルヌコピアの王様の中で一番良いお方だよ」バートは、お母さんが何度も言ったことばを繰《く》り返しました。

「違《ちが》うわ」デイジィが大声で言いました。「あの人は自分勝手で、うぬぼれで、残酷《ざんこく》だわ！」

「デイジィ！」バートはぞっとしてささやきました。「そんな——そんなばかばかしいことを！」

「ばかばかしい」の一言が決め手でした。「ばかばかしい」ですって？　新任の裁縫婦長の娘が、にやにや笑いながら片手《かたて》で口を覆《おお》って、デイジィのオーバーオールの服を指さしながら、仲間の友だちに何かひそひそ言うのに、それが「ばかばかしい」ですって？　デイジィのお父さんが、夕方になると、デイジィが見ていないと思ってこっそり涙《なみだ》をぬぐうのが「ばかばかしい」？　お母さんのお墓《はか》にお参りして、デイジィが冷たく白い墓石《ぼせき》に話しかけるのが、「ばかばかしい」ですって？

デイジィはバートの顔を、思いっきりひっぱたきました。

今はデイジィの昔の寝室《しんしつ》で暮《く》らしている、ローチ家の一番上の兄、ロデリックが、「バターボール、やり返せ！」と大声で言い、ほかの男の子をたきつけて「やっちまえ！　やっちまえ！」と叫《さけ》ばせました。

恐《おそ》ろしくなったバートは、デイジィの肩《かた》を中途半端《ちゅうとはんぱ》に押《お》しました。そうなると、デイジィは、バートにとびかかるしかないように思いました。あとは土ぼこりの中で押したり突《つ》いたり。騒《さわ》ぎを聞きつけたバートのお父さんのベアミッシ少佐が、何事だろうと城から飛び出してきて、二人の子どもを引き離《はな》しました。

「なんたるなげかわしいふるまい」少佐とすすり泣きながらじたばたしている二人の子どものそばを通りかかったスピットルワース卿がつぶやきました。

その場を離れたときのスピットルワース卿は、にんまりほくそえんでいました。どんな状況《じょうきょう》も有利に利用するやり方を知っているスピットルワースでしたから、子どもたちを――少なくともそのうちの何人かを――城の中庭から締《し》め出す方法を見つけた、と思ったのです。

第7章 スピットルワース卿《きょう》の告《つ》げ口

その晩《ばん》、いつものように二人の領主は、フレッド王と一緒《いっしょ》に食事をしました。バロンズタウンの鹿肉《しかにく》とジェロボアムの最高級ワイン、次はクルズブルグのチーズをいろいろとベアミッシ夫人の羽根のように軽い「天使のゆりかご」の贅沢《ぜいたく》な夕食をすませたあと、スピットルワース卿は、今こそそのときだと思い、咳《せき》ばらいをしてこう言いました。

「陛下《へいか》、今日の午後、中庭での不快《ふかい》きわまる子どものけんかはご迷惑《めいわく》になりませんでしたでしょうか？」

「けんか？」フレッド王はその時刻《じこく》には、新しいマントのデザインについて裁縫師《さいほうし》と打ち合わせをしていたので、何の物音も聞こえませんでした。「何のけんかかね？」

「おお、なんと……陛下はご存知《ぞんじ》だと思いましたが」スピットルワース卿は驚《おどろ》いたふりをしました。「ベアミッシ少佐がすべてお話しできるのではないでしょうか」

バロンズタウンの鹿肉とジェロボアムの最高級ワイン、
クルズブルグのチーズをいろいろと羽根のように軽い「天使のゆりかご」

福井彼方／7歳

しかしフレッド王は、迷惑に思うどころかおもしろがりました。

「ああ、スピットルワースよ、子どもの小競り合いはごく当たり前のことだと思うが」

スピットルワースとフラプーンは、王様の見ていないときに顔を見合わせ、スピットルワースがもう一押《ひとお》ししました。

「陛下はいつもながら、大変お優《やさ》しくていらっしゃる」

「ほかの王様なら、むろん」フラプーンが、チョッキの前にこぼれたパンくずを払《はら》いながら、つぶやくように言いました。「子どもが君主に対して無礼なことを言ったと聞いたら……」

「何かね？」顔からさっと笑いの消えたフレッドが叫《さけ》びました。「子どもが余《よ》に対して……無礼なことを？」フレッドには信じられませんでした。バルコニーから子どもたちに軽く頭を下げると、みんな大喜《よろこ》びでキャーキャー騒《さわ》ぐのに慣《な》れていたのです。

「そうだと思います、陛下」スピットルワースは自分の手の爪《つめ》を調べながら言いました。「しかし、申し上げましたとおり……ベアミッシ少佐が子どもたちを引き離《はな》したのですから……詳《くわ》しいことは全部少佐が知っています」

ろうそくが銀の燭台《しょくだい》の上でジジっと溶《と》ける小さな音がしました。

「子どもたちは……おもしろがっていろいろなことを言う」フレッド王が言いました。「悪気はないにちがいない」

「わたくしにはとんでもない反逆《はんぎゃく》にきこえましたがね」フラプーンがうめくように言いました。

「しかしですな」スピットルワースが急いで続けました。「詳しいことを知っているのはベアミッシ少佐です。フラプーンもわたくしも聞き違《ちが》えたかもしれません」

フレッドはワインを一口すすりました。そのとき、デザートの皿を片《かた》づける給仕係が、部屋に入ってきました。

「カンカービィ」フレッド王は召使《めしつかい》の名前を呼《よ》びました。「ベアミッシ少佐をここに連れてきなさい」

王様や二人の領主《りょうしゅ》と違い、ベアミッシ少佐は毎晩《まいばん》七品も出る夕食を食べているわけではありません。何時間も前に夕食を終えて、寝《ね》ようと思っていたところに王様からのお呼び出しがあったのです。少佐は慌《あわ》ててパジャマから制服《せいふく》に着替《きが》え、急いで城に戻《もど》りました。フレッド王もスピットルワース卿もフラプーン卿も、もう「黄色の間」に移動《いどう》していて、サテンの肘掛椅子《ひじかけいす》に掛《か》け、ジェロボアムのワインを飲んでいました。フラプーンは「天使のゆりかご」の二皿目を食べていました。

「ああ、ベアミッシ、」少佐が深々《ふかぶか》とお辞儀《じぎ》をすると、フレッド王が声をかけました。「今日の午後、中庭でちょっとした騒ぎがあったそうだな」

少佐はがっくりしました。バートとデイジィのけんかが王様の耳に入らないように願っていたからです。

「ああ、陛下、大したことではありません」ベアミッシ少佐が言いました。

「さあ、さあ、ベアミッシ」フラプーンが言いました。「息子《むすこ》に、反逆者《はんぎゃくしゃ》を許《ゆる》すなと教えたことを誇《ほこ》りにすべきだろう」

「自分は……反逆などありませんでした」ベアミッシ少佐が言いました。「陛下、子どもたちのことですから」

「ベアミッシ、そちの息子が余《よ》を弁護《べんご》したということかね？」フレッド王が聞きました。

ベアミッシ少佐はとても困《こま》った立場に立たされました。デイジィの言ったことを、王様に教えたくはなかったのです。王様に対する自分自身の忠誠《ちゅうせい》がどんなものであれ、母親を失った少女がフレッド王に対して抱《いだ》いていた感情《かんじょう》は、十分理解《りかい》できたので、できれば少女を問題に巻《ま》き込《こ》みたくなかったのです。一方、デイジィの言ったことばを王様にそのまま伝えることができる証人《しょうにん》が二十人もいることもわかっていましたから、自分が嘘《うそ》をつけば、スピットルワース卿とフラプーン卿は、王様に、ベアミッシ少佐が不忠者《ふちゅうもの》だとか反逆者だとか必ず言うだろうと思いました。

「自分は……はい、王様、息子のバートが陛下を弁護したのというのは本当です」ベアミッシ少佐が言いました。「しかしながら、幼《おさな》い少女が陛下に関して……残念なことを言ったとしても、大目に見るべきではないかと存《ぞん》じます。この子は、陛下、とてもつらい経験《けいけん》をしました。大人でも、不幸なときには暴言《ぼうげん》を吐《は》くことがあるものです」

「どんなつらい経験だったのかね？」フレッド王は、臣下の国民が自分の悪口を言う理由を思いつきませんでした。

「この子は……名前はデイジィ・ダブテイルです。陛下」ベアミッシ少佐は、フレッド王の頭越《ご》しに、背後《はいご》に掛かっている先王の「律儀《りちぎ》なリチャード」の肖像画《しょうぞうが》を見つめながら言いました。「その子の母親は裁縫婦《さいほうふ》で――」

「うん、うん、覚えておる」フレッド王はベアミッシ少佐のことばを遮《さえぎ》って、声高《こわだか》に言いました。

「よろしい。ベアミッシ、用はそれだけだ。下がれ」

少しほっとして、再《ふたた》び深々と一礼し、部屋の扉《とびら》近くまで戻ったベアミッシ少佐の耳に、王様の声が聞こえました。

「ベアミッシ、その子は**具体的**に何と言ったのかね？」

ベアミッシ少佐は、ドアの取っ手を握《にぎ》ったまま立ち止まりました。もう本当のことを言うしかありません。

「その子は、王様が自分勝手で、うぬぼれで、残酷《ざんこく》だ、と申しました」ベアミッシ少佐が答えました。

振《ふ》り返って王様を見ることさえできず、少佐は部屋を出ていきました。

第8章 嘆《たん》願《がん》の日

自分勝手で、うぬぼれで、残酷《ざんこく》。

シルクのナイトキャップをかぶるときに、王様の頭の中でこのことばが響《ひび》きました。そんなはずはないではないか？　フレッドはなかなか寝付《ねつ》けませんでしたし、朝目が覚めたときには、むしろもっと気分が悪くなっていました。

何か親切なことをしたい、と思ったときに、最初に思いついたのは、いやな小娘《こむすめ》から自分を護《まも》ろうとしたベアミッシの息子《むすこ》に褒美《ほうび》を与《あた》えることでした。そこで、いつもはお気に入りの猟犬《りょうけん》の首に掛《か》かっている小さなメダルをはずし、メイドに言いつけてリボンを通させ、ベアミッシ一家をお城に呼《よ》び出させました。学校から母親に連れ戻《もど》され、急いで青いビロードのスーツに着替《きが》えさせられたバートは、王様の面前に出てことばも出ないほど驚《おどろ》きました。フレッド王はその様子を見て喜《よろこ》び、数分間、バートに話しかけました。ベアミッシ少佐も夫人も、息子が誇《ほこ》らしくて胸《むね》がはちきれそうでした。やがて金のメダルを首から下げて学校に戻ったバートは、その日の午後、学校の遊び場で、いつもなら一番のいじめっ子のロデリック・ローチに、さんざんチヤホヤされました。デイジィは何にも言いませんでしたが、デイジィと目が合ったバートは顔がほてって居心地《いごこち》が悪くなり、メダルをシャツの下に押《お》し込《こ》んで隠《かく》しました。

一方王様は、まだ完全に満足できません。まるで消化不良のような気持ちの悪さが続いていて、その晩《ばん》もなかなか寝付けませんでした。

翌朝《よくあさ》目が覚めると、フレッド王はその日が「嘆願の日」だったことを思い出しました。

嘆願の日は、一年に一度、コルヌコピアの国民が王様に拝謁《はいえつ》を許《ゆる》される日でした。もちろん、拝謁を許すまえに、フレッドの顧問《こもん》たちが慎重《しんちょう》に人を選別するのです。フレッドは決して大きな問題を扱《あつか》いません。王様は、数枚《すうまい》の金貨と優《やさ》しいことばだけで解決《かいけつ》できるような問題を抱《かか》えた人としか会いませんでした。たとえば、鍬《くわ》が壊《こわ》れてしまった農夫とか、飼《か》い猫《ねこ》が死んでしまった老女とかです。フレッドは「嘆願の日」を楽しみにしていました。一番良い服を着るチャンスでしたし、コルヌコピアの平民たちにとって、自分がどんなに大切な人間かということが目に見えて、感動させられるからです。

朝食のあと、先月オーダーした新しい服を持った着付け役たちが待っていました。白いサテンのパンタロンと、金と真珠《しんじゅ》のボタンが付いたおそろいの袖《そで》なしチョッキ、アーミンの毛皮で縁取《ふちど》りした赤い裏地《うらじ》のマント、それに金と真珠のバックルが付いた白いサテンの靴《くつ》です。そば仕えの従者《じゅうしゃ》が、王様の口髭《くちひげ》をカールする金色のこてを持って待ち構《かま》え、お小姓《こしょう》はビロードのクッションに様々《さまざま》な宝石《ほうせき》の付いた指輪をならべて、フレッド王が選ぶのを待っていました。

「全部片《かた》づけよ。余《よ》はそんなものは要《い》らぬ」王様の承認《しょうにん》を待って衣装《いしょう》を捧《ささ》げ持っている着付け役たちに向かって、フレッド王は不機嫌《ふきげん》にそう言いながら手を振《ふ》って、去れと命じました。着付け役たちはその場に凍《こお》りつきました。信じられなかったのです。フレッド王は、この衣装が出来上がるのをとても心待ちにしていて、赤い裏地と手の込んだバックルは王様自身が追加で注文したくらいです。誰《だれ》も動こうとしなかったので、王様は「片づけよと言ったではないか！」と怒鳴《どな》りつけました。「何かシンプルなのを持ってこい！　父君の葬儀《そうぎ》に着たあのスーツを持ってこい！」

「陛下《へいか》、も……もしやご気分が？」着付け役たちがびっくりしてお辞儀《じぎ》をし、白いスーツを抱えて急いで退出《たいしゅつ》し、黒いスーツを持って、二倍の速さで戻ってきたとき、そば仕えの従者が尋《たず》ねました。

「もちろん気分はよい」フレッドがぴしゃりと言いました。「しかし余は男だ。軽薄《けいはく》なめかし屋ではないぞ」

フレッド王は肩《かた》をすくめるようなしぐさで黒いスーツを着ました。これは手持ちの服の中で一番シンプルなスーツでしたが、それでも袖口《そでぐち》と襟《えり》には銀の縁取りがあり、ダイヤとオニキスのボタンの付いたかなりすばらしい服でした。それから、そば仕えの従者に、口髭の先だけならカールしてよいと言ってびっくり仰天《ぎょうてん》させ、そのあとはその従者と、指輪を並《なら》べたクッションを捧げ持つお小姓に、下がれと命じました。

さあどうだ、鏡に映《うつ》った姿《すがた》を調べながら、フレッドはこう思いました。**余のことをうぬぼれ呼ばわりできようか？　黒は、絶対《ぜったい》に、余に一番似合《にあ》う類《たぐい》の色ではない。**

フレッドの着替えが普段《ふだん》と違《ちが》ってあまりに早かったので、フレッド王の召使《めしつかい》の一人に耳垢《みみあか》の掃《そう》除《じ》をさせていたスピットルワース卿《きょう》と、「公爵《こうしゃく》の好み」の一皿を台所から取り寄《よ》せてがつがつ食べていたフラプーン卿は、不意を突《つ》かれて、チョッキをひっかけ、ブーツに足を突っ込んでぴょんぴょん跳《と》びはねながら、寝室《しんしつ》から走り出てきました。

「怠《なま》け者たちめ、さあ急げ！」フレッド王を追って廊下《ろうか》を走ってくる二人に向かって、王様が呼びかけました。「国民が余の助けを待っているのだ！」

自分勝手な王だったら、願い事をしに来る平民に会うために急ぐだろうか？　フレッドは考えました。**いや、そんなことはしないだろう！**

フレッドの顧問たちは、時間どおりに、しかもフレッド王にしてはシンプルな服装《ふくそう》で現《あらわ》れたのを見て、ショックを受けました。首席顧問のヘリンボーンなど、実に、お辞儀をしながら満足げに微笑《ほほえ》んだくらいです。

「陛下、お早いご出座《しゅつざ》でいらっしゃいます」ヘリンボーンが言いました。「良民たちが喜びますでしょう。みんな明け方から並んでおりました」

「通すがよい、ヘリンボーン」玉座《ぎょくざ》に腰《こし》かけ、スピットルワースとフラプーンに両脇《わき》に座《すわ》るように合図しながら、王様が言いました。

扉《とびら》が開き、嘆願者が一人ずつ入ってきました。

フレッド王の臣民たちは、役場に掛かっている肖像画《しょうぞうが》でしか見たことのない、本物の生きた王様を直接《ちょくせつ》に見て、毎度のことですが口がきけなくなりました。笑いが止まらなくなったり、何しにやってきたかを忘《わす》れたり、一人か二人は気を失ったりしました。フレッドは、今日は特に情《なさ》け深く、どの嘆願者にも金貨を二枚渡《まいわた》しましたし、赤ん坊《ぼう》に祝福を与えたり、老婆《ろうば》が王様の手に口づけするのを許したりしました。

しかし、今日は、微笑《ほほえ》みながら金貨を渡したり、約束したりする間ずっと、王様の頭の中でディジィ・ダブテイルのことばが響いていました。**自分勝手で、うぬぼれで、残酷。**自分がどんなにすばらしい人間かを証明《しょうめい》する、何か特別なことをしたいと思いました――ほかの人のために自分が犠牲《ぎせい》になるつもりがあることを示《しめ》す何かを。コルヌコピアの王なら誰でも、嘆願の日には金貨を授《さず》け、ちょっとした恩恵《おんけい》を施《ほどこ》してきました。フレッドは後世に鳴り響くようなすばらしいことがしたかったのです。果樹栽培《かじゅさいばい》の農夫のお気に入りの帽子《ぼうし》を買い替《か》えてやったぐらいでは、歴史《れきし》の本には残りません。

　フレッド王の両脇に座っていた二人の領主《りょうしゅ》は、退屈《たいくつ》していました。農民たちのつまらないトラブルなどを聞いているより、お昼時までベッドに寝転《ねころ》がっていたかったのです。数時間が過《す》ぎて、最後の嘆願者が感謝《かんしゃ》しながら「玉座の間」から出ていき、一時間近くお腹《なか》がグルグルなっていたフラプーンは、ほーっとため息をついて、椅子《いす》から重い体を持ち上げました。「昼食だ！」フラプーンが大声で言いました。しかし守衛《しゅえい》が扉を閉《し》めようとしたとき、何やら騒《さわ》がしい音が聞こえ、扉がまたパッと開きました。

第9章　羊《ひつじ》飼《か》いの話

「陛下《へいか》」玉座《ぎょくざ》から立ち上がったばかりのフレッド王に向かって急ぎながら、ヘリンボーンが呼《よ》びかけました。「陛下に陳情《ちんじょう》したいと、マーシランドから羊飼いがやってきました。この者は少し遅《おく》れてきました——追い返すこともできますが。陛下は昼食をお望みでしょうか？」

「マーシランド人とは！」スピットルワースは、香水をかけたハンカチを鼻の下で振《ふ》りながら言いました。「陛下、考えてもごらんなさい！」

「王様との約束に遅れるとは、なんたる無礼！」フラプーンが言いました。

「いや」ちょっと迷《まよ》っていたフレッドが言いました。「いや——その者は、哀《あわ》れにもここまでの遠路を旅してきたのだから、会うべきであろう。ヘリンボーン、通せ」

王様が親切で思いやりのある新しい王になったという、さらなる証拠《しょうこ》を得《え》て喜《よろこ》んだ首席顧問《こもん》は、急いで二重扉《にじゅうとびら》に向かい、守衛《しゅえい》たちに羊飼いを中に入れるように命じました。王様は再《ふたた》び玉座

に座《すわ》り、スピットルワースとフラプーンも、渋《しぶ》い顔をしながらそれぞれの椅子《いす》に戻《もど》りました。

長い赤のカーペットを、よろよろと玉座に向かって進んできた老人は、真っ黒に日焼けし、あご鬚《ひげ》はもじゃもじゃで、つぎはぎだらけのぼろを着たかなり汚《きたな》らしい様子でした。王様に近づきながら、老人はひどく怖《おそ》れた様子で、かぶっていたふちなし帽子《ぼうし》をとりました。嘆願者《たんがんしゃ》たちがお辞儀《じぎ》したり腰《こし》をかがめて挨拶《あいさつ》する場所まで来ると、老人はがっくり膝《ひざ》をつきました。

「陛下！」老人はゼイゼイ声で呼びかけました。

「ヘヘヘヘヘエーカ」スピットルワースが低い声で老人の口調をまね、羊の鳴き声のような音を出しました。

フラプーンは何重にも重《かさ》なったあごを震《ふる》わせ、声を出さずに笑っていました。

「陛下」羊飼いはことばを続けました。「わっしは、あんたさまにお目にかかるために五日間の長い旅をして来たです。辛《つら》い旅でがんした。干《ほ》し草運びの車に乗れるときにゃそうしたですが、そうでねえときは歩きでした。わっしのブーツは穴《あな》だらけになって――」

「ああ、早く用件《ようけん》を言え」スピットルワースは、ハンカチを鼻に押《お》し付けたままつぶやきました。

「――ですが、旅の間中考えていたのは、陛下、おいぼれパッチのことでがした。お城に着きさえすりゃ、あんたさまがどうやって助けてくれなさるかと――」

「ところで、『おいぼれパッチ』とは何かね？」王様は羊飼いのつぎはぎだらけのズボンを見ながら聞きました。

「陛下、わっしのおいぼれ犬です――でした、っちゅうべきかも」羊飼いの目に涙《なみだ》があふれてきました。

「ああ」腰ベルトの財布《さいふ》をいじりながら、フレッド王が言いました。「ならば、羊飼いよ、この金貨で、別な犬を飼《か》い――」

「いんや、陛下。ありがてえこってすが、問題は金貨ではねえんです」羊飼いが言いました。「子犬を見つけるのは、たやすいこってす。おいぼれパッチみてえないい犬はいねえですが」羊飼いは袖《そで》で鼻をぬぐい、スピットルワースは身震《みぶる》いしました。

「それではいったい、なぜ余《よ》のところに来たのかね？」フレッド王は、できるだけ優《やさ》しい聞き方をしました。

「パッチがどんな死に方をしたか、陛下、あんたさまにお話しするためで」

「ああ」フレッドの目が、マントルピースの上の金の時計を見ました。「その話は聞きたいところだが、われらはもう昼食をとりたいし――」

「パッチを食ったのは、イッカボッグですだ、陛下」羊飼いが言いました。

だしぬけなことに驚《おどろ》き、一瞬沈黙《いっしゅんちんもく》が流れました。それからスピットルワースとフラプーンが笑いだしました。

羊飼いの目から涙があふれ、赤いカーペットにきらきらとこぼれ落ちました。

「ああ、陛下、ジェロボアムからシューヴィルまでずっと、わっしがあんたさまに会いに行くわけを話すと、みんな笑ったでです。笑い転げたでです。そしてわっしの頭がおかしいって言ったでがす。だがわっしは、この二つの目で、怪物《かいぶつ》を見たでです。哀れなパッチも、食われる前に見たでがす」

フレッド王も、二人の領主《りょうしゅ》と一緒《いっしょ》に笑いたいと、強くそう思いました。昼食を食べたいし、羊飼いを追い払《はら》いたいと思いました。しかし同時に、頭の中で、あの恐《おそ》ろしい小さなささやき声が聞こえました。**自分勝手で、うぬぼれで、残酷《ざんこく》。**

「何が起こったのかを、余に話してみないかね？」フレッド王が羊飼いに言いました。スピットルワースとフラプーンの笑いがピタリと止まりました。

「そんじゃ、陛下」羊飼いはまた袖で鼻をぬぐいながら言いました。「夕暮《ゆうぐ》れ時で、霧《きり》が深かったです。わっしはパッチと一緒に沼地《ぬまち》の端《はし》を回って家に帰ろうとしていましたです。パッチがマーシティーズルを見つけて――」

「何を見つけたとな？」フレッド王が聞きました。

「マーシティーズルでがす、陛下。沼地に棲《す》んどるはげたネズミみていなやつです。パイにすりゃ、まあ、いける。しっぽさえ気にしねえなら」

フラプーンは吐《は》きそうな顔をしました。

「そんでもって、パッチはマーシティーズルを見つけて」羊飼いが話を続けました。「追っかけたです。わっしはパッチを大声で呼んだでがす。陛下、何度も。だがパッチは追っかけるのに夢中《むちゅう》で、戻らんかった。そして、陛下、キャンという声が聞こえたです。わっしは『パッチ』って叫《さけ》んだです。『パッチ、どうかしたんか？』って。でも、陛下、パッチは戻らんかったです。そしてわっしは、そいつを見た。霧の向こうに」羊飼いは声を落としました。「そいつはでっかい。ランタンみてえな目。その玉座ぐれえのおっきな口。わっしに向かっておっそろしい歯をギラギラむき出して。わっしは、陛下、パッチのことなんど忘《わす》れて、逃《に》げて逃げて、家まで走ったです。そんで次の日に、陛下、あんたさまに会いに旅に出たでがす。イッカボッグは、陛下、わっしの犬を食いました。罰《ばっ》していただきてえ！」

王様はしばらく羊飼いを見下ろしていました。やがて、とてもゆっくり立ち上がりました。

「羊飼いよ」王様が言いました。「我々《われわれ》は、今日にも北に向かう旅に出て、イッカボッグの問題を徹底《てってい》的に調べようぞ。その生き物の足跡《あしあと》を見つけたら、必ずやそやつのねぐらをつきとめ、あつかましくもそちの犬を奪《うば》った罪《つみ》を罰してくれよう。さあ、この金貨を受け取り、家に帰るために干し草車を雇《やと》うがよい！」

「領主たちよ、」茫然《ぼうぜん》としているスピットルワースとフラプーンを振り返り、フレッド王が言いました。「乗馬服に着替《きが》え、厩《うまや》まで余についてきてくれたまえ。新たな狩《かり》が始まるのだ！」

第10章　フレッド王の遠《えん》征《せい》

　フレッド王は、自分自身に満足しながら、「玉座《ぎょくざ》の間」からずんずん出ていきました。もう二度と誰《だれ》も、王様が自分勝手で、うぬぼれで、残酷《ざんこく》だ！などと言わないだろう。臭《くさ》くて単純《たんじゅん》な年老いた羊飼《ひつじか》いと、その飼《か》い犬で何の価値《かち》もない雑種犬《ざっしゅけん》のために、この自分、「不敵《ふてき》なフレッド王」が、イッカボッグを狩《か》り出しに出かけるのだから！　もちろん、そんな生き物はいない。しかし、そのことを証明《しょうめい》するために、国の北の端《はし》まで自分自身が馬を進めるのは、なんと途方《とほう》もなく勇敢《ゆうかん》で気高いことか！

　昼食のことはすっかり忘《わす》れて、王様は急いで上階の寝室《しんしつ》に行き、そば仕えの従者《じゅうしゃ》を大声で呼《よ》び、陰気《いんき》な黒いスーツを脱《ぬ》いで、今まで一度も着たことのない軍服を着る手伝いを命じました。軍服の赤い上着には金のボタンと紫《むらさき》の飾帯《かざりおび》、王様だから着用を許《ゆる》されるたくさんの勲章《くんしょう》を身に着け、鏡をのぞいたフレッドは、軍服がいかにも自分に似合《にあ》うのを見て、どうして今までずっと着な

かったのかと不思議に思いました。そば仕えの従者が王様の金髪《きんぱつ》の巻《ま》き毛の上に、羽飾《はねかざ》り付きの兜《かぶと》をかぶせると、フレッドは、その装束《しょうぞく》でお気に入りの乳白色《にゅうはくしょく》の軍馬にまたがり、蛇《へび》のような怪《かい》物《ぶつ》をやりで突《つ》き刺《さ》している自分の肖像画《しょうぞうが》を思い描《えが》きました。まさに、「不敵なフレッド王」ではないか！　なんと、イッカボッグが本当にいればよいのにと、フレッドは今は半分そう願いました。

一方首席顧問《こもん》は「城内都市」に知らせを出し、王様が辺境《へんきょう》の地まで旅に出るので、出発のときには歓声《かんせい》をあげて見送るようにとおふれを出しました。ヘリンボーンは、イッカボッグにはまったく触《ふ》れませんでした。できれば王様が愚《おろ》かしく見えることを防《ふせ》ぎたかったのです。

不幸なことに、召使《めしつかい》のカンカービィが、王様の不可解《ふかかい》な計画について二人の顧問がひそひそ話しているのを聞いてしまいました。カンカービィはすぐさま小間使いのメイドに話し、メイドは厨房《ちゅうぼう》中にそれを広めました。厨房ではバロンズタウンから来たソーセージ売りが料理人と無駄話《むだばなし》をしていました。つまり、王様の一行の出発準備《じゅんび》が整ったときには、王様がイッカボッグを狩り出すのに馬で北に向かう、という話は、城内都市全域《ぜんいき》に広まっていただけでなく、より広いシューヴィル市全体にも漏《も》れ始めていました。

「何かの冗談《じょうだん》かね？」シューヴィルの住民たちは、街角に集まって、王様に声援《せいえん》を送る準備を整えながら、そういう疑問《ぎもん》を投げかけあいました。「いったいどういう意味なんだ？」

肩《かた》をすくめて笑い、王様はただおもしろがっているだけだという人もいました。いやいやと首を振《ふ》って、それ以上の何かがあるとつぶやく人もいました。何か理由がなければ、王様が馬に乗って、北の果てまで武装《ぶそう》して出かけるはずがないというわけです。王様だけが知っていて、我々《われわれ》が知らないことは何だろうと、人々《ひとびと》は心配しました。

レディ・エスランダは、ほかのレディたちと、兵隊が集結するのをお城のバルコニーから眺《なが》めました。

さあ、だあれも知らない秘密《ひみつ》を一つ教えましょう。レディ・エスランダは、たとえ王様に申し込《こ》まれても結婚《けっこん》しなかったでしょう。いいですか、エスランダは、グッドフェロー大尉《たいい》をひそかに愛していたのです。今、下の中庭で、仲のよいベアミッシ少佐と談笑している人です。レディ・エスランダはとても内気な人でしたから、これまで一度も、自分からはグッドフェロー大尉に話しかけられませんでした。ですから、大尉は、宮廷《きゅうてい》一の美しい婦人《ふじん》が自分に恋《こい》をしていることなど、まったく知りませんでした。グッドフェローの両親はもう亡《な》くなっていましたが、クルズブルグのチーズ作りでした。グッドフェローは賢《かしこ》くて勇敢な人でしたが、この時代には、チーズ作りの息《むす》子《こ》が高貴《こうき》な生まれのレディと結婚することなど、ありえなかったのです。

一方、召使の子どもたちは、戦闘《せんとう》隊の出発を見送るために、学校から早く帰《き》宅《たく》させられました。パン職人《しょくにん》長のベアミッシ夫人は、行進していく父親の姿《すがた》をバートに良い場所で見せるため、当然急いでバートを迎《むか》えにいきました。

スピットルワースとフラプーンを振り返り、フレッド王が言いました。
「乗馬服に着替え、厩まで余についてきてくれたまえ。新たな狩が始まるのだ!」

千葉椋平／12歳

ついにお城の門が開き、騎馬《きば》行進が動きだすと、バートもベアミッシ夫人も声を限《かぎ》りに声援しました。軍服姿《ぐんぷくすがた》など、もう長いこと誰も見ていませんでした。なんてワクワクする、なんてすばらしい光景でしょう！ 金ボタンや銀の剣《けん》、ラッパ兵のピカピカのトランペットに日の光がきらめき、お城のバルコニーでお見送りのレディたちが振るハンカチは、鳩《はと》の羽のようです。

行列の先頭には、乳白色の軍馬にまたがったフレッド王が紅《くれない》の手綱《たづな》を握《にぎ》って、群衆《ぐんしゅう》に手を振っています。そのすぐ後ろには、スピットルワースがうんざりした顔で黄色いやせた馬にまたがり、続いては、お昼抜《ぬ》きでひどく腹《はら》を立てたフラプーンが、象《ぞう》のように巨大《きょだい》な栗毛《くりげ》の馬に乗っかっています。

王様と二人の領主《りょうしゅ》のあとに、近衛兵《このえへい》が足並《あしな》みをそろえ、全員が灰色《はいいろ》の葦毛《あしげ》の馬ですが、ベアミッシ少佐だけは青みがかった灰色の駿馬《しゅんめ》です。とてもハンサムな夫の姿を見て、ベアミッシ夫人は胸《むね》が震《ふる》えました。

「パパ、がんばってね」バートが叫《さけ》びました。ベアミッシ少佐は（本当はそうしてはいけなかったのですが）、息子に手を振りました。

城内都市で見送る市民の歓声に、笑顔で応《こた》えながら、軍隊は丘《おか》を下り、シューヴィルの街に通じる城門までやってきました。そこには、群衆に覆《おお》い隠《かく》されて、ダブテイル一家の小さな家が建っていました。ダブテイルさんとデイジィは庭に出ていましたが、近衛隊の兜の羽飾りがやっと見えただけです。

デイジィは兵隊にあまり関心がありませんでした。バートとはお互《たが》いにまだ口をきいていませんん。実は、その日の午前中、学校の休み時間を、バートはロデリック・ローチと過《す》ごしていたのです。ロデリックは、デイジィがドレスではなくオーバーオールの服を着ているのをよくからかいました。ですから、歓声や馬の蹄《ひづめ》の音を聞いても、デイジィの気持ちはまったく昂《たかぶ》りませんでした。

「イッカボッグなんて、パパ、ほんとはいないんだよね？」デイジィが聞きました。

「いないよ、デイジィ」ダブテイルさんは、仕事場に戻《もど》りながらため息をつきました。「イッカボッグはいない。でも、王様が信じたいなら、そうさせておきなさい。王様は、マーシランドにそんなに大きな害を与《あた》えることはできないよ」

このことばは、常識《じょうしき》のある大人でさえ、近づいている恐《おそ》ろしい危険《きけん》に気づかないことがある、ということをしめしています。

第11章　北への遠《えん》征《せい》

シューヴィルを出て郊外《こうがい》に馬を進めながら、フレッド王はますます気分が高まってきました。王様がイッカボッグを捜《さが》しに突然《とつぜん》遠征するという知らせは、すでに緑の丘陵《きゅうりょう》地《ち》の畑で働く農民にまで広がっていました。軍隊が通り過《す》ぎるとき、家族を引き連れてみんなが出てきて、王様と二人の領主《りょうしゅ》、近衛兵《このえへい》に声援《せいえん》を送りました。

昼食がまだだった王様は、クルズブルグで休み、遅《おそ》い食事をすることにしました。

「みなの者、ここで野営《やえい》だ。兵隊らしく！」チーズで有名な街に入りながら、王様は軍隊に向かって大声で言いました。「明日は夜明けとともに出立《しゅったつ》するぞ！」

しかし、王様が野営するわけがありません。クルズブルグで一番贅沢《ぜいたく》な宿の客は、王様に部屋を空けるために外に放り出されました。そしてフレッドはその晩《ばん》、トーストしたチーズとチョコレート・フォンデュをたっぷり食べたあと、真鍮《しんちゅう》のベッドにアヒルの羽毛《うもう》の布団《ふとん》で休みました。しかし、スピットルワース卿《きょう》とフラプーン卿は、馬小屋の上の小さな部屋で休まざるをえませんでした。一日中馬に乗っていたせいで、二人ともお尻《しり》やらあちこちがとても痛《いた》くなっていました。週に五日も狩《かり》に出ていたくせに、どうしてそうなのか、みなさんは不思議に思うでしょう。でも、二人は、たいてい半時間も狩をすると、こっそり木陰《こかげ》に座《すわ》って、お城に帰るときが来るまでサンドイッチを食べ、ワインを飲んでいたのです。二人とも、何時間も馬の鞍《くら》に座っているのには慣《な》れていなかったし、スピットルワースのやせたお尻にはもう水ぶくれができていました。

次の日の朝早く、ベアミッシ少佐が、バロンズタウンの市民は、王様が自分たちのすばらしい都市でなくクルズブルグを選んで宿をとったことで、大変うろたえているというニュースをもたらしました。自分の人気に傷《きず》を付けたくないフレッド王は、一行に命じて周囲《しゅうい》の田園をぐるりと遠回りさせ、目的地に着くまでの道すがらずっと農民の歓声《かんせい》を受け、夕暮《ゆうぐ》れ時にバロンズタウンに着きました。王様の一行はジュウジュウ焼けるソーセージの匂《にお》いに迎《むか》えられ、大喜《おおよろこ》びの市民たちは松明《たいまつ》を手に、フレッドのお供《とも》をして町一番の部屋に案内しました。牛のローストとハニー・ハムのご馳走《ちそう》のあと、王様は樫《かし》の木彫《きぼ》りベッドにガチョウの羽毛の布団で休みました。一方スピットルワースとフラプーンは、いつもはメイド二人が使っている小さな屋根裏《やねうら》部屋に、二人一緒《いっしょ》に泊《と》まりました。このときにはもう、スピットルワースのお尻の痛みはとてもひどくなっていて、ソーセージ作りの連中を喜ばせるためだけに、四〇マイルも馬で遠回りさせられたことに、大変腹《はら》を立てていました。フラプーンのほうは、クルズブルグのチーズを食べすぎたうえ、バロンズタウンのビフテキを三枚《まい》も平らげて、消化不良で一晩中眠《ひとばんじゅうねむ》れずにうめいていました。

王様と一行は、翌日《よくじつ》も旅を続け、今度は北へ向かいました。間もなくブドウ畑の地域《ちいき》を通りましたが、畑から飛び出してきたブドウ摘《つ》みの人たちが、コルヌコピアの国旗を熱烈《ねつれつ》に打ち振《ふ》り、王様は大喜びで手を振って応《こた》えました。スピットルワースはお尻にクッションをくりつけていたのですが、それでも痛くてほとんど泣きそうでした。フラプーンがゲップしたりうめいたりする声は、蹄《ひづめ》の音や馬の頭につけた馬具類のじゃらじゃらいう音にも負けずに聞こえました。

その晩ジェロボアムに到着《とうちゃく》すると、一行は、トランペットと市民全員が歌う国歌に迎えられました。フレッドは、シャンパンとトリュフのご馳走のあと、シルクの掛《か》けられた四本柱のベッドに、白鳥の羽毛の布団で休みました。しかし、スピットルワースとフラプーンは、宿の台所の上の部屋で、あと二人の兵士《へいし》と一緒に泊まらざるを得《え》ませんでした。酔《よ》ったジェロボアムの住民が、王様のご訪問《ほうもん》を祝って、ふらふらと街を歩きまわっていました。スピットルワースはほとんど一晩中、氷の入ったバケツに座り込んで過《こ》ごしましたし、赤ワインを飲みすぎたフラプーンもその間、部屋の隅《すみ》のもう一つのバケツにゲーゲー吐《は》いていました。

次の日の明け方、王様と一行は、マーシランドに向かって出発したのですが、何千というコルクの栓《せん》をいっせいに抜《ぬ》く、ジェロボアム市民の有名な歓送会《かんそうかい》に送られ、その爆発音《ばくはつおん》に驚《おどろ》いたスピットルワースの馬が後足立ちになり、スピットルワースを道路に振り落としました。みんながスピットルワースの埃《ほこり》を払《はら》ってやったり、クッションをお尻に戻《もど》したりして、フレッド王の笑いが止まってから、一行はやっと進軍しました。

間もなくジェロボアムの街から離《はな》れ、鳥の声しか聞こえなくなりました。旅に出てから初めて、道の両側は空っぽでした。豊《ゆた》かな緑の土地はだんだん消え、まばらな枯《か》れた草と曲がりくねった木、ゴロゴロした大岩に変わっていきました。

「驚くべきところじゃないかね？」上機嫌《じょうきげん》の王様が、スピットルワースとフラプーンを振り返って、大声で言いました。「ついにマーシランドを目にすることができて、余《よ》は大変うれしい。君たちはどうかね？」

二人の領主は同意しましたが、フレッドがまた前を向いたときに、二人とも陰《かげ》で無作法なしぐさをし、それより無作法な悪口を言いました。

王様の一行は、やっと何人かのマーシランド人に出会いましたが、みな驚いて見つめるばかり！あの「玉座《ぎょくざ》の間」での羊飼《ひつじか》いと同じように、みんながっくり膝《ひざ》をつき、歓声をあげるのも拍手《はくしゅ》するのも忘《わす》れ果てて、まるで王様とか近衛《このえ》隊なんて見たことがないというふうに、口をあんぐり開けました――もちろん見たことがなかったのです。なにしろフレッド王は、戴冠式《たいかんしき》のあと、コルヌコピアの主な都市を全部訪問しましたが、遠方のマーシランドまで王様が訪《おとず》れる価値《かち》があるとは誰《だれ》も思わなかったのです。

「単純《たんじゅん》な民だ、たしかに。しかし単純さが感動的ではないか?」王様は兵士たちに呼《よ》びかけました。ぼろを着た子どもたちが、壮大《そうだい》な馬を見てあっと息をのむのを見たときのことです。子どもたちは、こんなにつやつやしてよく肥《こ》えた動物を、これまで見たことがなかったのです。

「それで、今夜はどこに泊まる予定なのかね?」フラプーンが、崩《くず》れかけた石の小屋を見ながらスピットルワースに向かってぼそぼそ言いました。「ここには宿屋もない!」

「まあ、少なくとも一つだけは慰《なぐさ》めになる」スピットルワースがささやき返しました。「王様も我々《われわれ》と同じように不自由な野営状態《じょうたい》になる。お気に召《め》すかどうかが見ものだ」

一行は午後中移動《いどう》を続け、ついに太陽が沈《しず》み始めたとき、イッカボッグが棲《す》むという沼地《ぬまち》を目にしました。暗い広がりのところどころに、奇妙《きみょう》な形の岩の塊《かたまり》が見えます。

「陛下《へいか》!」ベアミッシ少佐が大声で言いました。「いまここに野営を張《は》り、朝になってから沼地を調べましょう! 陛下もご存知《ぞんじ》のように、沼地は不安定で危《あぶ》なっかしいところです! ここでは急に霧《きり》が出ます。日中に近づくのが一番です!」

「バカを申せ!」フレッド王は興奮《こうふん》した学校の生徒のように、鞍の上でひょこひょこ跳《と》びあがりました。「ベアミッシ! 目の前に見えておるのに、今ここで止まるわけにはいかん!」

王様の命令が出たので、軍隊は馬を進めました。ついに月が昇《のぼ》り、墨色《すみいろ》の雲間に出たり入ったりするようになったとき、一行は沼地の端《はし》に着きました。そこは、何もない荒《あ》れはてて荒涼《こうりょう》とした土地で、これまで誰も見たことがないほど薄気味《うすきみ》の悪いところでした。冷たい風が吹《ふ》くと、イグサがささやくような音をたてましたが、それ以外はシーンとして死んでいるようです。

「ごらんのとおりです、陛下」しばらくしてスピットルワース卿が言いました。「ずぶずぶした沼地です。あまりに奥深《おくぶか》く迷《まよ》い込めば、羊も人も、飲み込まれてしまうでしょう。それに、愚《おろ》か者はこの巨大《きょだい》な石や岩を暗闇《くらやみ》で見て、怪物《かいぶつ》だと思ってしまうかもしれません。イグサのこすれあう音は、生き物のシューシューいう音に聞こえるかもしれません」

「さよう、まさにさよう」フレッド王はそう言いながらも、目はまだ暗い沼地をさまよい、岩陰《いわかげ》からイッカボッグがひょいと現《あらわ》れるのを期待しているかのようでした。

「陛下、ではここに野営のテントを張りましょうか？」フラプーン卿は、バロンズタウンから冷めたパイを少し持ってきていたので、夕食が食べたくて仕方がありません。

「暗闇では、たとえ想像《そうぞう》上の怪物でも、見つけ出すことは期待できません」スピットルワースが指《し》摘《てき》しました。

「さよう、さよう」王様は残念そうに繰《く》り返しました。「では――なんとまあ、霧深くなったことよ！」

たしかに、一行が沼地を見渡《みわた》している間に、白く濃《こ》い霧があっという間に、音もなく一行を包み

一行が沼地を見渡している間に、白く濃い霧があっという間に、
音もなく一行を包み込んでいたのに、誰もそれに気がついていませんでした。

小澤美紀／12歳

込んでいたのに、誰もそれに気がついていませんでした。

第12章 王様の失われた剣《けん》

数秒のうちに、王様の一行は全員、まるで白い目隠《めかく》しをされたようになりました。あまりに霧《きり》が深くて、目の前に出した自分の手も見えないくらいでした。霧は、腐《くさ》った沼《ぬま》の湿気《しっけ》でじくじくしたいやな臭《にお》いがします。愚《おろ》かしくもその場で体を動かした兵士《へいし》がたくさんいましたが、まるで足元の柔《やわ》らかい地面が動いているような感じでした。みんながお互《たが》いの姿《すがた》を捜《さが》そうとして、方向感覚をまったく失ってしまいました。何も見えない真っ白な海の中で、てんでんばらばらに漂《ただよ》っているような感じでしたが、ベアミッシ少佐は数少ない冷静な一人でした。

「気をつけろ！」少佐が大声で言いました。「地面が不安定だ。じっとしているのだ。動こうとするな！」

しかし、フレッド王は急に怖《こわ》くなり、そのことばを無視《むし》しました。すぐにベアミッシ少佐がいると思った方向に歩きだしたのです。ところが、数歩も行かないうちに、冷たい沼地《ぬまち》に沈《しず》み始めまし

た。

「助けて！」ピカピカのブーツの縁《ふち》から凍《こお》るような沼の水が入り込《こ》み、王様は叫《さけ》びました。「ベアミッシ、助けてくれ！　どこにいるのだ？　余《よ》は沈んでいく！」

すぐさま、恐怖《きょうふ》に駆《か》られて騒《さわ》ぎたてる声や、鎧《よろい》の動くガチャガチャという音がしました。近衛《このえ》兵《へい》たちは王様を捜《さが》して、慌《あわ》ててあらゆる方向に動きましたから、お互いにぶつかったり、滑《すべ》って転んだりしました。しかし、じたばたしている王様の声が何よりも大きく聞こえてきました。

「余のブーツがなくなった！　なぜ誰《だれ》も余を助けぬ？　**みんなどこにいるのだ？**」

スピットルワース卿《きょう》とフラプーン卿の二人だけが、ベアミッシの忠告《ちゅうこく》に従《したが》って、霧に巻《ま》き込まれたときにいた場所を動かず、じっとしていました。スピットルワースはフラプーンのだぶっとしたパンタロンのひだにつかまり、フラプーンはスピットルワースの乗馬用上着の裾《すそ》をしっかりつかんでいました。二人ともこれっぽっちもフレッドを助けようとせず、ただ震《ふる》えながら静かな状態《じょうたい》が戻《もど》るのを待ちました。

「少なくとも、あのバカが沼に飲まれてしまえば、我々《われわれ》は家に帰れる」スピットルワースが小声でフラプーンに言いました。

混乱《こんらん》はますますひどくなりました。近衛兵の何人かは、王様を捜そうとして沼地にはまってしまいました。周囲《しゅうい》は、ぐちゃ、ガチャンという音と叫び声でいっぱいです。ベアミッシ少佐は、なんとか秩序《ちつじょ》らしいものを取り戻そうと大声で叫んでいましたが無駄《むだ》でした。王様の声は、まごまごしながら軍隊から離《はな》れていくかのように、だんだん弱くなり、何も見えない夜の中を遠ざかっていきました。

そして突然《とつぜん》、おそろしい恐怖の悲鳴が闇《やみ》の真ん中から聞こえてきました。

「ベアミッシ、助けてくれ、怪物《かいぶつ》が出た！」

「陛下《へいか》、すぐに参ります！」ベアミッシ少佐が叫びました。「陛下、大声を出し続けてください。自分が陛下を見つけます！」

「助けて、助けてくれ、ベアミッシ！」フレッド王が叫びました。

「あのバカ、何が起こったのだ？」フラプーンがスピットルワースに問いかけましたが、スピットルワースがまだ答えないうちに、二人の領主《りょうしゅ》の周りの霧が、出てきたときと同じくらい急に薄《うす》くなってきました。二人は小さな空き地に立っていて、お互いの顔が見えました。しかし、周りはまだ、白く濃《こ》い霧の壁《かべ》に囲《かこ》まれています。王様の声とベアミッシの声、そしてほかの兵士たちの声もだんだんかすかになってきました。

「まだ動くな」スピットルワースがフラプーンに注意しました。「霧がもう少し薄れたら、馬を見つけてもっと安全なところへ退却《たいきゃく》でき――」

ちょうどそのとき、べたべたした黒い何かが、霧の壁から飛び出し、二人の領主にとびつきました。フラプーンは甲高《かんだか》い叫び声をあげ、スピットルワースは怪物に打ちかかりましたが、怪物が泣きながら地面にばったり倒《たお》れたので、空振《からぶ》りでした。そのとき初めて、スピットルワースは、あえぎながらわめいているそのべたべたした怪物が、実は「不敵《ふてき》なフレッド王」だと気がつきました。

「ありがたい、陛下、やっと見つけました。我々はあちこちお捜ししていたのです！」スピットルワースが叫びました。

「イック――イック――イック――」王様はヒンヒン鼻を鳴らしました。

「王様はしゃっくりしている。びっくりさせてやれ」フラプーンが言いました。

「イック――イック――イッカボッグ！」王様がうめきました。「余はみ、み、見た！　巨大《きょだい》な怪物だ――余はあやうく捕《つか》まるところだった！」

「何とおおせられましたか？」スピットルースが聞き返しました。

「怪物は本当だった！」フレッドは息をのみました。「余は、い、命があって幸運だった！　馬に乗れ！　逃《に》げなければ、早く！」

フレッド王はスピットルワースの脚《あし》につかまって立ち上がろうとしましたが、泥《どろ》をなすりつけられないように、スピットルワースはすばやく脇《わき》に退《よ》け、かわりにフレッドの頭のてっぺんをねらって慰《なぐさ》めるように軽くたたきました。そこが一番汚《よご》れていなかったからです。

「あー――まあ、まあ、陛下。あなたは、沼で転倒《てんとう》するというとても痛《いた》ましい経験《けいけん》をなさった。先《せん》刻々《こく》我々が話していたように、深い霧の中では大岩がまさに怪物的な姿に見え――」

「やめんか、スピットルワース。余は自分が何を見たかわかっている！」王様はよろよろと自力で立ち上がりながら叫びました。「身の丈《たけ》馬二頭分もあるのだ、そいつは。それで、目はランプのようだった。余は剣を抜《ぬ》いたが、手があまりにぬるぬるしていて抜け落ちた。だから、沼にはまったブーツから足を引き抜いて、這《は》って逃げるしかなかった！」

ちょうどそのとき、霧の中の小さな空き地のようなその場所に、四人目の男が入ってきました。ベアミッシ少佐に次いで二番目の隊長で、ロデリックの父親のローチ大尉《たいい》です――大柄《おおがら》でがっしりした体に、真っ黒な口髭《くちひげ》をはやしています。ローチ大尉がどういう人物なのか、みなさんにはもうすぐわかりますよ。いまは、ただ、王様がローチを見て大喜《おおよろこ》びだったとだけ言っておきましょう。なにしろローチ大尉は、近衛隊の中で一番体の大きい人でした。

「ローチ、イッカボッグの足跡《あしあと》かなにかのしるしを見たかね？」フレッドがひーひー声で聞きました。

「いいえ、陛下」ローチ大尉はうやうやしくお辞儀《じぎ》しながら答えました。「自分が見たのは霧と泥だけです。とにかく陛下がご無事で喜ばしいです。ご一同はここにいてください。自分が兵隊をまとめます」

ローチが去りかけると、フレッド王が甲高く叫びました。「いや、ローチ、そちは余とともにここにいるのだ。怪物がこっちに来るかもしれん！　ライフルはまだ持っているだろうな？　よろしい——余はこのとおり、剣とブーツを失ってしまった。余の一番良い礼装《れいそう》用の剣《つるぎ》で、柄《つか》に宝石《ほうせき》がはまっている！」

ローチ大尉がそばにいるのでずっと安心したものの、これまで一度も経験したことがなかったほど寒くて怖くて、王様は震えていました。それに、自分がイッカボッグを本当に見たという話を、誰も信じていないのではないかと、いやな感じがしました。スピットルワースがフラプーンに向かって、あきれたように眼玉《めだま》をぐりぐり動かすのをちらりと見て、ますますその感じが強くなりました。

王様の自尊心《じそんしん》が傷《きず》ついたのです。

「スピットルワース、フラプーン」王様が言いました。「余は剣とブーツを取り戻したい。どこかこのあたりにあるはずだ」王様は周りを囲んでいる霧に向かって腕《うで》を振《ふ》りながら言いました。

「もしや——もしや、陛下、霧が晴れるまでお待ちになったほうがよくありませんか？」スピットルワースがびくびくしながら聞きました。

「余は剣が要《い》るのだ！」フレッド王がぴしゃりと言いました。「あれは余の祖父《そふ》のもので、非常《ひじょう》に価値《かち》がある！　二人とも、捜しに行け。余はここでローチ大尉とともに待つ。手ぶらで戻るでないぞ」

第13章 事故《じこ》

二人の領主《りょうしゅ》は、王様とローチ大尉《たいい》を霧《きり》に囲《かこ》まれた空き地に残して、その外にある沼地《ぬまち》に出ていくほかありませんでした。スピットルワースが先に立ち、地面の一番固そうなところを足で探《さぐ》りながら進みました。フラプーンは、スピットルワースの上着の裾《すそ》を握《にぎ》ったままで、すぐあとについていきました。体が重いので、一足ごとに沼地に深々《ふかぶか》と沈《しず》みます。霧は肌《はだ》にじっとりと冷たく、二人とも霧のせいでほとんど何も見えませんでした。スピットルワースがどんなに頑張《がんば》っても、二人のブーツは、たちまち臭《くさ》い水でふちまでいっぱいになりました。

「とんでもないまぬけめ！」ぐちゃっぐちゃっと音をたてて進みながら、スピットルワースがつぶやきました。「最低のあほう！ 全部あいつ自身のせいだ。ネズミの脳《のう》みそのバカめが！」

「剣《つるぎ》が永久《えいきゅう》に出てこなかったら、身から出た錆《さび》だ」フラプーンはいまや腰《こし》まで沼地につかっていました。

「出てくるように願ったほうがよい。さもないと我々《われわれ》は一晩中《ひとばんじゅう》ここにいることになる」スピットルワースが言いました。「ああ、この霧め！」

二人は悪戦苦闘《あくせんくとう》して進みました。霧は少し晴れたかと思うと、また二、三歩行くうちに濃《こ》くなります。大岩はどこからともなく象《ぞう》の幽霊《ゆうれい》のように突然《とつぜん》ぬっと現《あらわ》れ、葦《あし》のこすれる音は蛇《へび》のシューシューという息に聞こえます。スピットルワースもフラプーンも、頭ではイッカボッグなんていないことははっきりわかっていましたが、内心、それほど確信《かくしん》がありません。

「手を放せ！」スピットルワースがフラプーンに向かって唸《うな》りました。上着の後ろをしょっちゅう引っ張《ぱ》られるのが、まるで怪物《かいぶつ》の爪《つめ》か牙《きば》にひっかけられたように感じたからです。

フラプーンは手を放しましたが、理由もない恐怖《きょうふ》に駆《か》られていましたから、ラッパ銃《じゅう》をベルトから外して構《かま》えました。

「あれは何だ？」前の暗闇《くらやみ》からへんな物音が聞こえてきたので、フラプーンがスピットルワースにささやきました。

二人の領主は、もっとよく聞くために身を硬《かた》くしました。

霧の中から、低い唸り声と爪でひっかく音が聞こえてきました。二人の頭の中には、怪物が近衛《このえ》兵《へい》の一人を貪《むさぼ》り食っている恐《おそ》ろしい姿《すがた》が浮《う》かびました。

「そこにいるのは誰《だれ》だ？」スピットルワースが甲高《かんだか》い声で聞きました。

どこか遠くから、ベアミッシ少佐が叫《さけ》び返しました。

「スピットルワース卿《きょう》、あなたですか？」

「そうだ」とスピットルワースが叫びました。「ベアミッシ、なんだか変な音が聞こえるのだが、君には聞こえるか？」

二人の領主には、変な唸り声とひっかく音がだんだん大きくなるように思えました。

やにわに霧が晴れました。二人のまん前に、ギラギラ光る白い眼《め》の怪物の黒い影《かげ》が現れ、長く悲しそうな叫び声をあげました。

フラプーンの発射《はっしゃ》したラッパ銃が、沼地を揺《ゆ》るがすような、耳をじんじんさせる大音響《だいおんきょう》をあげました。霧で隠《かく》された周囲《しゅうい》から、驚《おどろ》いた仲間の兵隊たちの叫び声が響《ひび》きわたりました。そして、銃の音に驚いたかのように、二人の領主の前の霧がカーテンのように割《わ》れ、目の前の様子がはっきり見えました。

その瞬間《しゅんかん》、雲間から月が現れ、トゲだらけの灌木《かんぼく》の茂《しげ》みの上に立つ花崗岩《かこうがん》の大岩が見えました。その灌木に絡《から》まって、やせた犬が怖《こわ》がってキュンキュン鳴きながら、もがいて逃《のが》れようとしていました。その二つの目が、月明かりを反射《はんしゃ》して光っています。

巨大《きょだい》な岩の少し向こうの沼地に、ベアミッシ少佐がうつぶせに倒《たお》れています。

「何が起こったんだ？」霧の中から数人の声がしました。「誰《だれ》が発砲《はっぽう》したんだ？」

スピットルワースもフラプーンも応《こた》えませんでした。スピットルワースはぬかるみの中をできるだけ急いでベアミッシ少佐に近づきました。ちょっと見ただけで十分でした――少佐は、フラプーンが闇雲《やみくも》に撃《う》った弾《たま》に心臓《しんぞう》を撃ち抜《ぬ》かれて即死《そくし》でした。

「ああ、なんと、どうしよう?」スピットルワースのそばに来たフラプーンが泣きそうな声で言いました。

「黙《だま》って!」スピットルワースが声をひそめました。

悪がしこく陰謀《いんぼう》に長《た》けた人生の中でも、こんなに真剣《しんけん》に、こんなに早く考えたことはないと思えるほど、スピットルワースは考えました。スピットルワースの目は、ゆっくりと移《うつ》っていき、フラプーンを、その銃を、絡まっている羊飼《ひつじか》いの犬を、王様のブーツを、そして宝石《ほうせき》で飾《かざ》られた剣《つるぎ》を見ました。巨大な岩のすぐ近くに半分埋《う》まっている剣《けん》に、たった今気がついたのです。

スピットルワースは沼地をかき分けるように進み、王様の剣を拾い上げると、犬を絡めとっている灌木をそれで切り払《はら》いました。それから哀《あわ》れな犬を思い切り蹴《け》とばすと、犬はキャンキャン鳴きながら霧の中に消えました。

「よく聞くんだ」スピットルワースはフラプーンのほうを見てつぶやくように言いました。しかし、計画を説明するまえに、岩とは別の巨大な姿が霧の中から現れました。ローチ大尉です。

「王様の命《めい》で来た」大尉は息を切らしながら言いました。「陛下《へいか》は怯《おび》えていらっしゃる。いったい

フラプーンの発射したラッパ銃が、沼地を揺るがすような、
耳をじんじんさせる大音響をあげました。

越川創太／10歳

何が――」

　そのときローチは、地面に倒れて死んでいるベアミッシ少佐を見ました。

　スピットルワースはすぐさま、ローチも計画に参加させなければならないことをさとりました。実際《じっさい》ローチは、非常《ひじょう》に役に立つでしょう。

「ローチ、黙って聞くのだ」スピットルワースが言いました。「わたしが何が起こったのかを話す間、何も言うな」

「イッカボッグが勇敢《ゆうかん》なベアミッシ少佐を殺《ころ》した。この痛《いた》ましい死にかんがみて、我々には新しい少佐が必要であり、もちろんそれは、ローチ、第二指揮官《しきかん》である君だろう。わたしが君の昇進《しょうしん》を進言するつもりだ。なぜなら、君は非常に勇敢だった――よーく聞け、ローチ――霧の中へ逃《に》げ込《こ》む恐ろしいイッカボッグを追跡《ついせき》するのに、まことにもって勇敢だった。よいかね、フラプーン卿とわたしがやってきたとき、イッカボッグは哀れな少佐の遺体《いたい》を食らおうとしていた。フラプーン卿のラッパ銃に驚いて――賢明《けんめい》にもフラプーン卿は空に向かって発射したのだが――怪物はベアミッシの遺体を取り落として逃げた。君は勇敢にも怪物を追って、王様の剣《けん》を取り戻《もど》そうとした――剣は怪物の分厚《ぶあつ》い皮に半分埋もれていたのだ――しかし、ローチ、君は剣を取り戻せなかった。おかわいそうな王様には悲しいことだ。たしか王様の祖父《そふ》である先々代《せんせんだい》の王の剣で、値《ね》のつけようのない価値《かち》のあるものだが、いまやイッカボッグのねぐらに、永久に失われてしまった。」

そう言いながら、スピットルワースは剣をローチの大きな手に押《お》し付けました。新しく昇進した少佐は、剣の宝石の柄《つか》を見下ろし、スピットルワースの顔と同じ、残酷《ざんこく》でずるがしこいにんまり笑いがローチの顔に広がりました。

「さよう、自分が剣を取り戻すことができなかったのは、大変遺憾《いかん》です、閣下《かっか》」と言いながら、ローチは剣をチュニックの下に滑《すべ》り込ませて隠しました。「さあ、お気の毒《どく》な少佐の遺体を包みましょう。怪物の牙《きば》の痕《あと》をほかの者が見たら怖《こわ》がるでしょうから」

「ローチ少佐、なんと思いやりのあることか」スピットルワース卿がそう言い、二人はさっとマントを脱《ぬ》いで、遺体を包みました。フラプーンはそれを見ながら、自分が誤《あやま》ってベアミッシを殺してしまったことを、誰も知ることはないのだと、心底ほっとしました。

「スピットルワース卿、念のため、イッカボッグはどんな姿でしたかな？」ベアミッシ少佐の遺体を完全に隠してしまうと、ローチが尋《たず》ねました。「三人が一緒《いっしょ》に見たのですから、もちろん、まったく同じ印象《いんしょう》を持つことになりますな」

「まことに」スピットルワース卿が言いました。「さよう、王様によれば、その獣《けもの》は、身の丈《たけ》馬二頭ほどもあり、ランプのような目をしておる」

「実は」フラプーンが岩を指さしながら言いました。「まるでこの大岩のようで、岩の下から犬の両眼《りょうがん》がぎらぎらしているような姿だ」

「馬二頭の背丈《せたけ》、ランプのような目」ローチが繰《く》り返しました。「こころえました、両閣下。ベアミッシを自分の肩《かた》に載《の》せるのをお手伝いいただければ、自分が王様のところまで運びます。そして我々は、少佐がどのようにして亡《な》くなったかをご説明申し上げられます」

第14章 スピットルワース卿《きょう》の計略《けいりゃく》

やっと霧《きり》が晴れると、一時間前に沼地《ぬまち》の端《はし》に着いたときとは、まったく別の一行のような人々《ひとびと》が姿《すがた》を現《あらわ》しました。

ベアミッシ少佐の突然《とつぜん》の死のショックは別にして、近衛《このえ》隊の何人かの兵は、聞かされた説明で頭が混乱《こんらん》したのです。二人の領主《りょうしゅ》、王様、そして慌《あわ》ただしく昇進《しょうしん》したローチ少佐の四人全員が、それまで何年もの間、よほどの愚《おろ》か者でなければおとぎ話だと言って信じなかった怪物《かいぶつ》と、正面から出くわしたと証言《しょうげん》しているのです。マントに固く包まれたベアミッシの遺体《いたい》に、イッカボッグの牙《きば》や鉤爪《かぎづめ》の痕《あと》があるというのは本当なのだろうか？

「この自分を嘘《うそ》つき呼《よ》ばわりするのか？」ローチ少佐は若《わか》い一兵卒に向かって唸《うな》りました。

「王様を嘘つき呼ばわりするのか？」フラプーン卿が怒鳴《どな》りました。

兵卒は、王様のことばに疑問《ぎもん》をはさむなど、到底《とうてい》できませんから、首を横に振《ふ》りました。グッドフェロー大尉《たいい》はベアミッシ少佐の親しい友人でしたが、何も言いませんでした。しかし、グッドフェロー大尉がとても怒《おこ》って、疑《うたぐ》っていることが顔に現れていましたので、ローチは大尉に、また霧が出てくる危険性《きけんせい》があるから急げと言って、できるだけ固い地面を見つけてテントを張《は》るように命じました。

王様にはわらの敷布団《しきぶとん》がありましたし、快適《かいてき》に休めるようにと兵隊たちから取り上げた毛布《もうふ》がありましたが、フレッド王はこんなに不快《ふかい》な夜を過《す》ごしたのは初めてでした。疲《つか》れて、汚《よご》れて、湿《しめ》って、そして何よりも、怯《おび》えていたのです。

「スピットルワースよ、イッカボッグが我々《われわれ》を捜《さが》しに来たらどうするのだ？」暗闇《くらやみ》で王様がささやきました。「我々のにおいを追ってきたらどうするのだ？　あいつはもう、かわいそうなベアミッシの味を覚えてしまった。遺体の残りを捜しに来たらどうするのだ？」

スピットルワースは王様をなだめようとしました。

「ご心配なさいますな、陛下《へいか》。ローチがグッドフェロー大尉に命じて、あなた様のテントの外で見《み》張《は》りをさせています。ほかの誰《だれ》かが食われるとしても、陛下は最後になりましょう」

あたりが暗すぎて、王様には、スピットルワースがにやにや笑っているのが見えませんでした。王様が安心するように願うどころか、スピットルワースは王様の恐怖《きょうふ》をあおりたかったのです。スピットルワースの計画は、王様がイッカボッグの存在《そんざい》を信じるだけでなく、怪物が沼地を離《はな》れて自分を追ってくるのではないかと恐《おそ》れることにかかっていたのです。

翌朝《よくあさ》、王様の一行は出発し、ジェロボアムに向かいました。スピットルワースは前もってジェロボアムの市長に伝令を送り、沼地で嫌《いや》な事故《じこ》があったので、王様はトランペットやコルクの栓《せん》を抜《ぬ》いての歓迎《かんげい》をお望みではないと知らせておきました。ですから、王様の一行が到着《とうちゃく》したとき、町はひっそりしていました。市民たちは窓《まど》に顔を押《お》し付けたり、ドアの隙間《すきま》からのぞいたりして、王様があまりに汚れてみじめな様子なのを見て驚《おどろ》きましたが、ベアミッシ少佐の青みがかった灰色《はいいろ》の馬にくくりつけられた、マントに包まれた遺体を見て、もっとショックを受けました。

宿に着くと、スピットルワースは亭主《ていしゅ》を少し離れたところに呼び、こう言いました。「今夜遺体を安置する、冷たくて安全な場所、地下の貯蔵室《ちょぞうしつ》のようなところが必要だ。そこの鍵《かぎ》はわたしが預《あず》からなければならない」

「閣下《かっか》、何が起こったのですか？」ローナがベアミッシを運んで地下への石の階段《かいだん》を下りていくのを見て、宿主が尋《たず》ねました。

「ご亭主、我々の面倒《めんどう》を大変よく見てくれたから、真実を教えてやろう。しかし、ここだけの話だぞ」スピットルワースは低い真剣《しんけん》な声で言いました。「イッカボッグは本当にいる。仲間の一人が残酷《ざんこく》に殺《ころ》されたのだ。そんなことがなぜ広まってはならんのかということが、そちにはきっとわかることだろう。たちまちパニック状態《じょうたい》になってしまうだろうからな。王様は大急ぎで城にお帰りになる。そこで、王様と顧問《こもん》たちが——わたしももちろんその一人だが——すぐさま、我《わ》が国の安全対策《たいさく》にとりかかることになる」

「イッカボッグが？　実在する？」宿の亭主は驚き、怯えました。

「実在する。執念深《しゅうねんぶか》くて狂暴《きょうぼう》だ」スピットルワースが言いました。「だが、今言ったように、このことはここだけの話だぞ。恐怖が広がるのは、誰《だれ》にとってもよくないことだ」

実は、恐怖が広がることこそ、スピットルワースの望むところでした。それがスピットルワースの計画の次の段階《だんかい》にとって重要だったからです。思ったとおり、宿主は、客の一行が寝室《しんしつ》に行ってしまうまでは待ちましたが、それからすぐにおかみさんに話しました。おかみさんは近所に走っていって話しました。次の日の朝、王様の一行がクルズブルグに向けて出発したときには、ジェロボアム中に、まるでワインのようにふつふつと、パニックが醗酵《はっこう》していました。

スピットルワースはクルズブルグにも前もって伝令を送り、このチーズ作りの町にも、王様の到着時に大げさなことをしないようにと警告《けいこく》しておきました。王様の一行が街に入ると、前日と同じようにシーンとして真っ暗でした。窓から見える顔という顔が、すでに怯えていました。たまたまジェロボアムの商人が一人、特別に足の速い馬でやってきて、イッカボッグのうわさを、一行の到着より一時間前にクルズブルグに知らせていたのです。

ここでもスピットルワースは、ベアミッシ少佐の遺体を置くために地下の貯蔵室を使うことを要

スピットルワースは低い真剣な声で言いました。
「イッカボッグは本当にいる。仲間の一人が残酷に殺されたのだ」

福井世界／9歳

求し、またしても宿の亭主に、イッカボッグが王様の兵隊を一人殺したと打ち明けました。ベアミッシ少佐の遺体が安全に鍵をかけた部屋に収《おさ》まっているのを確《たし》かめてから、スピットルワースは寝室に上がっていきました。

スピットルワースがお尻《しり》の水ぶくれに軟膏《なんこう》を塗《ぬ》っていると、王様からの至急《しきゅう》の呼び出しが来ました。スピットルワースは、にやっと笑いながらズボンをはき、チーズとピクルスのサンドイッチをうまそうに食べているフラプーンに片目《かため》をつむってウィンクし、ろうそくを持って、フレッド王の寝室につづく廊下《ろうか》を歩きだしました。

王様はシルクのナイトキャップをかぶってベッドに縮《ちぢ》こまっていました。スピットルワースが部屋のドアを閉《し》めるのを待ちかねたように、フレッドが言いました。

「スピットルワース、イッカボッグのことをささやく声があちこちから聞こえる。厩係《うまや》の男たちも話していたし、いましがたこの部屋の前を通ったメイドまでも。なぜなのだ？　どうしてみんな、何が起こったのかを知っているのだ？」

「ああ、陛下」スピットルワースがため息をつきました。「わたしは、我々が安全に城に戻《もど》るまで、真実を隠《かく》しておきたかったのですが、やはり陛下は鋭《するど》い方なので、だますことはできませんでした。陛下、我々が沼地を離れてから、イッカボッグは、陛下が恐れていらしたように、より攻《こう》撃《げき》的になりました」

「おう、そんな！」王様は泣き声になりました。

「残念ながら、そうなのです、陛下。でも結局、攻撃されれば、やつがより危険《きけん》になるのは当然です」

「しかし、誰が攻撃したというのだ？」フレッドが聞きました。

「なんと、あなた様です、陛下」スピットルワースが言いました。「ローチの話によれば、陛下の剣《けん》は、逃《に》げる怪物の首に突《つ》き刺《さ》さっていたとか——え？　陛下、何かおっしゃいましたか？」

王様は、実はためらって口ごもっただけなのですが、すぐに首を振りました。スピットルワースの言ったことを訂正《ていせい》しようと思ったのですが——自分が話したことは、たしかにそれとは違《ちが》っていたはずですが——しかし、霧の中でのあの恐ろしい経験《けいけん》は、スピットルワースが今言ったように話したほうが、ずっと聞こえがよいように思えました。剣を落として逃げ去っただけだと言うよりも、自分がその場に踏《ふ》みとどまって、イッカボッグと戦ったと言うほうが。

「しかし、スピットルワース、これは恐ろしいことだ」王様が小声で言いました。「もし怪物がもっと狂暴になったら、いったい我々はどうなるのだ？」

「ご心配にはおよびません、陛下」王様のベッドに近づくスピットルワースのろうそくの灯《あか》りが、高い鼻と残忍《ざんにん》な笑いを、下から照らしていました。「わたくしは、あなた様と王国をイッカボッグから護《まも》ることを、生涯《しょうがい》の仕事とする所存《しょぞん》です」

「あ、ありがとう、スピットルワース。そちこそ真の友だ」王様は深く心を動かされ、高級なアイダーダウンの羽根布団からもぞもぞと手を出して、ずるがしこい領主の手を握《にぎ》りました。

第15章　王様の帰還《きかん》

次の朝、王様が首都シューヴィルに向けて出発するときまでには、イッカボッグが人を殺《ころ》したというううわさが、橋の向こう側のバロンズタウンに伝わっていただけでなく、夜明け前に出発していた何人かのチーズ売りのおかげで、首都にまでぽつぽつと伝わり始めていました。

しかし、シューヴィルは北の沼地《ぬまち》から一番遠く離《はな》れているばかりでなく、コルヌコピアのほかの町より情報《じょうほう》に詳《くわ》しく教育も行き届《とど》いていましたから、パニックの波が首都に届いたときには、疑《ぎ》問《もん》に思う声が高まりました。

町の居酒屋《いざかや》や市場《いちば》は、興奮《こうふん》した議論《ぎろん》でもちきりでした。イッカボッグが存在《そんざい》するなど、荒唐無稽《こうとうむけい》な考えだと笑い飛ばす懐疑《かいぎ》的な人もいれば、マーシランドを見たことのない人が知ったかぶりをすべきでないという人もいました。

イッカボッグのうわさは、南に広まるにつれて様々《さまざま》なおひれが付いてきました。イッカボッグは三人を殺したという人がいるかと思えば、誰《だれ》かの鼻をもぎ取っただけだという人もいました。

しかし、城内都市の中の議論は、ちょっと心配の色を帯びていました。近衛《このえ》隊の家の奥《おく》さんや子ども、友人たちは、兵隊の安否《あんぴ》を心配しましたが、誰かが殺されたのなら、その家族は必ず伝令で知らせを受けるはずだと、お互《たが》いに安心させあいました。バートがクラスメートの間でのうわさに怯《おび》えて、お城の厨房《ちゅうぼう》にお母さんを捜《さが》しにやってきたときにも、ベアミッシ夫人はそう言ってなだめました。

「お父さんの身に何かあったら、王様はわたしたちに知らせてくれたはずよ。さあ、いいものをあげましょう」

ベアミッシ夫人は、王様のご帰還のために「天国の望み」を準備《じゅんび》していましたが、少しいびつにできたのを一つバートにあげました。バートははっと息をのみ（誕生日《たんじょうび》にしか「天国の望み」を食べたことがなかったからです）、小さな菓子《かし》パンをかじりました。たちまちバートの目はうれし涙《なみだ》でいっぱいになりました。口の中から上へと天国の香りが立ちのぼって、バートの心配を溶《と》かしてくれました。バートは、お父さんがきりっとした制服《せいふく》を着て家に帰ってくる姿《すがた》を、そして、遠くのマーシランドで近衛兵たちに起こったことを正確《せいかく》に知った自分が、明日、学校でみんなの注目の的になることを、わくわくしながら思い浮《う》かべました。

王様の一行がついに見えてきたときは、シューヴィルの町は夕やみに包まれていました。スピットルワースは、今回は、町の人々《ひとびと》に家の中にいるようにという伝令を送っておきませんでした。王様が近衛兵の一人の遺体《いたい》とともに城に帰ってくるのを見て、シューヴィルがパニックと怖《おそ》れにおちいるのを、王様が十分に感じるようにしたかったのです。

シューヴィルの市民は、帰ってくる兵隊たちがひきつってみじめな顔をしているのに気づき、一行が近づくのを黙《だま》って見守りました。そして、青みがかった灰色《はいいろ》の馬にだらりと掛《か》けられているマントに包まれた遺体を見つけた人々があっと息をのむ声が、火のように燃《も》え広がりました。シューヴィルの狭《せま》い石畳《いしだたみ》の通りを王様の一行が進むと、敬意《けいい》を払《はら》う相手が王様なのか、亡《な》くなった人なのか、はっきりわからないまま、男性《だんせい》は帽子《ぼうし》を脱《ぬ》ぎ、女性《じょせい》は腰《こし》をかがめて礼をしました。

デイジィは、誰がいなくなったのかに真っ先に気がついた一人でした。大人の脚《あし》の間から目をこらしていたデイジィは、ベアミッシ少佐の馬を見つけました。前の週にバートとけんかをしてから、二人ともお互いに口をきかなかったことなど一瞬《いっしゅん》で忘《わす》れ、デイジィはお父さんの手を振《ふ》りほどいて駆《か》けだしました。人だかりをかき分け、栗色《くりいろ》のお下げ髪《がみ》をポンポンはねさせながら。バートが馬と遺体を見るまえに、バートのところに行かなければなりません。バートに知らせなければ。バートでも人々がびっしり集まっているので、デイジィがどんなに急いでも、馬の歩みに追いつきませんでした。

バートとベアミッシ夫人は、お城の壁《かべ》の影《かげ》に入っている自宅《じたく》の外に立っていましたが、人々があっと声をあげるので、何か悪いことが起こっているのがわかりました。ベアミッシ夫人は少し不安になりましたが、それでも、ハンサムな夫に間もなく会えると信じていました。もし夫が怪我《けが》でもしたのなら、王様が知らせてくれていたはずだからです。

　ですから、行列が角を曲がってやってきたとき、夫の少佐を見つけるのを期待して、ベアミッシ夫人の目は顔から顔へと移《うつ》っていきました。もう見る顔が一つも残っていないとわかったとき、ベアミッシ夫人自身の顔からゆっくり血の気が引いていきました。そのとき、夫人の目が、夫の青みがかった灰色の馬にくくりつけられた遺体を捉《とら》えました。バートの手を握《にぎ》ったまま、ベアミッシ夫人は完全に気を失いました。

第16章 バートのお別れ

スピットルワースは、城の壁《かべ》のそばでの騒《さわ》ぎに気がつき、何が起こったかを見ようと目を凝《こ》らしました。そして、地面に倒《たお》れている女性《じょせい》を見て、衝撃《しょうげき》と憐《あわ》れみの叫《さけ》びを聞いたとき、やり忘《わす》れたことがあったことに突然《とつぜん》気がつきました。残された妻《つま》！　これがつまずきの石になるかもしれない。何人かが集まって、ベアミッシ夫人の顔を扇《あお》いでいるそばを通り過《す》ぎながら、スピットルワースは、待ち望んでいたお風呂《ふろ》を先延《さきの》ばしにしなければならないことをさとり、ずるがしこい頭が再《ふた》びすばやく動きだしました。

王様の一行が無事中庭に入り、フレッド王が馬から降《お》りるのを助けるのに召使《めしつかい》たちが急いでやってきたあと、スピットルワースはローチ少佐を少し離《はな》れたところに引っ張《ぱ》っていきました。

「夫人だ、ベアミッシの寡婦《かふ》だよ！」スピットルワースが小声で言いました。「君はどうして、少佐の夫人に夫の死を知らせなかったのかね？」

「閣下《かっか》、思いつきもしませんでした」ローチは正直に答えました。「家に帰る途中《とちゅう》ずっと、宝石付《ほうせき》きの剣《つるぎ》のことを考えるのに忙《いそが》しかったのです。どうやったら高く売れるか、バラバラにして誰《だれ》も見分けがつかないようにしたほうがよいのではないかなど」

「ローチ、この愚《おろ》か者、何もかもわたしが考えなければならないのか？」スピットルワースがすごみをきかせました。「さあ、行け、ベアミッシの遺体《いたい》から汚《よご》れたマントを外して、コルヌコピアの国旗で覆《おお》え。『青の間』に安置するのだ。ドアに警護《けいご》兵を付けておけ。それからベアミッシ夫人を『玉座《ぎょくざ》の間』のわたしのところに連れてくるのだ。

それから、兵士《へいし》たちに、わたしが話をするまでは家に帰ったり家族と話したりするなと命令しろ。全員が同じ話をすることが重要なのだ！　さあ、急げ、バカめが、急げ――ベアミッシの寡婦が何もかもダメにするかもしれんのだぞ！」

スピットルワースは兵士や厩係《うまや》を押《お》しのけて、フラプーンが馬から降ろしてもらっているところに行きました。

「王様を『玉座の間』と『青の間』から遠ざけておけ」スピットルワースがフラプーンの耳にささやきました。「ベッドに行くように勧《すす》めるのだ！」

フラプーンはうなずき、スピットルワースは薄暗《うすぐら》い廊下《ろうか》を急ぎながら埃《ほこり》っぽい乗馬用の上着を脱《ぬ》ぎ棄《す》て、召使たちに着替《きが》えの服を持ってこいと大声で言いつけました。

誰もいない「玉座の間」に入ると、スピットルワースは着替えの上着をぐいと引っ張って着て、メイドに、ランプを一つだけ灯《とも》し、ワインを一杯《ぱい》持ってくるように命じました。そして待ちました。しばらくしてドアをノックする音がしました。

「入れ！」スピットルワースが大声で言うと、ローチ少佐が青ざめたベアミッシ夫人と息子のバートを伴《ともな》って入ってきました。

「親愛なるベアミッシ夫人……ああ親愛なるベアミッシ夫人」スピットルワースは夫人につかつかと近寄《ちかよ》り、夫人の空いているほうの手を握《にぎ》りました。「王様からあなたに、心からお気の毒《どく》に思うとお伝えするように言いつかりました。わたしからもお悔《く》やみを申し上げます。なんという悲《ひ》劇《げき》……なんたる恐《おそ》ろしい悲劇」

「ど、どうして誰も知らせをよこさなかったのでしょう？」ベアミッシ夫人はすすり泣きました。「ど、どうしてわたくしたち自身が、かわいそうな――かわいそうな夫の遺体を見るまで知らなかったのでしょう？」

夫人は少しふらっとしました。ローチが急いで小さな金の椅子《いす》を持ってきました。ヘッティというメイドが、スピットルワースのワインを持って入ってきました。ワインをグラスに注いでもらいながら、スピットルワースが言いました。

「奥《おく》さん、我々《われわれ》は間違《まちが》いなく伝言を送りました。伝令を――ローチ、そうだろう？」

「そのとおりです」ローチが言いました。「伝令は若《わか》い兵士で、名前は……」

ここでローチはつかえてしまいました。想像力《そうぞうりょく》の乏《とぼ》しい男だったのです。

「ノビィだ」スピットルワースが最初に思い浮《う》かんだ名前を言いました。「若いノビィ……ボタンズだ」ランプの揺《ゆ》らめく灯《あか》りが、ちょうどローチの金のボタンをきらめかせたからです。「そう、まだ若いノビィ・ボタンズが志願《しがん》して、早馬で出発した。ローチ、いったい彼《かれ》はどうなったのだ？」

スピットルワースが言いました。「すぐに捜索隊《そうさくたい》を出して、ノビィ・ボタンズの形跡《けいせき》が少しでも見つかるかどうか調べるのだ」

「早速に、閣下」ローチは深々《ふかぶか》とお辞儀《じぎ》して退出《たいしゅつ》しました。

「わたくしの夫は、ど……どんなふうに亡《な》くなったのですか？」ベアミッシ夫人がささやくように聞きました。

「それはですね、マダム、」スピットルワースは慎重《しんちょう》に話しました。自分が話すことは公式の話となり、これからずっとその話に従《したが》わなければならないからです。「お聞きになったことでしょうが、我々は、イッカボッグが犬を連れ去ったという知らせを受けて、マーシランドに遠征《えんせい》しました。到着《とうちゃく》して間もなく、全軍が怪物《かいぶつ》の攻撃《こうげき》を受けたのです。

そいつは最初に王様にとびかかりましたが、王様は勇敢《ゆうかん》に戦い、ご自分の剣《けん》を怪物の首に突《つ》き刺《さ》しました。しかしイッカボッグの皮膚《ひふ》は頑丈《がんじょう》で、剣もせいぜいスズメバチの一刺し程度《ていど》だったのです。怒《おこ》った怪物はさらなる犠牲者《ぎせいしゃ》を求めました。ベアミッシ少佐はまことに勇猛果敢《ゆうもうかかん》に戦ったのですが、遺憾《いかん》ながら王様のために命を捧《ささ》げたのです。

そのとき、フラプーン卿《きょう》が、持っていたラッパ銃《じゅう》を発砲《はっぽう》するというすばらしいことを思いつきました。それがイッカボッグを追い払《はら》ったのです。我々はお気の毒なベアミッシ少佐を沼地《ぬまち》から連れ帰り、その死をご家族に知らせるための志願者《しがんしゃ》を募《つの》りました。若いノビィ・ボタンズが、自分が行くと言って、馬に飛び乗りました。我々はシューヴィルに着くまで、彼が先に着いていてあなたにこの恐ろしい悲劇をお伝えしたことを疑《うたが》いもしませんでした」

「主――主人に会わせてくださいますか？」ベアミッシ夫人は泣きながら言いました。

「もちろん、もちろん」スピットルワースが言いました。「『青の間』に安置されています」

スピットルワースはベアミッシ夫人と、母親の手にずっとつかまったままのバートを案内して「青の間」のドアのところまで来て立ち止まりました。

「残念ですが」スピットルワースが言いました。「ご主人を覆っている国旗を取り除《のぞ》くことができません。彼の受けた傷《きず》は、あなたが見るにはあまりにもむごい……牙《きば》や鉤爪《かぎづめ》、おわかりでしょう……」

ベアミッシ夫人はまたぐらりとしました。バートがお母さんの体を支《ささ》えて、しっかり立たせました。そのとき、フラプーン卿が、パイを載《の》せたお盆《ぼん》を手にしてやってきました。

「ど、どうして誰も知らせをよこさなかったのでしょう?」
ベアミッシ夫人はすすり泣きました。

寺島夏希／9歳

「王様はお休みだ」パイの入った口でフラプーンが、もごもごとスピットルワースに言いました。

「おお、今晩《こんばん》は」ベアミッシ夫人を見て、フラプーンが付け加えるように言いました。夫人はパンを焼く人なので、フラプーンが名前を知っている数少ない一人でした。「少佐のことはお気の毒に」フラプーンがベアミッシ夫人とバートにパイのくずをまき散らしながら言いました。「わたしの気に入っていた人でした」

ベアミッシ夫人とバートを「青の間」に入れるのに、スピットルワースがドアを開け、フラプーンは立ち去りました。部屋の中には、コルヌコピアの国旗の下に隠《かく》されたベアミッシ少佐の遺体が安置されていました。

「せめて最後に一度キスできませんか？」ベアミッシ夫人がすすり泣きました。

「残念ながら不可能《ふかのう》ですな」スピットルワースが言いました。「顔の半分はなくなっています」

「お母さん、お父さんの手」バートが初めて口をききました。「きっと手はだいじょうぶだよ」

スピットルワースが止める間もなく、バートは国旗の下から父親の手を引っ張り出しました。手は無傷《むきず》でした。

ベアミッシ夫人はひざまずいて、手に何度も何度も口づけし、涙《なみだ》にぬれた手が陶器《とうき》のように光りました。それからバートがお母さんを助けて立ち上がらせ、二人は無言で「青の間」を出ていきました。

第17章 グッドフェローの主《しゅ》張《ちょう》

ベアミッシ夫人とバートの姿《すがた》が見えなくなると、スピットルワースは、近衛兵《このえへい》の部屋に急ぎました。そこではローチが近衛兵たちを監視《かんし》していました。部屋の壁《かべ》には兵士《へいし》たちの剣《けん》やフレッド王の肖像《しょうぞう》画《が》が飾《かざ》ってあり、その目が今起こっていることのすべてをじっと見ているように見えました。

「閣下《かっか》、兵士たちがだんだん落ち着かなくなってきています」ローチが小声で言いました。「みんな家に帰って家族に会い、ベッドに入りたがっています」

「そのようにさせよう。ちょっとした話がすんだらな」スピットルワースは旅で疲《つか》れて汚《よご》れた兵士たちのほうに歩いていきました。

「マーシランドで起こったことで、何か質問《しつもん》のある者はいるか？」スピットルワースが兵隊に向かって言いました。

兵士たちは顔を見合わせました。何人かがこっそりローチを盗《ぬす》み見ました。ローチは壁際《ぎわ》に退《しりぞ》き、ライフルを磨《みが》いていました。そのときグッドフェロー大尉《たいい》の手が上がり、さらに二人の兵士も手を上げました。

「ベアミッシの遺体《いたい》を、誰《だれ》も目にしないうちに包んだのはなぜでしょうか？」グッドフェロー大尉が聞きました。

「銃《じゅう》が発砲《はっぽう》された音を聞きましたが、弾《たま》がどこに行ったか知りたいです」二番目の兵士が言いました。

「そんなに大きな怪物《かいぶつ》なら、どうして四人しかそれを見なかったのでしょうか？」三番目の兵士が聞くと、ほかの兵士たちもうなずきながらそのとおりだとつぶやきました。

「よい質問だ」スピットルワースがすらりと答えました。「説明しよう」

そして、スピットルワースは、ベアミッシ夫人に話した通りに、少佐が襲《おそ》われた話を繰《く》り返しました。

質問した兵士たちは満足しませんでした。

「それでもやはり、巨大《きょだい》な怪物があそこにいたのに、我々《われわれ》の誰も目撃《もくげき》しなかったのはおかしいです」三番目の兵士が言いました。

「ベアミッシが半分食われてしまったのなら、どうしてもっと血が流れていなかったのでしょう?」二番目の兵士が聞きました。

「それに、いったいぜんたい」グッドフェロー大尉が言いました。「ノビィ・ボタンズというのは何者ですか?」

「どうしてノビィ・ボタンズを知っているのかね?」スピットルワースは思わず聞き返しました。

「厩《うまや》からここに来る途中《とちゅう》、メイドのヘッティに出くわしました」グッドフェローが言いました。

「閣下、あなたにワインを持っていった者です。その女によれば、ベアミッシのかわいそうなご夫人に、あなたがちょうどノビィ・ボタンズという近衛兵の名を言っていたとのこと。閣下によれば、ノビィ・ボタンズが、少佐が殺《ころ》されたと伝えるメッセージを持ってベアミッシ夫人のもとに送られたとのこと。

しかし、自分は、ノビィ・ボタンズを記憶《きおく》していません。ノビィ・ボタンズという名の者に会ったことがありません。ですから閣下、そんなことがありえるかとお尋《たず》ねします。われらとともに遠《えん》征《せい》し、われらとともに野営《やえい》し、そして閣下からわれらの目の前で命令を受けた者を、我々の誰も目にしたことがないとは?」

スピットルワースがまず思ったのは、盗み聞きしたメイドを何とかしなければならないということでした。グッドフェローがそのメイドの名前を言ってくれたのは幸いだったと思いました。それから、脅《おど》しをきかせた声で言いました。

「グッドフェロー大尉、君が全員を代表して何か言う権利《けんり》があるのか？ ほかの誰かが、君よりも記憶力《きおくりょく》がよいかもしれないのではないかな。誰かが哀《あわ》れなノビィ・ボタンズをはっきり覚えているのではないかな。親愛なる若者《わかもの》、ノビィの追悼《ついとう》のために、王様は今週の報酬《ほうしゅう》として全員に金貨の重い袋《ふくろ》を追加するであろう。誇《ほこ》り高く勇敢《ゆうかん》なノビィ、その犠牲《ぎせい》は――と言うのも、わたしは怪物がベアミッシばかりかノビィをも食らったと思う――軍隊の戦友全員の昇給《しょうきゅう》を意味するのだ。ノーブルなノビィ・ボタンズ、彼《かれ》の親しい友人たちは、必ずや記録され、速やかに昇進《しょうしん》するだろう」

スピットルワースのことばのあとには沈黙《ちんもく》が続きました。冷たく重い沈黙です。近衛兵全員が、選択《せんたく》を迫《せま》られていることを理解《りかい》したのです。心の中で天秤《てんびん》にかけたのは、一方はスピットルワースが王様に対して持っているとされる大きな影響力《えいきょうりょく》、ローチ少佐が今や脅すようにライフルの銃身《じゅうしん》をなですっていること。それに、前の隊長だったベアミッシ少佐の突然《とつぜん》の死を思い出したのです。もう一方はイッカボッグとノビィ・ボタンズ兵卒がいたことを信じれば、金貨の報奨《ほうしょう》と速やかな昇進の約束。

グッドフェローが突然立ち上がり、椅子《いす》がガタンと音をたてて床《ゆか》に倒《たお》れました。

「ノビィ・ボタンズという者は断固《だんこ》としていなかった。イッカボッグがいたなどと、わたしは決して信じない。わたしは嘘偽《うそいつわ》りには加担《かたん》しない！」

もう二人の質問者《しつもんしゃ》も立ち上がりました。しかし、ほかの近衛兵は座《すわ》ったまま黙《だま》って見守るだけでした。

「よかろう」スピットルワースが言いました。「お前たち三人は、汚《けが》らわしい反逆罪《はんぎゃくざい》で逮捕《たいほ》する。お前たちの同僚《どうりょう》の兵士たちは、イッカボッグが現《あらわ》れたときにお前たちが逃《に》げ出したことを覚えているにちがいない。王様を護《まも》る義務《ぎむ》を忘《わす》れ、自分だけの身の安全を図った臆病《おくびょう》なやつらめ！　銃《じゅう》殺《さっ》隊による死刑《しけい》に処《しょ》する！」

スピットルワースは、三人の兵士を連行するのに、八人の兵士を選びました。三人の正直な兵士たちは強硬《きょうこう》に抵抗《ていこう》しましたが、多勢《たぜい》に無勢《ぶぜい》で取り押《お》さえられ、すぐさま近衛兵の部屋から引きずり出されました。

「よろしい」スピットルワースは残っている何人かの兵士たちに向かって言いました。

「大変よろしい。君たち全員に昇給があるであろう。昇進の機会があれば、君たちの名前を覚えておこう。さあ、家族に、マーシランドで何があったかを正確《せいかく》に話すことを忘れるでないぞ。もし我々《われわれ》が君たちの妻《つま》、両親、子どもたちが、イッカボッグ、またはノビィ・ボタンズの存在《そんざい》を疑《うたが》っていると耳にしたら、その者たちによからぬことが起こるかもしれないからな。

もう帰宅《きたく》してよろしい」

第18章 顧問《こ》《もん》の最後

近衛兵《このえへい》たちが帰宅《きたく》の途《と》につきかけたそのとき、フラプーン卿《きょう》が困《こま》ったような顔で部屋に飛び込《こ》んできました。

「今度は何だ？」入浴とベッドを待ちわびたスピットルワースがうめきました。

「首——首席顧問が！」フラプーンが息せききって言いました。

まさにそのとおり、激怒《げきど》した部屋着姿《すがた》の首席顧問のヘリンボーンが現《あらわ》れました。

「閣下《かっか》、ご説明願いましょうか！」ヘリンボーンが大声で言いました。「我《わ》が耳に届《とど》きしことは、いったい何ごとなのか？　イッカボッグが、実在《じつざい》する？　ベアミッシ少佐が、死んだ？　それにたった今わたしは、死刑《しけい》の宣告《せんこく》を受けた三人の近衛兵が引きずっていかれるところに通りがかった！　わたしはむろん、三人をいったん地下牢《ちかろう》に連れていって裁判《さいばん》を待たせるようにと指示《しじ》した！」

「主席顧問、全部ご説明いたしましょう」スピットルワースはお辞儀《じぎ》をして、今晩《こんばん》三度目の話をしました。イッカボッグが王様を襲《おそ》い、ベアミッシを殺《ころ》したこと、ノビィ・ボタンズが不可解《ふかかい》な消え方をしたのは、おそらく怪物《かいぶつ》の餌食《えじき》になったのではないかと懸念《けねん》していること。

スピットルワースとフラプーンが王様に影響《えいきょう》を与《あた》えていることを常《つね》に嘆《なげ》かわしく思っていたヘリンボーンは、嘘八百《うそはっぴゃく》のでっちあげ話が終わるのを、兎穴《うさぎあな》の出口で夕食の獲物《えもの》を待つ、策略家《さくりゃくか》の古狐《ふるぎつね》のように待ちました。

「興味深《きょうみぶか》い話じゃ」スピットルワースの話が終わると、ヘリンボーンが言いました。「しかし、スピットルワース卿、わたしはこれ以後、この件《けん》についてのあなたの任《にん》を解《と》く。今から顧問団《こもんだん》が指揮《しき》をとる。コルヌコピアには、このような緊急事態《きんきゅうじたい》を扱《あつか》う法律《ほうりつ》ときまりというものがある。まず、地下牢の兵隊たちには、この事件《じけん》の彼《かれ》らの側の意見を我々《われわれ》が聞くことができるよう、正当な裁判を受けさせる。第二に、近衛兵の名簿《めいぼ》を調べ、このノビィ・ボタンズの家族を捜《さが》して、家族にその死を知らせる。第三に、ベアミッシ少佐の遺体《いたい》を王様の医師団《いしだん》に詳《くわ》しく調べさせ、少佐を殺した怪物のことをもっと学べるようにする」

スピットルワースは口をあんぐり開けましたが、ことばが出てきません。輝《かがや》かしい計画が頭の上から崩《くず》れてきて、自分がその下敷《したじ》きになり、自らの賢《さか》しさに閉《と》じ込められる姿が見えたのです。

そのとき、首席顧問の後ろに立っていたローチ少佐が、ゆっくりとライフルを下に置き、壁《かべ》から剣《けん》を下ろしました。ローチとスピットルワースの間に、暗い水の上を走る閃光《せんこう》のような視線《しせん》が交わされ、スピットルワースがこう言いました。

「ヘリンボーン、引退《いんたい》の時期が熟《じゅく》したようですな」

鋼《はがね》がひらめき、ローチの剣先《けんさき》が首席顧問の腹《はら》から突《つ》き出しました。兵士《へいし》たちがあっと息をのみましたが、首席顧問は一言も発しませんでした。ただ膝《ひざ》をつき、息絶《た》えて前に倒《たお》れました。

スピットルワースは、イッカボッグを信じることに同意した兵士たちを見回しました。どの顔にも浮《う》かんでいる恐怖《きょうふ》が、スピットルワースは気に入りました。自分の権力《けんりょく》を感じることができたのです。

「首席顧問が引退の前に、わたしを後継者《こうけいしゃ》に指名したのを聞いたかね？」スピットルワースは静かに聞きました。

兵士たちは全員うなずきました。ただそばに突っ立って殺人《さつじん》を見ていたことで、これほど深く関わってしまったからには、抗議《こうぎ》することはできないと感じたのです。全員が、この部屋から生きて逃《のが》れて、自分たちの家族を護《まも》ることしか考えられませんでした。

「では、よろしい」スピットルワースが言いました。「王様はイッカボッグの実在を信じている。わたしは王様に味方する。わたしは首席顧問として、王国を護る計画を立てる。王様に忠実《ちゅうじつ》な者は、これまでと変わらない生活を送る。王様に反対する者は、卑怯者《ひきょうもの》、反逆者《はんぎゃくしゃ》として処罰《しょばつ》される。投獄《とうごく》——もしくは死だ。

「ヘリンボーン、引退の時期が熟したようですな」
鋼がひらめき、ローチの剣先が首席顧問の腹から突き出しました。

山浦奏二郎／9歳

さて、親愛なる首席顧問の死体を埋《う》めるのに、誰《だれ》か一人、ローチ少佐に手を貸《か》してくれ——絶対《ぜったい》に死体が発見されないところに埋めるのだぞ。あとの者は家族のもとに帰ってよろしい。家族に、愛するコルヌコピアに危険《きけん》が迫《せま》っていることを知らせるのだ」

第19章 レディ・エスランダ

スピットルソースは勇んで地下牢《ちかろう》に向かいました。ヘリンボーンがいなくなり、もはや三人の正直な兵士《へいし》たちを殺《ころ》すのを邪魔《じゃま》するものはありません。自分で三人を撃《う》ち殺すつもりでした。あとで話をでっちあげる時間はあるだろう——例えば王家の宝石《ほうせき》のある地下室に遺体《いたい》を置いて、三人が盗《ぬす》みに入ろうとした、とでも言えばよい。

ところが、地下牢の扉《とびら》に手をかけたとたん、スピットルワースの後ろの暗がりで静かな声がしました。

「こんばんは、スピットルワース卿《きょう》」

振《ふ》り向くと、漆黒《しっこく》の髪《かみ》のレディ・エスランダが、真剣《しんけん》な顔で暗い螺旋階段《らせんかいだん》から下りてくるところでした。

「これはレディ、こんな遅《おそ》い時間まで起きていらっしゃるとは」スピットルワースはお辞儀《じぎ》をしなから言いました。

「ええ」レディ・エスランダの心臓《しんぞう》は早鐘《はやがね》のようにドキドキしていました。「わたくし――わたくし眠《ねむ》れなくて、少しお散歩をしようと」

これは小さな嘘《うそ》でした。本当は、エスランダはぐっすり眠っていたのですが、寝室《しんしつ》のドアを慌《あわ》ただしくたたたく音で目が覚めたのです。ドアを開けると、そこにはヘッティが立っていました。スピットルワースにワインを持って行って、ノビィ・ボタンズの嘘を聞いたメイドです。

ノビィ・ボタンズの話のあと、いったいスピットルワースが何をしようとしているのか知りたくなったヘッティは、近衛兵《このえへい》の部屋まであとをつけ、ドアに耳を押《お》し付けて、中の出来事を全部聞いてしまいました。三人の兵士が引きずられていったとき、ヘッティは逃《に》げて隠《かく》れ、それからレディ・エスランダを起こしに、急いで階段を上がっていきました。銃殺《じゅうさつ》されようとしている兵士たちを助けたかったのです。メイドは、エスランダが密《ひそ》かにグッドフェロー大尉《たいい》に恋《こい》していることは、まったく知りませんでした。ただ、宮廷《きゅうてい》のレディたちの中で、レディ・エスランダが一番好きだったし、彼女《かのじょ》が親切で賢《かしこ》い人だと知っていたのです。

レディ・エスランダは急いでヘッティに金貨を何枚《まい》か握《にぎ》らせ、その夜のうちにお城を去るようにと言いました。このメイドがいまや、とても危険《きけん》な状態《じょうたい》に置かれているのではないかと心配したからです。それからレディ・エスランダは震《ふる》える手で着替《きが》えをし、ランタンを握って、寝室の脇《わき》の螺旋階段を急いで下りました。しかし、階段を下りきるまえに、人声《ひとごえ》が聞こえました。ランタンの灯を吹《ふ》き消し、エスランダは、ヘリンボーンがグッドフェロー大尉《たいい》とその友人たちを銃殺せずに、地下牢に連れていくように命じるのを聞きました。そのあともずっと階段に隠れていたのは、三人の身の危険がまだ去っていないかもしれないという感じがしたからです——はたせるかな、スピットルワース卿がピストルを持って地下牢に向かっていました。

「首席顧問《こもん》はどこかにいらっしゃいますの?」レディ・エスランダが聞きました。「わたくし、さきほどお声を聞いたように思いましたの」

「ヘリンボーンは引退《いんたい》しました」スピットルワースが言いました。「新しい首席顧問は、レディ、あなたの目の前に立っております」

「まあ、おめでとうございます!」エスランダは喜《よろこ》んだふりをしました。本当はぞっとしたのです。「では、地下牢の三人の兵士の裁判《さいばん》を監督《かんとく》なさるのはあなたですわね?」

「レディ・エスランダ、よく情報《じょうほう》をご存知《ぞんじ》で」スピットルワースはエスランダをじっと見ました。「地下牢に三人の兵士がいることを、どうしてお知りになりましたか?」

「ヘリンボーンがそう言うのをたまたま聞きましたの」レディ・エスランダが言いました。「三人は尊敬《そんけい》されている兵士たちのようですわね。ヘリンボーンは、三人が公正な裁判を受けることがとても大事だとおっしゃっていました。フレッド王も同意なさるはずですわ。なにしろ王様はご自分の人気をとても気にかけていらっしゃいます――そうであるべきですわ。君主が効果《こうか》的に治めるには、愛されなければなりませんもの」

　レディ・エスランダは、みごとに、王様の人気だけを考えているようなふりをしました。十人中九人は信じたことでしょう。残念ながら、スピットルワースは、レディの声が震えているのに気がつき、兵士たちの命を救《すく》おうとして、真夜中に急いで階段を下りてくるからには、三人のうちの誰《だれ》かを愛しているのではないかと疑《うたが》いました。

「いったい」スピットルワースはレディの顔をじっと観察しながら言いました。「三人のうち、誰にそんなにご執心《しゅうしん》なのですかな?」

　レディ・エスランダは、できることなら顔が赤らむのを止めたかったのですが、残念なことにできませんでした。

「オグデンではないでしょうな」スピットルワースがじっと考えながら言いました。「なにしろ醜《みにく》い男ですし、いずれにせよもう妻《つま》がいます。もしやワグスタッフ?　面白いやつですからな。しかしよく腫《は》れものができる。違《ちが》うな」スピットルワース卿は静かに言いました。「あなたが顔を赤らめたのは、レディ・エスランダ、ハンサムなグッドフェロー大尉のせいにちがいないと思います。あなたはそこまで身を落とされるのですか?　いいですか、やつの両親はチーズ作りですぞ」

「チーズ作りであろうと、王様であろうと、わたくしには何の違いもありません。名誉《めいよ》ある行動をとる人でさえあれば」エスランダが言いました。「それに、兵士たちが裁判もなく銃殺されれば、王様の不名誉になりましょう。ですから、お目ざめになったら、わたくしがそのように王様に申し上げます」

レディ・エスランダは、そう言うなり背《せ》を向けて、震えながら螺旋階段を上っていきました。兵隊たちの命を救うのに十分なことを言ったかどうかわかりませんでしたから、レディは眠れない夜を過《す》ごしました。

スピットルワースは、寒さで両足の感覚がなくなるまで、冷えた通路に立っていました。どうすべきかを決めかねていたのです。

一方では、知りすぎている三人の兵士を片《かた》づけてしまいたかったのです。しかしもう一方では、レディ・エスランダの言うとおりではないかと恐《おそ》れていました。裁判なしに三人が銃殺されれば、王様が責《せ》められるでしょう。そうなれば、王様はスピットルワースに腹《はら》をたてて、首席顧問の地位を取り上げてしまうかもしれません。そんなことになれば、マーシランドからの帰りに楽しんできた権力《けんりょく》と富の夢《ゆめ》は、すべて破《やぶ》れてしまうでしょう。

そこでスピットルワースは、地下牢の扉を離《はな》れ、ベッドに向かいました。かつて自分が結婚《けっこん》したいと思ったレディ・エスランダが、チーズ作りの息子《むすこ》のほうを好んだということに、いかにも腹がたちました。ろうそくを吹き消しながら、スピットルワースは、いつかあのレディにこの屈辱《くつじょく》の付けを払《はら》わせてやる、と心に決めました。

第20章 ベアミッシとボタンズの勲《くん》章《しょう》

翌朝《よくあさ》目を覚ましたフレッド王は、首席顧問《こもん》が国家の歴史《れきし》上重要なこのときに引退《いんたい》したと知らされました。王様はかんかんになって怒《おこ》りました。しかし、スピットルワース卿《きょう》が引き継《つ》いだと知って、フレッドはとても安心しました。というのも、スピットルワースが王国の直面する重大な危機《きき》を理解《りかい》していることを知っていたからです。

自分の城に帰って、高い壁《かべ》と大砲《たいほう》が据《す》えられた塔《とう》、鬼戸《おにど》や堀《ほり》に守られて、今はずっと安心でしたが、フレッドはこの度のショックを振《ふ》り切ることができませんでした。王様の私邸《してい》の部屋に閉《と》じこもり、食事は全部、金の盆《ぼん》にのせて運ばせました。狩《かり》に出かけもせず、かわりに部屋のふかふかのカーペットを行ったり来たりして、北の沼地《ぬまち》での恐《おそ》ろしい冒険《ぼうけん》を何度も思い出し、追体験していましたし、二人の親友としか会わずに、その二人は王様の恐怖《きょうふ》を生々《なまなま》しいものにしておくように気を使っていました。

マーシランドから帰って三日目に、暗い顔をして王様の私邸に入ってきたスピットルワース卿が、ノビィ・ボタンズ兵卒の消息を調べに沼地に送られた兵隊たちの見つけたものは、血だらけの彼《かれ》の靴《くつ》と、馬の蹄鉄《ていてつ》一個《こ》、それに散々《さんざん》かじられた骨《ほね》だけだったと報告《ほうこく》しました。

王様は青くなり、サテンのソファに深く腰《こし》かけました。「ああ、なんと恐ろしい、なんと恐ろしい……ボタンズ兵卒……ええと、どんな兵士《へいし》だったかね？」

「若《わか》い、そばかすだらけの、母上は寡婦《かふ》で、一人息子でした」スピットルワースが答えました。

「近衛《このえ》隊に入隊したばかりの新兵で、将来《しょうらい》ある若者《わかもの》でした。まったくもって悲劇《ひげき》的なことで。イッカボッグはベアミッシとボタンズを襲《おそ》ったことで、人肉の味を覚えたようです――まさに陛下《へいか》が予想なさったとおりに。口幅《くちはば》ったい言い方ですが、陛下が最初から危険《きけん》を把握《はあく》なさっていたというのは、まことに驚《おどろ》くべきことです」

「し――しかし、どうすればよいのだ、スピットルワース？　怪物《かいぶつ》がさらに多くの人間の獲物《えもの》を求めているとしたら……」

「お任《まか》せください、陛下」スピットルワースがなだめるように言いました。「わたくしは、なにしろ首席顧問です。昼も夜も王国の安全のために働いております」

「スピットルワース、ヘリンボーンがそちを後継者《こうけいしゃ》に指名してくれてうれしいぞ」フレッドが言いました。「そちがいなかったら余《よ》はどうしたらよいものやら」

「なにをおっしゃいます、陛下。慈悲《じひ》深い王様にお仕えするのは名誉《めいよ》なことです。

さあ、明日の葬儀《そうぎ》についてのご相談です。ボタンズの遺品《いひん》を、ベアミッシ少佐の隣《となり》に葬《ほうむ》るつもりです。これは、よろしいですか、国家行事で、壮大《そうだい》な儀式《ぎしき》でなければなりません。そこで、『殺《さっ》人《じん》イッカボッグに立ち向かった卓越《たくえつ》した勇気の勲章』を亡《な》くなった者たちの親族に授与《じゅよ》すれば、とてもよい雰囲気《ふんいき》になるのではないかと思います」

「おお、勲章はあるのか？」とフレッド。

「もちろんございます、陛下。そう言えば——ご自身がまだ受け取っておられません」

スピットルワースは内ポケットから、カップの受け皿ほどもある最高に豪華《ごうか》な金の勲章を取り出しました。勲章の浮《う》き彫《ぼ》りは、ルビーの目をぎらつかせた怪物と、それと戦う王冠《おうかん》をかぶったハンサムで筋肉隆々《きんにくりゅうりゅう》の男です。勲章は真紅《しんく》のビロードのリボンに下がっていました。

「余の勲章？」王様は目を丸くしました。

「もちろんですとも、陛下！」スピットルワースが言いました。「怪物の汚《けが》らわしい首に、陛下が剣《けん》を突《つ》き刺《さ》したではありませんか？　我々《われわれ》全員がそのことをしかと覚えておりますぞ、陛下！」

フレッド王はずっしりした金の勲章を指でいじっていました。何も言いませんでしたが、心の中では無言で押問答《おしもんどう》していたのです。

フレッドの正直な声が、小さくはっきりと言いました。**そんなふうではなかった。そんなことは**

起こらなかったと、あなたは知っている。イッカボッグを霧《きり》の中で見て、剣を取り落として逃《に》げたのだ。怪物を刺したりはしなかった。刺せるほど近くまではいかなかった！

しかし、臆病《おくびょう》なフレッドが正直な声より大声で言いました。**そういうことが起こったと、お前は既《すで》にスピットルワースに同意したではないか！　実は逃げ出したのだといまさら認《みと》めたら、お前はどんなに愚《おろ》か者に見えることか！**

フレッドの虚栄心《きょえいしん》が一番大きな声をあげました。**結局、イッカボッグ狩を率《ひき》いたのは余《よ》だ！　余が一番先にやつを見たのだ！　この勲章は余にふさわしいし、黒い喪服《もふく》に下げたら、すばらしく引き立つだろう。**

フレッドが口を開きました。

「そうだ、スピットルワース、そちが言ったとおりのことが起こった。しかしそんな自慢《じまん》はせぬものだ」

「陛下のご謙遜《けんそん》ぶりは有名です」スピットルワースは、ニヤリ笑いを隠《かく》すのに深々《ふかぶか》とお辞儀《じぎ》をしました。

次の日は、イッカボッグの犠牲者《ぎせいしゃ》を称《たた》えて喪《も》に服する、国家的記念日であると宣言《せんげん》されました。大勢《おおぜい》が道筋《みちすじ》に並《なら》んで、ベアミッシ少佐とボタンズ兵卒の棺《ひつぎ》をのせた馬車が、羽飾《はねかざ》りを付けた黒い馬に曳《ひ》かれて通り過《す》ぎるのを見物しました。

フレッド王が、真っ黒な馬に乗り、「殺人イッカボッグに立ち向かった卓越した勇気の勲章」を胸《むな》もとで揺《ゆ》らしながら、棺《ひつぎ》の後ろに続きました。勲章が日の光を反射《はんしゃ》して、群衆《ぐんしゅう》の目には痛《いた》いほど輝《かがや》きました。王様のあとには、やはり黒い服を着たベアミッシ夫人とバートが歩き、その後ろには赤毛の鬘《かつら》をつけた老女が泣き叫《さけ》びながら歩いていました。この人はボタンズ夫人、ノビィの母親だと紹介《しょうかい》されていました。

「ああ、わたしのノビィ」その人は歩きながら泣き叫びました。「ああ、わたしのかわいそうなノビィを殺《ころ》した恐ろしいイッカボッグ、死ね！」

棺《ひつぎ》が墓穴《はかあな》に下ろされ、王様のラッパ手《しゅ》たちが国歌を演奏《えんそう》しました。ボタンズの棺にはレンガが詰《つ》まっていたので、ことさらに重かったのです。奇妙《きみょう》な格好《かっこう》で泣きわめき、イッカボッグをまたしても呪《のろ》うボタンズ夫人のそばで、その息子の棺を十人もの男が汗《あせ》だくになって墓穴に下ろしていました。ベアミッシ夫人とバートは静かに泣きながら立っていました。

それからフレッド王が、故人《こじん》への勲章を遺族《いぞく》に渡《わた》すので、前に進み出るようにと呼《よ》びかけました。スピットルワースは、ベアミッシと架空《かくう》のボタンズに、王様にかけたほどのお金を費《つい》やしたくなかったので、二つの勲章は金でなく銀でした。それでも、勲章授与式《じゅよしき》は感動的なものになり、特にボタンズ夫人は感激《かんげき》のあまり地面にひれふして、王様のブーツに口づけしました。

ベアミッシ夫人とバートは葬儀場《そうぎじょう》から家まで歩いて戻《もど》りましたが、群衆は敬意《けいい》をこめて道を空けました。一度だけベアミッシ夫人が立ち止まりましたが、それは、古い友人のダブテイルさんが群衆から進み出て、夫人に心からのお悔《く》やみを述《の》べたときでした。二人は抱《だ》き合いました。ディジィもバートに何か言いたかったのですが、群衆が全員見つめていましたし、バートは顔をしかめて自分の足元を見つめたままでしたから、バートと目を合わせることさえできませんでした。そうしているうちに、デイジィのお父さんはベアミッシ夫人から離《はな》れ、デイジィはただ、一番なかよしの友だちがお母さんと一緒《いっしょ》に遠ざかっていくのを、姿《すがた》が見えなくなるまで見送るしかありませんでした。

家に帰ると、ベアミッシ夫人はベッドに顔をうずめて、激《はげ》しくすすり泣きました。バートはなんとか慰《なぐさ》めようとしましたが、どうにもできませんでしたから、お父さんの勲章を持って自分の部屋に行き、それをマントルピースの上に置きました。

勲章をよく見ようと少し後ろに下がったとき初めて、勲章を置いた場所が、ずいぶん昔にダブテイルさんに彫《ほ》ってもらった木彫《きぼ》りのイッカボッグ人形のすぐ隣だったことに気がつきました。それまでバートは、イッカボッグ人形とお父さんの死を結び付けてはいませんでした。

バートは今、木の人形を棚《たな》から下ろして床《ゆか》に置き、火かき棒《ぼう》をとって、イッカボッグ人形を粉々《こなごな》に打ち砕《くだ》きました。それから、砕《くだ》けた人形の残骸《ざんがい》を集めて火に投げ入れました。炎《ほのお》がだんだん高く上がるのを見つめながら、バートは、大きくなったらいつかイッカボッグを追い詰めて、お父さんを殺した怪物に、自分が仕返ししてやると誓《ちか》いました。

第21章 フローディシャム教《きょう》授《じゅ》

葬儀《そうぎ》の次の朝、スピットルワースがまた王様の私邸《してい》のドアをノックして入ってきました。そして、抱《かか》えていたたくさんの巻紙《まきがみ》を王様が座《すわ》っているテーブルの上にどさっと落としました。

「スピットルワースよ」王様はまだ「殺人《さつじん》イッカボッグに立ち向かった卓越《たくえつ》した勇気の勲章《くんしょう》」を下げ、より目立つように真紅《しんく》のスーツを着ていました。「今日の菓子《かし》パンはいつものよりまずいぞ」

「おお、王様、申し訳《わけ》ありません」スピットルワースが言いました。「寡婦《かふ》のベアミッシ夫人は、数日お休みをとるのがよろしいかと存《ぞん》じまして。この菓子パンはパン職人《しょくにん》長補佐《ほさ》が作ったものです」

「うーむ、かたいパンだ」フレッドは「たわいない楽しみ」の食べかけをそのまま皿に落としました。「ところでそのたくさんの巻物《まきもの》は何かね？」

「これは、陛下《へいか》、王国をイッカボッグから護《まも》るための防衛改善案《ぼうえいかいぜんあん》です」

「よろしい、よろしい」フレッド王はケーキと紅茶《こうちゃ》ポットを脇《わき》に退《ど》けて、テーブルに場所を空け、スピットルワースは椅子《いす》を引き寄《よ》せました。

「まず最初にすべきことは、陛下、イッカボッグそのものについてもっと知ることです。知ればそれだけ打ち負かすやり方もわかりましょう」

「うむ、そうだな。しかし、スピットルワース、**どうやって？**　あの怪物《かいぶつ》は謎《なぞ》だ！　長年、誰《だれ》もが空想だと思ってきた！」

「それは、恐《おそ》れながら陛下、間違《まちが》いです」スピットルワースが言いました。「根気よく探《さが》しました結果、わたくしはコルヌコピア随一《ずいいち》のイッカボッグの専門家《せんもんか》を探し当てました。フラプーン卿《きょう》が、その者とともにホールで待っております。陛下のお許《ゆる》しをいただけるなら――」

「通せ、通せ、早く！」フレッドが興奮《こうふん》して言いました。

そこでスピットルワースは部屋を辞し、まもなくフラプーン卿と小さな老人とを連れて戻《もど》ってきました。老人は白髪《はくはつ》にとてもぶ厚《あつ》い眼鏡《めがね》をかけ、そのせいで目がないように見えました。

「こちらは、陛下、フラプーン教授です」フラプーンに紹介《しょうかい》されたモグラのような小柄《こがら》な老人は、王様に深々《ふかぶか》とお辞儀《じぎ》しました。「イッカボッグについてこの者が知らないようなことは、知る価値《かち》がありません！」

「フローディシャム教授、なぜ余《よ》はこれまでそちのことを聞いたことがなかったのであろう？」専門家が存在《そんざい》するくらいイッカボッグが本物だと知っていたら、自分がわざわざ捜《さが》しに行ったりしなかったろうにと思いながら、王様が聞きました。

「陛下、わたくしは隠遁《いんとん》生活を送っております」フローディシャム教授が再《ふたた》びお辞儀をして言いました。「イッカボッグを信じる人があまりに少ないものですから、わたくしはこの知識《ちしき》を自分だけのものにしておく習慣《しゅうかん》がついたのです」

フレッド王はこの答えに満足し、スピットルワースはほっとしました。というのは、フローディシャム教授は、ノビィ・ボタンズや、実は、葬儀のときに泣きわめいていた赤毛の鬘《かつら》をかぶった老ボタンズ夫人と同じく、実在《じつざい》しなかったのです。鬘と眼鏡の奥《おく》のフローディシャム教授と、ボタンズ夫人は、本当は同じ人だったのです。オットー・スクランブルという名のスピットルワースの執事《しつじ》で、主人の留守《るす》にはスピットルワースの城に住んで領地《りょうち》を管理していました。主人と同じく、スクランブルは金のためには何でもする人で、寡婦役と教授役の両方を、百ダカットで引き受けたのです。

「では、フローディシャム教授、イッカボッグについては何をお教えいただけるのかな？」王様が聞きました。

「そうですなあ」偽《にせ》教授は、スピットルワースから、何を言うべきかを教えられていました。「馬二頭分ぐらい大きく――」

「もっと大きいかもしれん」マーシランドから帰って以来、巨大《きょだい》なイッカボッグの悪夢《あくむ》ばかり見ていたフレッドが口をはさみました。

「おおせのとおり、より大きいかもしれません」フローディシャムが同意しました。「中ぐらいのイッカボッグは馬二頭の背丈《せたけ》で、大型《おおがた》のやつは身の丈《たけ》――そうですなあ――」

「象《ぞう》二頭分」王様が意見を言いました。

「象二頭分」フローディシャムが同意しました。「その目はランプのごとく――」

「もしくは真っ赤な火の玉」王様が意見を言いました。

「まさにわたくしがそのイメージを申し上げようとしていたところです、陛下！」フローディシャムが言いました。

「それで、怪物はほんとうに人間のことばを話すことができるのか？」フレッドの悪夢の中で、怪物が暗い通りを城に向かって這《は》いながら、「**王様だ……王様が欲《ほ》しい……どこにいるのだ、王様やい？**」とささやいていたのです。

「まさに、そうです」フローディシャムがまた深くお辞儀して言いました。「我々《われわれ》は、イッカボッグが人間を捕《と》らえて人のことばを学んだと考えております。腹《はら》を裂《さ》いて獲物《えもの》を食らうまえに、イッカボッグは囚人《しゅうじん》に、むりやり我々のことばを教えさせていると考えております」

「くわばら、くわばら、なんと残酷《ざんこく》な！」フレッドは青くなってつぶやきました。

「さらにですな」フローディシャムが言いました。「イッカボッグは執念深《しゅうねんぶか》く、ものごとをなかなか忘《わす》れません。もし犠牲者《ぎせいしゃ》にまんまとだしぬかれたら――陛下がそやつの恐ろしい爪《つめ》を逃《のが》れたのもそうですが――暗闇《くらやみ》に紛《まぎ》れて沼地《ぬまち》から忍《しの》び寄り、その犠牲者が寝《ね》ている間に襲《おそ》うことがありました」

食べかけの「たわいない楽しみ」に振《ふ》りかけられた雪のような粉《こな》ざとうよりももっと白い顔になり、血の気が失せたフレッドが、かすれ声で言いました。

「どうしたらよいのだ？　余《よ》はもうおしまいだ！」

「ばかなことを、陛下」スピットルワースが元気づけるように言いました。「わたくしが、陛下をお護りするために、あらゆる手立てを考えました」

そう言いながら、スピットルワースは持ってきた巻物を一つ取り上げて広げました。ほとんどテーブルいっぱいに広がった巻物には、ドラゴンに似《に》た怪物の絵が色付きで描《えが》かれていました。巨大な醜《みにく》い姿《すがた》は厚く黒いウロコに覆《おお》われ、目は白く光り、尾《お》の先は毒《どく》を持ったトゲになっていて、牙《きば》のある口は人を丸のみできるほど大きく、長い、剃刀《かみそり》のように鋭《するど》い鉤爪《かぎづめ》を持っています。

「イッカボッグから防衛するには、克服《こくふく》せねばならぬ問題がいくつかあります」フローディシャムは、やおら短い棒《ぼう》を取り出し、牙、鉤爪、毒のある尾と、順に指し示《しめ》しました。「しかし、一番の難問《なんもん》は、イッカボッグを一頭殺《ころ》せば、その死骸《しがい》から新たに二頭のイッカボッグが出てくるということです」

「まさかそんなことが？」フレッドが消えいるように言いました。

「いえ、陛下、そのまさかです」フローディシャムが言いました。「わたくしはこの怪物を生涯《しょうがい》研究してきました。わたくしの見つけ出したことは、かなり正確《せいかく》であると保証《ほしょう》できます」

「陛下は、イッカボッグについての古い物語の多くが、この奇妙《きみょう》な事実について述《の》べているのを、おそらく覚えていらっしゃることと存じます」スピットルワースが口をはさみました。スピットルワースにとっては、王様がイッカボッグのこの特徴《とくちょう》を信じることが必要だったのです。彼《かれ》の計画の大部分がそのことにかかっていたからです。

「しかし、そんなことは――あまりにありえない！」フレッドが弱々しく言いました。

「一見**たしかに**、ありえないように見えますな、陛下、そうでしょう？」スピットルワースはまた一礼して言いました。「実は、こういう異常《いじょう》で信じられないようなことこそ、もっとも賢《かしこ》い人間だけが理解《りかい》できるもので、普通《ふつう》の人間は――**愚**《おろ》**かな**者どものことです、陛下――そういった考えをあざけって笑ったり、大笑いしたりするのです」

フレッドは、スピットルワースとフラプーンを、そしてフローディシャムを見ました。三人とも、フレッドが賢い人間だと証明《しょうめい》するのを待っているように見えました。そして当然、フレッドは自分が愚か者だと思われたくありません。そこでこう言いました。「さよう……いや、教授がそ

フレッドの悪夢の中で、怪物が暗い通りを城に向かって這いながら、
「王様だ・・王様が欲しい・・どこにいるのだ、王様やい?」とささやいていたのです。

井原潤／11歳

うおっしゃるなら、余はそれで十分だ……しかし、怪物が死ぬたびに二頭になるなら、どうやって殺せばよいのだ?」

「さすれば、我々の計画の第一段階《だんかい》では、殺さないのです」スピットルワースが言いました。

「殺さない?」フレッドはがっかりしました。

スピットルワースは二本目の巻物を広げました。コルヌコピアの地図でした。地図の最北端《さいほくたん》には、巨大なイッカボッグが描かれています。広い沼地のまわりにぐるりと、剣《けん》を持った何百人という小さな姿が描かれています。フレッドは、その中の誰かが王冠《おうかん》をかぶっていないかどうか、じっと見ましたが、誰もかぶっていないのでほっとしました。

「ごらんのとおり、陛下、我々の最初の提案《ていあん》は、特殊《とくしゅ》部隊の『イッカボッグ防衛隊《ぼうえいたい》』です。これらの兵士《へいし》が、マーシランドの周辺をパトロールして、イッカボッグが沼地を離《はな》れられないようにします。そういう部隊の費用《ひよう》は、制服《せいふく》、武器《ぶき》、馬、給与《きゅうよ》、訓練、食事、宿泊所《しゅくはくじょ》、疾病《しっぺい》手当、危険《きけん》手当、誕生祝《たんじょういわい》のプレゼント、勲章などで、金貨一万ダカットと見積もっております」

「一万ダカット?」フレッドが繰《く》り返しました。「それは相当な金額《きんがく》だ。しかし、それが余を護るとなれば――つまり、それがコルヌコピアを護るとなれば――」

「月に一万ダカットは小さい対価《たいか》です」スピットルワースが言い終えました。

「**月に**一万ダカット!」フレッドが悲鳴をあげました。

「そうです、陛下」スピットルワースが言いました。「本当に王国を護ろうとすれば、相当の費用になりましょう。しかし、陛下がもう少し少ない武器でも大丈夫《だいじょうぶ》だとお考えになるようでしたら――」

「いや、いや、そうは言わぬ――」

「当然ながら、我々は陛下一人が費用を負担《ふたん》なさることを期待してはおりません」スピットルワースが言いました。

「違《ちが》うのか？」フレッドは急に希望が湧《わ》きました。

「おお、陛下、違います。そんなことをすればまったくもって不当です。結局、王国全体が『イッカボッグ防衛隊』の恩恵《おんけい》を受けるのですから。『イッカボッグ税《ぜい》』を課すことを進言いたします。コルヌコピアの全世帯に、一か月に一ダカットを払《はら》うように要請《ようせい》しましょう。もちろんそうなれば、大勢《おおぜい》の新しい税徴収人《ちょうしゅうにん》を募集《ぼしゅう》して訓練することになりますが、税を二ダカットに上げればその費用もまかなえるでしょう」

「すばらしいぞ、スピットルワース！」フレッド王が言いました。「そちの頭脳《ずのう》はなんとさえていることか！　月に二ダカットとなれば――国民は払ったことにさえほとんど気づかないであろう」

第22章 国旗のない家

こうしてコルヌコピアの全所帯に、イッカボッグから国を護《まも》るため、月に金二ダカットの税金《ぜいきん》が課せられました。まもなく納税《のうぜい》役人の姿《すがた》を街でしょっちゅう見かけるようになりました。黒い制《せい》服《ふく》の背《せ》には、ランプのような大きな白い目がにらみつけている絵が描《か》かれていました。これは、何のための税金なのかをみんなに思い出させるためでしたが、人々《ひとびと》は居酒屋《いざかや》で、この目はスピットルワースの目で、税金をきっちり納《おさ》めるように見張《みは》っているのだと、小声でささやきあいました。

十分な金《きん》が集まると、スピットルワースは、怪物《かいぶつ》がどんなに野蛮《やばん》な生き物かを思い出させるために、イッカボッグの犠牲者《ぎせいしゃ》の記念碑《きねんひ》をひとつ立てようと決めました。はじめスピットルワースは、ベアミッシ少佐の像《ぞう》を計画したのですが、シューヴィルに放った彼《かれ》のスパイは、民衆《みんしゅう》の想像力《そうぞうりょく》を本当に掻《か》き立てたのはボタンズ兵卒の話だと報告《ほうこく》しました。少佐の死を知らせるために、志願《しがん》して夜の道に馬を走らせた若《わか》く勇敢《ゆうかん》なボタンズが、結局自分もイッカボッグの餌食《えじき》になってしまったというのは、立派《りっぱ》な銅像《どうぞう》にふさわしい悲劇《ひげき》的で気高い姿だと、広くそう思われていたらしいのです。一方ベアミッシ少佐は、愚《おろ》かにも霧《きり》の深い沼地《ぬまち》を暗い中うろついて、事故《じこ》で死んだに過《す》ぎないように思われたのです。事実シューヴィルで酒を飲んでいる人たちは、ベアミッシのせいでノビィ・ボタンズの命が危険《きけん》にさらされたと、ベアミッシに対してかなり憤慨《ふんがい》していました。

民衆のムードに喜《よろこ》んで従《したが》い、スピットルワースはノビィ・ボタンズの銅像を作り、シューヴィルの大きな広場の真ん中に建てました。堂々《どうどう》たる軍馬にまたがり、ブロンズのマントを背中《せなか》ではためかせ、少年のような顔に決意の表情《ひょうじょう》を浮《う》かべたボタンズは、城内都市に向かって全速力で戻《もど》る途中《とちゅう》の姿で、永久《えいきゅう》に固定されたのです。日曜日になるとその銅像の周りに花を供《そな》えるのがはやりました。日曜だけでなく毎日花を供えていたかなり平凡《へいぼん》な若い女性《じょせい》は、ノビィ・ボタンズのガールフレンドだったと宣言《せんげん》しました。

スピットルワースはまた、王様の気をまぎらし続ける計画に金《かね》を費《つい》やすことを決めました。というのも、イッカボッグが、王国の城のある南部のどこかに忍《しの》び寄《よ》って、森で自分にとびかかるのではないかと怯《おび》えて、フレッドが狩《かり》に出なくなったからです。フレッドのお相手をすることにうんざりしたスピットルワースとフラプーンは、ある計画を思いつきました。

「陛下《へいか》、あなた様がイッカボッグと戦っている絵が必要です！　王国がそれを要求しています！」

「そうかね、ほんとうに？」今日の服のエメラルドのボタンを指でいじりながら、王様が言いました。フレッドは軍服を初めて着た朝に、自分がイッカボッグを殺《ころ》す姿を絵に描いてほしいという望みを持ったことを思い出しました。スピットルワースの考えが大いに気に入った王様は、それからの二週間を、新しい軍服を選び、仮縫《かりぬ》いをするのに費やしました。古い軍服は沼地で相当汚《よご》れてしまっていたからです。それに、宝石《ほうせき》付きの新しい剣《つるぎ》も作らせました。それから、スピットルワースはコルヌコピア一番の肖像画家《しょうぞうがか》、マリック・モトリーを雇《やと》い、フレッドはそれから何週間もポーズをとり続けました。なぜなら、肖像画は「玉座《ぎょくざ》の間」の壁《かべ》全体を覆《おお》うくらい大きかったのです。モトリーの後ろには、それほど有名ではない五十人の画家が座《すわ》り、全員がモトリーの絵を模写《もしゃ》しました。同じ肖像画の小型版《こがたばん》をコルヌコピアのすべての町や村に配るためです。

モデルをしている間、王様は怪物との有名な戦いの話をして、モトリーとほかの画家たちを楽しませました。話をすればするほど、王様はその話が真実だと、自分で信じ込《こ》むようになりました。こうしたすべてのことで、フレッドは忙《いそが》しく、幸せだったため、スピットルワースとフラプーンは、自由に国を動かしましたし、毎月手元に残った金貨のトランクを二人で山分けし、深夜にそれぞれの領地《りょうち》に送りました。

しかし、ヘリンボーンの下で仕事をしていたほかの十一人の顧問《こもん》はどうなったのかと、みなさんは疑問《ぎもん》に思うかもしれませんね。首席顧問が真夜中に引退《いんたい》して、二度と姿を見せないのを、変だとは思わなかったのでしょうか？　目が覚めたとき、スピットルワースがヘリンボーンの地位についているのを知って、質問《しつもん》しなかったのでしょうか？　それに、一番大事なことですが、顧問たちはイッカボッグを信じていたのでしょうか？

さーて、全部とてもよい質問ですね。私《わたし》がこれからお答えしましょう。

顧問たちはもちろん、適切《てきせつ》な選挙もせずにスピットルワースが後《あと》を継《つ》ぐべきではないと、仲間内でささやきあいました。一人か二人は、王様に訴《うった》えることを考えました。しかし、何もしないと決めました。みんな怯えていたという単純《たんじゅん》な理由からです。

いいですか、すでに王様のおふれ書が、コルヌコピアの町という町、村という村の広場に立てられていました。全部スピットルワースの書いたもので、王様が署名《しょめい》していました。王様の決定を疑《ぎ》問視《もんし》すれば反逆罪《はんぎゃくざい》になり、イッカボッグが実在《じつざい》しないかもしれないと言ったら反逆罪になるし、イッカボッグ税《ぜい》が必要かどうかと疑問を挟《はさ》めば反逆罪、毎月二ダカットを払《はら》わなければ反逆罪なのです。それに、イッカボッグが実在しないと言った人を通報《つうほう》すれば、十ダカットのご褒美《ほうび》がもらえるのです。

顧問たちは、反逆罪で告訴《こくそ》されることを恐《おそ》れたのです。地下牢《ちかろう》に閉《と》じ込められたくはありませんでした。顧問の仕事に与《あた》えられるすてきな館《やかた》に住み続けるほうがずっと快適《かいてき》でしたし、顧問用の特別なローブを着ていれば、パン屋の店で行列せずに、列の先頭に行くことを許《ゆる》されていました。

ですから、顧問たちは、緑の制服を着た「イッカボッグ防衛隊《ぼうえいたい》」の費用《ひよう》を全部認《みと》めたのです。スピットルワースは、緑の服が沼地の雑草《ざっそう》の中で隠《かく》れるのによいと言いました。たちまち、コルヌコピアの主な都市の街路を行進する防衛隊の姿が日常的《にちじょう》に見られるようになりました。

防衛隊が、怪物がいるとされる北の地に留《とど》まらずに、街中を馬で乗り歩いてみんなに手を振《ふ》っているのはなぜかと、不思議に思う人が何人かいましたが、自分の胸《むね》だけにとどめておきました。一方市民たちの多くは、イッカボッグをいかに強く信じているかを競い合いました。フレッド王がイッカボッグと戦っている絵の安いコピーを窓《まど》に立てかけ、ドアには木の看板《かんばん》をトげて、こんな文《もん》句《く》を書きました。**イッカボッグ税を納めるのは誇《ほこ》りだ**とか、**イッカボッグ死ね、王様万《ばん》歳《ざい》！**　子どもたちに、納税役人にお辞儀《じぎ》をしたり、腰《こし》をかがめて挨拶《あいさつ》したりするように教える親もいました。

ベアミッシ家は反イッカボッグの横断幕《おうだんまく》がたくさん飾《かざ》り付けられ、その下にどんな家があったのかわからなくなったほどでした。バートはやっと学校に戻りましたが、休み時間はロデリック・ローチとばかり過ごして、そのうちイッカボッグ防衛隊に入隊して、怪物を殺すという話ばかりしていたので、デイジィは失望しました。デイジィはこんなに寂《さび》しかったことはありませんでしたし、バートも自分がいなくて寂しいのかどうかを知りたいと思いました。

城内都市の中で、デイジィの家だけが、旗もイッカボッグ税を歓迎《かんげい》する看板もまったく出していませんでした。それに、デイジィのお父さんは、イッカボッグ防衛隊が通り過ぎるときはいつも、近所の子どもたちのように庭に走り出て歓声《かんせい》をあげるようにと勧《すす》めるどころか、デイジィを家の中に入れておきました。

スピットルワースは、墓地《ぼち》の脇《わき》にあるこの小さな家に、旗も看板もないことに気がつき、ずるがしこい頭の片隅《かたすみ》にそのことを記録しました。そこには、いつか役に立つかもしれない情報《じょうほう》がしまってありました。

第23章 裁《さい》判《ばん》

みなさんは、イッカボッグのこともノビィ・ボタンズのことも信じなかった、三人の勇敢《ゆうかん》な兵士《へいし》たちが、地下牢《ちかろう》に閉《と》じ込《こ》められているのを忘《わす》れてはいませんね。

さて、スピットルワースも三人のことを忘れてはいませんでした。投獄《とうごく》した夜からずっと、どうやったら誰《だれ》からも責《せ》められずに三人を始末できるかを考えていました。一番新しい考えは、スープに毒《どく》を入れて、自然死したように見せかけることでした。どんな毒が一番よいかをまだ考えているときに、投獄された兵士の親族が数人お城の門前に現《あらわ》れて、王様にお目通りしたいと言いました。もっと悪いことに、レディ・エスランダが一緒《いっしょ》でした。スピットルワースは彼女《かのじょ》がすべてお膳《ぜん》立《だ》てしたのではないかと密《ひそ》かに疑《うたが》いました。

王様のところに連れていくかわり、スピットルワースは一行を新しい首席顧問《こもん》の豪華《ごうか》な執務室《しつむしつ》に案内させ、椅子《いす》にかけるようにと丁寧《ていねい》に促《うなが》しました。

「身内の者たちの裁判はいつ行われるのか知りたいのです」オグデン兵卒の兄弟が言いました。この人は、バロンズタウンのすぐ近くで養豚《ようとん》をしている農夫でした。

「あなた様は、三人を何か月も閉じ込めたままです」ジェロボアムの居酒屋《いざかや》でウェイトレスをしているワグスタッフ兵卒の母親が言いました。

「それに、わたしたち全員が知りたいのは、どういう罪《つみ》に問われているのかということです」レディ・エスランダが言いました。

「反逆罪《はんぎゃくざい》に問われている」スピットルワースは、養豚家《ようとんか》に目を向けて、鼻の下で香水をしみこませたハンカチを振《ふ》りながら言いました。

農夫は清潔《せいけつ》そのものだったのですが、スピットルワースはその男を恐《おそ》れ入らせようとしたのです。残念なことに、そのとおりになりました。

「反逆罪？」ワグスタッフ夫人が驚《おどろ》いて繰《く》り返しました。「なんとまあ、この王国中で、この三人ほど王様に忠実《ちゅうじつ》な者はいませんよ！」

スピットルワースのずる賢《がしこ》い目が、兄弟や息子を深く愛している家族の心配そうな顔を順に見《み》渡《わた》しました。そしてとても不安そうなレディ・エスランダの顔を見ました。そのとき、すばらしい考えが、稲妻《いなずま》のように頭脳《ずのう》にひらめきました。どうして今まで思いつかなかったのか！ 兵士たちを毒殺《どくさつ》する必要はまったくなかった！ 三人の評判《ひょうばん》を台無しにすればよいのだ。

「みなさんのご家族は、明日裁判にかけられます」スピットルワースは立ち上がりながら言いました。「裁判はシューヴィルで一番大きな広場で行われる。なぜなら、わたしは、三人の言うことをなるべく多くの人が聞けるようにしたいからです。ではみなさん、ご機嫌《きげん》よろしゅう」

皮肉な笑顔でお辞儀《じぎ》をして、スピットルワースは驚いている家族たちを後《あと》に残し、地下牢に下りていきました。

三人は前に見たときよりずっとやせていました。それにひげを剃《そ》ることもできず、体も清潔にしておくことができなかったので、三人ともみすぼらしいありさまでした。

「諸君《しょくん》、おはよう」スピットルワースがきびきびと言いました。牢番《ろうばん》は酔《よ》っぱらって隅《すみ》のほうで居《い》眠《ねむ》りをしています。「良い知らせだ！　お前たちは明日、裁判にかけられる」

「それで、いったいどういう罪で？」グッドフェロー大尉《たいい》が疑わし気に聞きました。

「もうすでに話したはずだ、グッドフェロー」スピットルワースが言いました。「お前は沼地《ぬまち》で怪《かい》物《ぶつ》を見たが、王様を護《まも》るために踏《ふ》みとどまるどころか逃《に》げ出した。それからお前は、自分の臆病《おくびょう》さを隠《かく》すために、怪物は実在《じつざい》しないと主張《しゅちょう》した。これが反逆罪だ」

「汚《きたな》い嘘《うそ》だ」グッドフェローは低い声で言いました。「スピットルワース、わたしに対してなら、どうにでも好きなようにすればいい。しかしわたしは真実を話す」

ほかの二人の兵士、オグデンとワグスタッフも、大尉に同意してうなずきました。

「**お前たち自身**の身にわたしが何をしようと気にしないかもしれんが」スピットルワースが笑いを浮《う》かべながら言いました。「しかし、お前たちの家族はどうかな？ ワグスタッフ、居酒屋で接客《せっきゃく》しているお前の母親が、地下貯蔵庫《ちょぞうこ》に下りるときに足を滑《すべ》らせて頭蓋骨《ずがいこつ》を割《わ》ってしまったら？ またはオグデン、お前の養豚家の兄弟が誤《あやま》って自分の鎌《かま》で自分を刺《さ》し、豚《ぶた》に食われてしまったら？ または」スピットルワースが牢《ろう》の格子《こうし》に近づき、グッドフェローの目をのぞき込みながら言いました。「レディ・エスランダが乗馬事故《じこ》で、ほっそりした首を折ったらどうかな」

さて、スピットルワースは、レディ・エスランダがグッドフェロー大尉の恋人《こいびと》だと信じていたのです。女性《じょせい》が、口をきいたこともない男性を護ろうとするなどと、スピットルワースは思いつきもしなかったのでしょう。

グッドフェロー大尉は、スピットルワース卿《きょう》がいったいなぜ、レディ・エスランダの死で自分を脅《おど》そうとしているのか、わけがわかりませんでした。たしかに、大尉は、彼女が王国で一番美しい人だと思っていましたが、自分の胸《むね》だけに秘《ひ》めていました。チーズ職人《しょくにん》の息子が宮廷《きゅうてい》のレディと結婚《けっこん》するなど、ありえないことだったからです。

「レディ・エスランダがわたしとどういう関係があるというのだ？」と大尉が聞きました。

「芝居《しばい》はやめろ、グッドフェロー」首席顧問がバシッと言いました。「お前の名前を言ったら、彼女が顔を赤らめるのを見たのだ。わたしがバカだと思うか？ 彼女は、お前を救《すく》うためにできることをすべてやってきた。お前がまだ生きているのは彼女のおかげだと、わたしは認《みと》めざるをえない。しかし、もしお前が明日、わたしの言う真実以外のことを言うなら、レディ・エスランダがその代償《だいしょう》を払《はら》うことになる。彼女はお前の命を救ったのだぞ、グッドフェロー、その彼女の命を犠《ぎ》牲《せい》にするつもりか？」

グッドフェローはショックでことばを失いました。レディ・エスランダが自分に恋《こい》をしているというのはあまりにすばらしいことで、スピットルワースの脅迫《きょうはく》も陰《かげ》ってしまったくらいです。しかし大尉はそこで気がつきました。エスランダの命を救うためには、翌日《よくじつ》の裁判で反逆罪を公に認めなければならない。しかしそうすれば、彼女の自分に対する愛は、完全に死んでしまうだろう。

三人の顔から血の気が引いたのを見て、スピットルワースは脅しがきいたことを知りました。

「元気を出したまえ、諸君」スピットルワースが言いました。「明日真実を述《の》べさえすれば、お前たちの愛する人々《ひとびと》には、恐ろしい事故は決して起こらないだろう」

そこでシューヴィル中に裁判の告知《こくち》が張《は》り出され、翌日、シューヴィルの一番大きい広場には大《おお》勢《ぜい》の人が詰《つ》めかけました。三人の勇敢な兵士たちは一人ずつ木の台に立ち、友人や家族が見守る中、一人ずつ告白《こくはく》しました。沼地でイッカボッグに出会ったこと、王様を護るかわり、臆病風《おくびょうかぜ》に吹《ふ》かれて逃げ出したこと。

群衆《ぐんしゅう》は三人を大声でののしり、その声で判事《はんじ》（スピットルワース卿）の声も聞こえないほどでした。しかし、スピットルワースが判決《はんけつ》――城の地下牢での終身刑《しゅうしんけい》――を読み上げている間、グッドフェローは、ほかの宮廷のレディたちと一緒に高い傍聴席《ぼうちょうせき》に座《すわ》っているレディ・エスランダの目を、まっすぐに見つめ続けました。ほかの人間なら一生かかって話すことよりも多くを、二人のまなざしだけで語り合うことができる場合があるのです。レディ・エスランダとグッドフェロー大尉が目で語り合ったことを、全部みなさんに教えはしませんが、レディは今、大尉が、レディの気持ちと同じ思いを自分に返してくれたことを知り、大尉は、自分が一生牢獄《ろうごく》で過《す》ごすことになっても、レディ・エスランダには自分の無実がわかっていると知ったのです。

三人の囚人《しゅうじん》は鎖《くさり》に繋《つな》がれて引かれていきました。群衆は三人にキャベツを投げつけ、大声でしゃべりながら散っていきました。スピットルワース卿は反逆者《はんぎゃくしゃ》を死刑《しけい》にすべきだったと多くの人が感じていましたが、スピットルワースは城に帰る途中《とちゅう》、独《ひと》り笑いしていました。可能《かのう》な場合なら、理解《りかい》ある人間と見られるのが一番よいからです。

ダブテイル氏は群衆の後ろから裁判を見ていました。兵士をののしりもしませんでしたし、デイジィも連れて来ず、自分の作業場に残して木彫《きぼ》りをさせておきました。ダブテイルさんが考え込みながら家に向かって歩いて帰る途中、ワグスタッフの母親が、泣きながら歩いているのが見えました。若者《わかもの》の一団《いちだん》が、やじったり野菜を投げつけたりしながらそのあとをつけていました。

「それ以上このご婦人《ふじん》のあとをつけるなら、わたしが相手になるぞ！」若者の一団に向かって、ダ

グッドフェロー大尉は、自分が一生牢獄で過ごすことになっても、
レディ・エスランダには自分の無実がわかっていると知ったのです。

橋本睦央／9歳

ブテイルさんが怒鳴《どな》りました。大工のダブテイルさんの大きな体を見て、悪《わる》のグループはこそこそいなくなりました。

第24章 バンダロア

デイジィはまもなく八歳《さい》になろうとしていました。そこで、誕生日《たんじょうび》にバートをお茶に招《まね》くことに決めました。

バートのお父さんが死んでから、デイジィとバートの間には厚《あつ》い氷の壁《かべ》が立ち上がったかのようでした。バートはいつもロデリック・ローチと一緒《いっしょ》で、ロデリックはイッカボッグの犠牲者《ぎせいしゃ》の息子《むすこ》を友だちに持つことをとても自慢《じまん》にしました。デイジィの誕生日は、バートより三日早いだけなので、二人の友情《ゆうじょう》を取り戻《もど》せるかどうかを試すのによい機会でした。そこでデイジィはお父さんに頼《たの》んで、ベアミッシ夫人と息子のバートをお茶に招待《しょうたい》する手紙を書いてもらいました。デイジィにとってうれしいことに、招待を受けるという返事が来ました。バートは学校でまだデイジィと口をきいてくれてはいなかったのですが、デイジィは、誕生日には何もかも元どおりになると期待しました。

ダブテイルさんは、王様の大工として十分な報酬《ほうしゅう》をもらっていましたが、それでもイッカボッグ税《ぜい》を苦痛《くつう》に感じていました。ですから二人は、前よりパンを買う量を減《へ》らし、ダブテイルさんはワインを買わなくなっていました。でもデイジィの誕生日を祝って、ダブテイルさんは手持ちのジェロボアムのワインの最後の一本を持ち出し、デイジィは貯金《ちょきん》を全部集めて、自分とバートのために、高価《こうか》な「天国の望み」を二つも買いました。それがバートの好物だと知っていたからです。

誕生日のお茶は、滑《すべ》り出しがうまくいきませんでした。まずダブテイルさんがベアミッシ少佐に乾杯《かんぱい》をしましたが、それがベアミッシ夫人を泣かせてしまったのです。それから四人は座《すわ》って食べ始めましたが、誰《だれ》も言うことを何も思いつかないようでした。でも、バートが、デイジィに誕《たん》生祝《じょういわい》を買ってきたことを思い出しました。

バートは、そのころにヨーヨーと呼《よ》ばれていた「バンダロア」をおもちゃ屋のショーウィンドウで見て、お小遣《こづか》いを全部はたいてそれを買いました。デイジィはそんなものを見たことがなかったので、バートに使い方を教わり、たちまちバートよりも上手になりました。ベアミッシ夫人とダブテイルさんはジェロボアムの発泡《はっぽう》ワインを飲んで、会話がずっと自然に流れるようになりました。

バートは、本当はデイジィがいなくてとても寂《さび》しかったのですが、ロデリック・ローチがいつも見ているので、どうやって仲直りをしたらよいのかわからなかったのです。でも二人はすぐに、中庭でのけんかなどなかったかのような気持ちになり、デイジィとバートの学校の先生が、生徒の誰も見ていないと思うと鼻くそをほじる癖《くせ》があることを思い出し、二人ともぷっと吹《ふ》き出しました。親が死んでしまったこと、収拾《しゅうしゅう》がつかなくなってしまったけんかのこと、「不敵《ふてき》なフレッド王」のことなどの心が痛《いた》む話題は、全部蓋《ふた》をされました。

子どもたちは大人よりも賢《かしこ》かったのです。ダブテイルさんは長いことワインを口にしていなかったせいで、娘《むすめ》とは違《ちが》って、ベアミッシ少佐を殺《ころ》したとされる怪物《かいぶつ》を話題にするのはよくないかもしれないと、考えてみることができなくなっていました。子どもたちの笑い声よりも大きなお父さんの声が聞こえてきて、デイジィは初めて、お父さんが何を話しているかに気がつきました。

「わたしが言っているのはね、バーサ」ダブテイルさんはほとんど叫《さけ》んでいました。「証拠《しょうこ》はどこにある？　ということなんだ。わたしは証拠が見たい、それだけだ！」

「それじゃ、わたしの夫が殺されたことは証拠じゃないと思うの？」ベアミッシ夫人の親切な顔が突然険悪《とつぜんけんあく》になりました。「それに、かわいそうな若《わか》いノビィ・ボタンズは？」

「若いノビィ・ボタンズだって？」ダブテイルさんは繰《く》り返しました。「**若いノビィ・ボタンズ？**　そのことに触《ふ》れたからには、わたしは、その若いノビィ・ボタンズの証拠が欲《ほ》しいね！　いったい何者ですか？　どこに住んでいたのですか？　あの赤毛の鬘《かつら》をかぶった年老いた寡婦《かふ》の母親は、どこに消えたのですか？　城内都市で、ボタンズの家族に会ったことがありますか？　それに、もっとわたしを問い詰《つ》めるなら、」ダブテイルさんが、ワイングラスを振《ふ》りながら言いました。「わたしを問い詰めるならだよ、バーサ、[redacted]きたいね。ノビィ・ボタンズの棺《ひつぎ》は、なぜあんなに重かったのかね？　靴《くつ》とすねの[redacted]っていなかったというのに」

デイジィは怒《おこ》った顔を[redacted]お父さんを黙《だま》らせようとしましたが、お父さんは気がつきません。ワインをまたガブ[redacted]飲んで、お父さんが言いました。「バーサ、つじつまが合わないんだよ！　こういう可能[redacted]はないかね――ただし、一つの可能性にすぎないがね――こうは言えないだろうか。気の毒《どく》なベアミッシは馬から落ちて首を折った。そしてスピットルワースが、イッカボッグが彼《かれ》を殺したことにして、我々《われわれ》全員に多額《たがく》の金を課税《かぜい》するいいチャンスだと思ったのでは？」

ベアミッシ夫人がゆっくり立ち上がりました。背《せ》の高い女性《じょせい》ではなかったのですが、怒っていたので、ダブテイルさんを見下ろして、恐《おそ》ろしいほど高くそびえたっているように見えました。

「わたしの夫は」夫人のささやく声はひやりと冷たく、デイジィは鳥肌《とりはだ》が立ちました。「乗馬にかけてはコルヌコピアで一番でした。あの人が落馬するというのは、ダン・ダブテイルさん、あなたが自分の斧《おの》で自分の脚《あし》を切り落とすぐらいあり得《え》ないことです。恐ろしい怪物以外に、わたしの夫を殺せるものはありえません。それに、ことばに気をつけなさい。イッカボッグが実在《じつざい》しないと言ったりするのは、いいですか、反逆罪《はんぎゃくざい》ですよ！」

「反逆罪！」ダブテイルさんがあざけりました。「バーサ、やめてくれ。まさか、そうしてそこに立って、ばかばかしい反逆罪をわたしに信じろという気じゃないだろうね？　いいかい、数か月前までは、イッカボッグを信じないなら、その人は正気だと言われ[illegible]。反逆者《はんぎゃくしゃ》じゃない！」

「それはイッカボッグが実在することを知るまえの話です！」ベ[illegible]ミッシ夫人は金切り声で言いました。「バート――家に帰りますよ！」

「だめ――だめよ――お願い、帰らないで！」デイジィが叫びま[illegible]た。椅子《いす》の下に隠《かく》しておいた小さな箱を拾い、デイジィはベアミッシ親子を追って、庭に走り出[illegible]ました。

「バート、お願い！　見て――『天国の望み』をあなたとわたしの[illegible]めに買ったの。お小遣いを全部使って」

デイジィは知るはずがなかったのですが、バートが「天国の望み[illegible]を見たとたんに思い出したのは、お父さんが死んだと知った日のことでした。バートが最後に[illegible]天国の望み」を食べたのは、王様の厨房《ちゅうぼう》で、お父さんの身に何か起こったのなら、その知らせが来ていたはずだと、お母さんが請《う》け合ってくれたときです。

それはそれとして、バートはデイジィの贈《おく》り物を地面にたた[illegible]落とすつもりはありませんでした。押《お》し返そうとしただけです。運の悪いことに、箱を持って[illegible]たデイジィの手がすべり、高価《こうか》な菓子《かし》パンは花壇《かだん》に落ちて土まみれになりました。

デイジィはわっと泣きだしました。

「ああ、君は菓子パンのことしか気にしないんだ！」[illegible]トが叫びました。そして庭の門を開け、

箱を持っていたデイジィの手がすべり、
高価な菓子パンは花壇に落ちて土まみれになりました。

深沢曜／9歳

お母さんを引っ張《ぱ》って出ていきました。

第25章 スピットルワース卿《きょう》の問題

スピットルワース卿にとっては不運なことに、イッカボッグに疑問《ぎもん》の声をあげたのは、ダブティルさんだけではありませんでした。

コルヌコピアはだんだん貧《まず》しくなってきていました。豊《ゆた》かな商人はイッカボッグ税《ぜい》を払《はら》うのに何の問題もありません。納税《のうぜい》役人に月二ダカットを払い、自分の売るパンやチーズ、ハムやワインの値段《ねだん》を上げて、税金分《ぜいきんぶん》を取り戻《もど》しました。しかし貧しい人たちにとっては、特に市場《いちば》での食べ物の値段が高くなっていましたから、ひと月二ダカットはだんだん苦しくなっていました。北のマーシランドでは、子どもたちの頬《ほお》がこけてきました。

全部の都市や村にスパイを放っていたスピットルワースの耳に、税金がどう使われているか知りたいという声が聞こえ始めました。それに、人々《ひとびと》は、怪物《かいぶつ》がまだ危険《きけん》だという証拠《しょうこ》を求めさえしました。

さて、コルヌコピアの各都市に住む人の性格《せいかく》の違《ちが》いを、人々はこんなふうに言いました。ジェロボアム人は騒《さわ》がしくて夢想家《むそうか》。クルズブルグ人は穏《おだ》やかで礼儀《れいぎ》正しい。シューヴィル人はおうおうにして気位がたかく、横柄《おうへい》でさえある。一方バロンズタウンの人ははっきりものを言い、正直な取引をすると言われていました。そして、このバロンズタウンで、イッカボッグの存在《そんざい》を疑《うたが》うという最初の深刻《しんこく》な事件《じけん》が起こったのです。

タビィ・テンダロインという肉屋が市庁舎《しちょうしゃ》での集会の発起人になりました。タビィは、自分がイッカボッグを信じないとは言わないように用心しましたが、集会に来た人全員に、イッカボッグ税がまだ必要だという証拠を求めて、王様への陳情書《ちんじょうしょ》に署名《しょめい》するように呼《よ》びかけました。この集会が終わるや否《いな》や、そこにもちろん出席していたスピットルワースのスパイが、馬に飛び乗って南に向かい、夜中には城に着きました。

召使《めしつかい》に起こされたスピットルワースは、寝《ね》ていたフラプーン卿とローチ少佐を急いで呼び出し、二人はスピットルワースの寝室《しんしつ》でスパイの報告《ほうこく》を聞きました。スパイはこの反逆《はんぎゃく》的な集会の話をしたあと、地図を広げました。その地図には、手回しよく、タビィ・テンダロインを含《ふく》む首謀《しゅぼう》者《しゃ》の家を丸で囲《かこ》んでありました。

「よくやった」ローチが唸《うな》りました。「全員を反逆罪《はんぎゃくざい》で逮捕《たいほ》し、牢《ろう》に放り込《こ》む。簡単《かんたん》だ！」

「そんなに簡単ではない」スピットルワースがイライラしながら言いました。「集会には二百人も参加している。二百人もぶち込めない！　第一それだけの場所がないし、第二に、それこそ我々《われわれ》がイッカボッグの実在《じつざい》を証明《しょうめい》できないことの証拠だ！　とみんなが言うだろう」

「それなら撃《う》ち殺《ころ》そう」とフラプーンが言いました。「そしてベアミッシのときと同じに、包んで沼地《ぬまち》に放置して、誰《だれ》かが見つけるようにしよう。みんなはイッカボッグがやったと思うだろう」

「イッカボッグはいまや銃《じゅう》を持っているというのか？」スピットルワースがかみつくように言いました。「それに、犠牲者《ぎせいしゃ》を包む二百枚《まい》ものマントも？」

「さて、閣下《かっか》、我々の考えを冷笑なさるなら」ローチが言いました。「ご自分でもっと賢《かしこ》い案をお考えになってはいかがですか？」

しかし、それこそまさにスピットルワースにはできないことでした。卑劣《ひれつ》な頭脳《ずのう》をどんなにたたいてみても、どうやったらコルヌコピアの国民を怖《こわ》がらせて、以前のように文句《もんく》を言わずに税金を払うようにできるか、何の手段《しゅだん》も思いつかなかったのです。イッカボッグが本当に存在するという証拠が必要です。どこでそれが手に入るのでしょう？

ほかの二人がベッドに戻ったあと、スピットルワースが暖炉《だんろ》の前を一人で往《い》ったり来たりしていると、寝室のドアをたたく音が聞こえました。

「今度は何だ？」スピットルワースが怒鳴《どな》りました。

するりと部屋に入ってきたのは、召使のカンカービィでした。

「何の用だ？　とっととすませろ、わたしは忙《いそが》しい！」スピットルワースが言いました。

「おそれながら、閣下」カンカービィが言いました。「さっきたまたまお部屋の前を通りがかったですが、ほれ、そのバロンズタウンの反逆的な集会、あなた様とフラプーン卿、ローチ少佐が、ほれ、おあ《(は)》なしをしていた。それがいやでも聞こえましたです」

「ほう、**いやでもか？**」スピットルワースの声が険悪《けんあく》になりました。

「閣下、あなた様に伝えなければと思って。この城内都市に、バロンズタウンの裏切《うらぎ》り者たちと、ほれ、同じ考えするし《(ひ)》とがいるです。その証拠をつかんだです」カンカービィが言いました。「そのし《(ひ)》とは証拠が欲《ほ》しいんだと。肉屋たちとおんなじで。それを聞いたとき、わたしは反逆罪みてえだ、そう思ったです」

「ああ、もちろん反逆罪だ！」スピットルワースが言いました。「この城のおひざ元であえてそんなことを言うのはなにやつだ？　王様の召使のどいつが、大胆《だいたん》にも陛下《へいか》のことばを疑うというのだ？」

「あのう……それについては……」カンカービィがもじもじしながら言いました。「それは価値《かち》ある情報《じょうほう》だって言うし《(ひ)》ともおるかもしんねえです。つまり――」

「誰なのか言え」スピットルワースがカンカービィの胸《むね》ぐらをつかんで唸《うな》りました。「お前が報酬《ほうしゅう》に値《あたい》するかどうかは、それから判断《はんだん》する。そいつの名前だ――**名前を言え！**」

「ダ、ダ、ダン・ダブテイル」カンカービィが言いました。

「ダブテイル……ダブテイル……その名は知っているぞ」スピットルワースが召使を放しました。

カンカービィは横ざまによろめき、小机《こづくえ》に倒《たお》れこみました。「たしか裁縫婦《さいほうふ》の……？」

「それがそのし《（ひ）》との奥《おく》さんで、閣下、死んだです」カンカービィが体を立て直して言いました。

「そうだ」スピットルワースがゆっくりと言いました。「墓地《ぼち》の脇《わき》の家に住んでいて、旗もたてず、窓《まど》には王様の肖像画《しょうぞうが》の一枚もない。そいつが反逆的なことを言ったというのは、どうやって知ったのだ？」

「ベアミッシ夫人が、そのし《（ひ）》とが言ったことを、流し場のメイドにあな《（は）》しているのをたまたま聞いたです」

「お前はずいぶんいろいろなことを**たまたま**聞くようだな、え、カンカービィ？」スピットルワースはチョッキを探《さぐ》って金貨を何枚か取り出しました。「いいだろう。十ダカットをとるがよい」

「ありがとうごぜいます、閣下」カンカービィが深々《ふかぶか》とお辞儀《じぎ》しました。

「待て」カンカービィが行きかけると、スピットルワースが呼び止めました。「そいつ、そのダブテイルは、何をしているのだ？」

スピットルワースが本当に知りたかったのは、ダブテイルという者が消えたら、王様が気づくかどうかということでした。

「ダブテイルで？　閣下、大工です」カンカービィはお辞儀をしながら部屋から出ていきました。

「大工か」スピットルワースは声に出して繰《く》り返しました。「**大工か……**」

カンカービィがドアを閉《し》めたとき、またもやスピットルワースに、ある考えが稲妻《いなずま》のようにひらめきました。自分の頭のよさに驚《おどろ》いて、くらくらと倒れそうになったスピットルワースは、ソファの背《せ》につかまらなければなりませんでした。

第26章 ダブテイルさんの仕事

次の朝、デイジィは学校に行き、ダブテイルさんは仕事場で忙《いそが》しくしていました。そのとき、ローチ少佐が仕事場のドアをたたきました。ダブテイルさんは、ローチが自分の昔の家に住んでいることと、ベアミッシ少佐に替《か》わって近衛兵《このえへい》隊長になったことを知っていました。中に入るようにとローチを招《まね》きましたが、ローチは断《ことわ》りました。

「ダブテイル、城でお前に急ぎの用がある。王様の馬車の車軸《しゃじく》が折れた。しかも王様は明日馬車が必要だ」ローチが言いました。

「もう?」ダブテイルさんが言いました。「先月直したばかりですよ」

「蹴《け》られたのだ」ローチ少佐が言いました。「馬車曳《ひ》きの馬の一頭に。来てくれるか?」

「もちろんです」王様の仕事を断ることなどありえないダブテイルさんが言いました。そこでダブテイルさんは仕事場に鍵《かぎ》をかけ、陽《ひ》ざしの明るい城内都市の道を、ローチについて歩きながら、あれやこれやと雑談《ざつだん》して、馬車がしまってある王様の厩《うまや》に着きました。その扉《とびら》の前には、六人の兵《へい》士《し》がぶらぶらしていて、ダブテイルさんとローチ少佐がやってくると、全員が顔を上げました。一人の兵士は空っぽの粉袋《こなぶくろ》を両手に持ち、もう一人は長いロープを持っています。

「おはようございます」ダブテイルさんが挨拶《あいさつ》しました。

ダブテイルさんが兵隊たちの前を通り過《す》ぎようとしたとき、何が起こっているかわからないうちに、ふいに兵士の一人に、頭から粉袋をかぶせられ、二人の兵士に後ろ手にねじり上げられ、手首をロープで縛《しば》られました。ダブテイルさんは力の強い人でした――もがいて抵抗《ていこう》しましたが、ローチがその耳にささやきました。

「少しでも声を出したら、その付けは娘《むすめ》が払《はら》うことになるぞ」

ダブテイルさんは口を閉《と》じました。どこに行くのか見えませんでしたが、ダブテイルさんは兵士たちに引っ張《ぱ》られるに任《まか》せ、城の中を歩いていきました。でもすぐに、どこに連れていかれるかがわかりました。なぜなら、急な階段《かいだん》を下りさせられ、二つ目の踊《おど》り場を過ぎて三つ目の踊り場に向かう階段は、ぬるぬる滑《すべ》る石だったからです。肌《はだ》に寒気を感じたとき、そこが地下牢《ちかろう》だろうと推測《すいそく》しましたし、鉄の鍵が回る音と鉄格子《てつごうし》がガチャンと音をたてるのを聞いて、間違《まちが》いないと思いました。

兵士たちがダブテイルさんを冷たい石の床《ゆか》に投げ出し、誰《だれ》かが袋《ふくろ》を引っ張って取りました。

あたりはほとんど真っ暗で、ダブテイルさんはしばらく自分の周囲《しゅうい》が何も見えませんでした。

それから兵士の一人が松明《たいまつ》をともし、ダブテイルさんは目の前のピカピカに磨《みが》かれたブーツを見ました。顔を上げると、そこにはスピットルワース卿《きょう》がにこやかに見下ろしていました。

「ダブテイル、おはよう」スピットルワースが言いました。「ちょっとした仕事がある。うまくやり遂《と》げれば、あっという間に家に帰って娘に会えるだろう。断れば――または下手な仕事をすれば――二度と娘には会えないだろう。わかり合えたかな？」

六人の兵士とローチ少佐が、全員剣《けん》を手にして、独房《どくぼう》の壁《かべ》の前に並《なら》んでいました。

「はい、閣下《かっか》」ダブテイルさんは低い声で言いました。「わかりました」

「けっこうだ」スピットルワースがそう言って脇《わき》に退《ど》くと、その後ろに巨大《きょだい》な木材が見えました。子馬ほどもある、切り倒《たお》した木の一部です。そばに、小さなテーブルがあり、大工道具が一揃《ひとそろ》い載《の》っています。

「ダブテイル、巨大な足を彫《ほ》ってもらいたい。剃刀《かみそり》のように鋭《するど》い鉤爪《かぎづめ》のある、怪物《かいぶつ》的な足だ。足の上に長い持ち手を付けて、馬に乗った人間が柔《やわ》らかい地面にその足を押《お》し付けて、足跡《あしあと》を付けられるようにするのだ。大工よ、自分の仕事がわかったかね？」

ダブテイルさんとスピットルワース卿はお互《たが》いの目の奥《おく》をじっと見つめ合いました。もちろんダブテイルさんは、何が起こっているのかを正確《せいかく》に理解《りかい》していました。イッカボッグが存在《そんざい》することの偽の証拠を作れと言われているのです。怪物の足の偽物を作ったあとで、何をしたかを話すかもしれないダブテイルさんを、スピットルワースが解放《かいほう》するとは考えられない——ダブテイルさんはそれを恐《おそ》れました。

「閣下、誓《ちか》ってくださいますか？」ダブテイルさんが静かに言いました。「わたしがこの仕事をしたら娘を傷《きず》つけないと、**誓いますか？**　そして、わたしを家に、娘のところに帰してくれると？」

「もちろんだ、ダブテイル」独房の扉のほうにもう歩きだしていたスピットルワースが、気軽に答えました。「仕事を早く終えれば、それだけ早く娘にまた会える」

「さて、道具は毎晩回収《まいばんかいしゅう》するし、毎朝お前のところに戻《もど》してやる。囚人《しゅうじん》に、穴《あな》を掘《ほ》って出ていく道具を持たせておくわけにはいかんからな、え？　うまくいくとよいな。しっかり働け。注文の足ができるのを楽しみにしているぞ！」

ローチがそこでダブテイルさんの手首を縛ったロープを切り、持っていた松明を壁に取り付けられている腕木《うでぎ》に押し込《こ》みました。そして、スピットルワースもローチも、ほかの兵士たちも牢屋《ろうや》を出ていきました。鉄の扉がガチャンと閉《し》まり、鍵が回って、ダブテイルさんは巨大な木材と、自分のノミや小刀類とともにとり残されました。

「ダブテイル、巨大な足を彫ってもらいたい。
剃刀のように鋭い鉤爪のある、怪物的な足だ」

坂野遙／12歳

第27章 誘《ゆう》拐《かい》されて

その日の午後、バンダロアで遊びながら学校から帰ったデイジィは、いつものようにお父さんに今日の出来事を話すために、父親の作業場に向かいました。しかし、驚《おどろ》いたことに、作業場には鍵《かぎ》がかかっていました。お父さんが早めに仕事を終えて家に戻《もど》ったのだと思い、デイジィは学校の教科書を小脇《こわき》に抱《かか》えて、家の玄関扉《げんかんとびら》から入っていきました。

デイジィは戸口ではっと足を止め、周りに目を凝《こ》らしました。家具が全部なくなっています。壁《かべ》の絵も、床《ゆか》のじゅうたんも、ランプも、ストーブまでもなくなっています。

デイジィは父親を呼《よ》ぼうと口を開けましたが、その瞬間《しゅんかん》、頭に袋《ふくろ》がかぶせられ、誰《だれ》かの手がデイジィの口をふさぎました。学校の本とバンダロアがばらばらと音をたてて床に落ちました。足が持ち上げられ、バタバタもがきましたが、家から運び出されて馬車の後ろに投げ込《こ》まれました。

「声をあげたら」荒々《あらあら》しい声がデイジィの耳もとで言いました。「お前の父親を殺《ころ》すぞ」

叫《さけ》ぶつもりで肺《はい》いっぱいに息を吸《す》い込んでいたデイジィは、反対に静かに息を吐《は》き出しました。

馬車が動きだすと、デイジィは揺《ゆ》れを感じ、手綱《たづな》がじゃらじゃら鳴る音と馬が駆《か》けだす蹄《ひづめ》の音を聞きました。馬車の曲がる具合で、デイジィは城内都市から外に向かっていることを知り、市場《いちば》の声や馬たちの音で、シューヴィルの街に出たことを知りました。これまでにこんなに怖《こわ》かったことはなかったのですが、デイジィはそれでも頑張《がんば》って、どこに連れていかれるのかを少しでも知ろうと、曲がり角や音や匂《にお》いの一つ一つに注意を集中しました。

しばらくすると、馬の蹄は街の敷石《しきいし》ではなく、土の道を蹴《け》り、シューヴィルの砂糖《さとう》のような甘《あま》い匂いが消えて、田舎《いなか》の緑と豊《ゆた》かな土のにおいに変わりました。

デイジィをさらった男は、プロッド兵卒という、大きくて荒々しい、イッカボッグ防衛隊《ぼうえいたい》の隊員でした。スピットルワースはプロッドに、「ダブテイルの小娘《こむすめ》を片《かた》づけろ」と言ったのですが、プロッドは、小娘を殺せという意味だと理解《りかい》しました。(プロッドの理解は正しかったのです。デイジィを殺すのに、スピットルワースがプロッドを選んだのは、プロッドが拳骨《げんこつ》を使うのが好きで、誰を傷《きず》つけようが気にしない人間だったからです)

ところが、田舎道《いなかみち》に馬車を走らせ、森や林を通り過《す》ぎるとき、そこでデイジィの首を絞《し》めて死体を埋《う》めるのは簡単《かんたん》だったはずなのに、プロッド兵卒に、とてもそんなことはできないという気持ちが徐々《じょじょ》にわいてきたのです。たまたまプロッドには、デイジィぐらいの年齢《ねんれい》の姪《めい》がいて、とてもかわいがっていました。実際《じっさい》、デイジィを絞め殺す自分を思い浮《う》かべるたびに、彼《かれ》の心には命乞《いのちご》いをする姪のロージィが見えるような気がしました。ですから、土道から森の中にそれるのではなく、プロッドは馬車を先に進め、デイジィをどうしたらよいかと知恵《ちえ》を絞《しぼ》りました。

粉袋《こなぶくろ》の中で、デイジィは、クルズブルグのチーズの匂いに混《ま》じって、バロンズタウンのソーセージの匂いを嗅《か》ぎ、どちらの町に連れていかれるのか知りたいと思いました。お父さんに連れられて、ときどきこの二つの有名な都市に、チーズや肉を買いに来たことがありました。もし御者《ぎょしゃ》がデイジィを馬車から降《お》ろしたときに逃《に》げることができたら、二日で家に帰ることができる、とデイジィは考えました。混乱《こんらん》した頭で、デイジィは何度も父親のことを考えました。お父さんはどこにいるのだろう、どうして家中の家具がなくなったのだろうと。しかし、そのたびに無理やり馬車の動きに集中しました。確実《かくじつ》に家に戻る道を見つけるためです。

ところが、フルーマ川にかかる、バロンズタウンとクルズブルグを結ぶ石橋を渡《わた》る蹄の音を聞こうとしてどんなに耳を澄《す》ませても、その音は聞こえてきません。というのも、プロッド兵卒は、どちらの町にも入らず、通り過ぎたのです。デイジィをどうしたらよいか、今しがた、いい考えが浮かんだのです。そこでソーセージ作りの町を迂回《うかい》して、馬車は北に向かいました。肉とソーセージの匂いが消えて、夜がやってきました。

プロッド兵卒は、自分の生まれ故郷《こきょう》のジェロボアムの郊外《こうがい》に住む老女のことを思い出したのです。その老女は、マ・グルンター、グルンターおっかあと呼ばれていました。彼女《かのじょ》は孤児《こじ》を預《あず》かり、一緒《いっしょ》に住む孤児一人につき、ひと月一ダカットを支給《しきゅう》されていました。マ・グルンターの家から逃げおおせた子はそれまで、一人もいません。それだからこそプロッドは、デイジィをそこに連れていくことにしたのです。デイジィがシューヴィルの家に帰る道を見つけることだけは絶対《ぜったい》に避《さ》けたいのです。なぜなら、スピットルワースは、プロッドが言いつけどおりのことをしなかったと知ったら、激怒《げきど》するはずだからです。

馬車の後ろに乗って、怯《おび》え、寒くて、落ち着かなかったにも関わらず、馬車に揺られて眠《ねむ》り込んだデイジィは、突然《とつぜん》びくっとして目が覚めました。今度は違《ちが》った匂いがします。あまり好きではない匂いです。しばらくして、それがワインから立ちのぼる匂いだと気がつきました。ダブテイルさんがたまに飲んだときの匂いだとわかったのです。これまで来たことのない、ジェロボアムに近づいているのにちがいありません。かぶせられた袋の小さな穴《あな》から、夜明けの光が見えました。馬車は間もなくまた石畳《いしだたみ》の上を揺れながら進み、しばらくして止まりました。

デイジィはすぐさまもがいて、馬車の後ろから地上に降りようとしましたが、道に降りるまえにプロッド兵卒に捕《つか》まってしまいました。それからプロッドは、じたばたするデイジィをマ・グルンター孤児院の戸口に運んでいき、大きな握《にぎ》りこぶしでドアをたたきました。

「わかった、わかった、今行くよ」家の中から、甲高《かんだか》いしゃがれた声がしました。閂《かんぬき》や鎖《くさり》がたくさん外される音がして、銀の握りのついた細身のステッキにすがったマ・グルンターが戸口に姿《すがた》を現《あらわ》しました――と言っても、袋の中のデイジィにはもちろん見えませんが。

「おっかあ、新しい子だ」プロッドがもがいている袋をマ・グルンターの玄関に運び込みました。そこはゆでたキャベツと安っぽいワインの匂いがしました。

さて、袋《ふくろ》入《い》りの子どもが家に運び込まれるのを見て、マ・グルンターが驚いたと思うかもしれませんね。でも、いわゆる反逆者《はんぎゃくしゃ》の子として誘拐された子どもたちが、これまでにもこの家に送られてきていました。その子にどういうわけがあるかなど、彼女は気にしませんでした。お役所から預かり料としてもらえるひと月一ダカットだけに関心があったのです。自分のおんぼろ小屋に詰《つ》め込まれる子どもの数が多ければ多いだけ、ワインが飲めるというものです。彼女にはそれだけが大切なのです。ですからマ・グルンターは手を出してしわがれ声で言いました。「受け入れ料五ダカットだ」――誰かがほんとうに子どもを処分《しょぶん》したいのだと見抜《みぬ》くと、彼女は必ずそれを要求しました。

プロッドは顔をしかめて五ダカットを渡《わた》し、何も言わずに去りました。マ・グルンターはその背《はい》後《ご》でドアをバタンと閉《し》めました。

プロッドが御者台に戻ると、マ・グルンターの扉の鎖がじゃらじゃら鳴る音と、錠前《じょうまえ》のこすれる音が聞こえました。給料の半月分《はんつき》が消えてしまいましたが、プロッドはデイジィ・ダブテイルの問題を片づけることができて一安心し、首都に向かってできるだけ急いで馬車を走らせました。

第28章 マ・グルンター

玄関《げんかん》の戸がしっかり閉《し》まっていることを確《たし》かめてから、マ・グルンターは新しい預《あず》かりっ子の袋《ふくろ》を脱《ぬ》がせました。

急に明るくなって目を瞬《しばたた》きながら、デイジィは自分のいるところが、狭《せま》くて汚《きたな》い玄関ホールだということがわかりました。目の前にいるのは、黒ずくめの服を着たとても醜《みにく》い老婆《ろうば》で、鼻の先に大きな茶色いいぼがあり、そこから毛が何本も生えています。

「ジョン！」老婆はデイジィから目を離《はな》さずに、しわがれ声で呼《よ》びました。デイジィよりずっと大きくて年上の男の子が、不愛想なしかめっ面をして、こぶしをポキポキ鳴らしながら、ぎごちなくホールに入ってきました。「上の階にいるジェーンたちに、同じ部屋にもう一つ布団《ふとん》を入れるように言うんだ」

「ガキどもの誰《だれ》かに言いつけてくれよ」ジョンがぶつくさ言いました。「おれ、まだ朝飯食ってねえ」

マ・グルンターは突然《とつぜん》重い銀の握《にぎ》りの杖《つえ》を、男の子の頭に振《ふ》り下ろしました。デイジィは銀の握りが骨《ほね》に当たる恐《おそ》ろしい音が聞こえると思ったのですが、男の子は、十分練習を積んだらしく、見事に杖をかわし、またこぶしをポキポキ鳴らしました。そして、「わーかった、わーかった」とすねたように言い、どこかの階段《かいだん》をガタピシいわせながら上階に消えました。

「名前は何だ?」マ・グルンターがデイジィを振り向きました。

「デイジィ」

「いや、そうじゃない」マ・グルンターが言いました。「お前の名前はジェーンだ」

この家に来た子ども全員に、マ・グルンターが同じことを言うのだと、デイジィにはまもなくわかるでしょう。女の子は全部ジェーンという名前を与《あた》えられ、男の子は全部ジョンと名付けられるのです。別な名前を付けられることに、子どもたちがどんなふうに反抗《はんこう》するかを見れば、マ・グルンターは、自分の知りたいこと、つまり、その子の気をくじくのがどのくらい難《むずか》しいかを知ることができたのです。

もちろん、まだとても小さいうちにこの家に来た子は、ジョンでもジェーンでも簡単《かんたん》に受け入れて、それまで何という名前で呼ばれていたかをすぐに忘《わす》れました。家のない子とか、迷子《まいご》になった子どもたちも、ジョンとかジェーンとか呼ばれることが、屋根のある家に住めることに対する代償《だいしょう》だということがわかり、すぐに別の名前を受け入れたのです。

でも、マ・グルンターは、新しい名前を受け入れずに抵抗《ていこう》する子をときどき見てきました。デイジィが口を開くまえから、この子はそういう子だと、マ・グルンターは見抜《みぬ》いていました。この新入りの子は、扱《あつか》いにくそうな誇《ほこ》り高い顔で、やせてはいても強そうで、オーバーオールを着てこぶしを握りしめ、その場に立っていました。

「わたしの名前はデイジィ・ダブテイルよ。お母さんの好きなひなぎくの花の名前を付けられたんだから」とデイジィが言いました。

「お前の母親は死んだ」と、マ・グルンターが言いました。自分のところに来た子には、必ず両親が死んだと言ったのです。ガキどもには、逃《に》げ戻《もど》るところなどどこにもないと思わせるのが一番よかったのです。

「そうよ」心臓《しんぞう》をどきどきさせながら、デイジィが言いました。「お母さんはたしかに死んだわ」

「それにお前の父親もだ」マ・グルンターが言いました。

デイジィの目に、恐ろしい老婆の姿《すがた》が揺《ゆ》らいで見えました。前の日のお昼以来、何も食べていませんでしたし、プロッドの馬車の中で恐怖《きょうふ》の一夜を過《す》ごしたからです。それでもデイジィは、冷静なはっきりした声で言いました。「お父さんは生きているわ。わたしはデイジィ・ダブテイルで、お父さんはシューヴィルに住んでいるわ」

デイジィはお父さんがまだそこにいると信じなければなりませんでした。疑《うたが》いを持つことはで

マ・グルンターは突然重い銀の握りの杖を、
男の子の頭に振り下ろしました。

山下仁衣奈／7歳

きません。もしお父さんが死んだら、この世界からすべての光が永久《えいきゅう》に消えてしまうからです。

「いいや、ちがう」マ・グルンターは杖を振り上げました。「お前の父親は間違《まちが》いなく死んでいるし、お前の名はジェーンだ」

「わたしの名前は――」そう言いかけたとき、突然ヒューッという音が聞こえ、マ・グルンターの杖がデイジィの頭に飛んできました。デイジィは、大きな男の子がしたように、杖をかわしましたが、杖が振り戻されて、今度は耳を強く打ち、デイジィは横に倒《たお》れました。

「もう一度やってみよう」マ・グルンターが言いました。「わたしの言うとおりに繰《く》り返すんだ。『わたしの父親は死にました。わたしの名はジェーンです』」

「いやよ」デイジィはそう叫《さけ》ぶなり、杖がまた戻ってくるまえに、マ・グルンターの腕《うで》の下をくぐって家の中に駆《か》け込《こ》みました。裏口《うらぐち》の戸が開いているかもしれないと思ったのです。台所には青白い怯《おび》えた顔をした男の子と女の子がいて、二人でお椀《わん》に汚らしい緑色の液体《えきたい》をよそっていました。そして、裏口には表の扉《とびら》と同じくらい鎖《くさり》や南京錠《なんきんじょう》がたくさんついていました。デイジィは玄関ホールに駆け戻り、マ・グルンターの杖をかわし、急いで上の階に行きました。そこには、やせて青白い子どもたちがもっと大勢《おおぜい》いて、お掃除《そうじ》をしたり、すり切れたシーツでベッドを整えていました。マ・グルンターがもう、後ろから階段を上がってきました。

「言うんだ」マ・グルンターがしわがれ声で言いました。「『わたしのお父さんは死にました。わたしの名はジェーンです』さあ、言え」

「わたしのお父さんは生きているし、わたしの名前はデイジィよ！」デイジィが叫びました。天井に、屋根裏《やねうら》部屋に通じていると思われる撥《は》ね戸を見つけたデイジィは、びくびくしている女の子から毛ばたきをひったくり、撥ね戸を押《お》して開けました。縄ばしごが下りてきたので、デイジィはそれを上り、そのあとではしごを引き上げて、屋根裏部屋への入り口をバタンと閉《と》じ、マ・グルンターも杖も届《とど》かないようにしました。下で老婆が高笑いして、誰か男の子に、デイジィが出てこられないように撥ね戸を見張《みは》れと命じるのが聞こえました。

デイジィにはもっと後《のち》にわかることですが、子どもたちは同じ名前のジョンとジェーンを区別するためにあだ名を付けられていました。屋根裏部屋の撥ね戸の見張りに立ったのは、下の階でデイジィが見た大きな男の子でした。ほかの子どもたちは、その子が小さい子をたたいていじめるので、「たたきやジョン」というあだ名で呼びました。ところで、「たたきやジョン」は、マ・グルンターの助手ということになっていました。そのジョンが下からデイジィに呼びかけて、これまでその屋根裏で飢《う》えて死んだ子どもたちがいるから、よく見ればそいつらの骨が見つかる、と言いました。

マ・グルンターの屋根裏の天井はとても低かったので、デイジィは身をかがめないとなりませんでした。それにとても汚いところでしたが、屋根に小さな穴《あな》があり、そこから陽《ひ》の光が差し込んでいました。デイジィはそこまで腰《こし》をかがめて移動《いどう》し、穴に目を押し付けました。ジェロボアムの家々《いえいえ》の屋根が並《なら》んでいるのが見えます。ほとんどの建物が砂糖《さとう》のように白いシューヴィルと違《ちが》った、ここは暗い灰色《はいいろ》の石でできた都市です。下の通りを二人の酔《よ》っ払《ぱら》いがふらふら歩きながら、よく歌われる酒飲みの歌を大声で歌っています。

一本飲んだら　イッカボッグなんか嘘《うそ》っぱちだ
二本飲んだら　イッカボッグのため息を聞いた
三本飲んだら　イッカボッグがこっそり行くのが見えた
イッカボッグが来るぞ、死ぬまえにもっと飲むんだ！

デイジィは一時間も穴に目を押し付けて座《すわ》っていました。そのときマ・グルンターがやってきて、杖で下から撥ね戸をたたきました。

「お前の名前は？」

「デイジィ・ダブテイル」デイジィが大声で言いました。

それから一時間ごとに質問《しつもん》され、答えはいつも同じでした。

しかし、時間が経《た》つと、デイジィは空腹《くうふく》で頭がぼーっとなりました。マ・グルンターに「デイジィ・ダブテイル」と叫び返すたびに、声が弱々《よわよわ》しくなっていました。屋根裏ののぞき穴から、とうとう外が暗くなっていくのが見えました。とても喉《のど》が渇《かわ》いてきて、ジェーンという名を拒《こば》み続ければ、デイジィは、本当に骨になってしまい、「たたきやジョン」がほかの子どもたちを脅《おど》す材料になってしまうかもしれないという現実《げんじつ》と向き合わなければならなくなりました。

ですから、マ・グルンターが次に杖で撥ね戸をたたいて、デイジィの名前が何かと聞いたとき、「ジェーン」と答えました。

「それでお前の父親は生きているか?」マ・グルンターが聞きました。

デイジィは、真実ではないことを言うときに許《ゆる》してもらうためのおまじないに、指を十字に組んで言いました。

「いいえ」

「いいだろう」マ・グルンターが撥ね戸を引いて開け、縄ばしごが下りていきました。「下りてこい、ジェーン」

デイジィが彼女《かのじょ》のそばに立つと、老婆はデイジィの耳のあたりを強く殴《なぐ》りました。「たちの悪い、嘘つきの、汚らしいガキめ。罰《ばつ》だ。さあ、スープを飲んで、椀を洗《あら》って、ベッドに行け」

デイジィはキャベツスープの小さな椀を一気に飲みました。これまで食べたものの中で最悪でした。それからマ・グルンターが皿洗《さらあら》い用に準備《じゅんび》したギトギトの桶《おけ》でお椀を洗い、上の階に行きました。女の子の部屋に、敷布団《しきぶとん》が一つ余分《よぶん》に床《ゆか》においてあったので、ほかの女の子がみんな見ている中でそこに入り、部屋がとても寒いので、着の身着のままで薄《うす》っぺらな毛布《もうふ》をかぶりました。

　すると、同じくらいの歳《とし》で頬《ほお》のこけた女の子の、親切そうな青い目と目が合いました。

「あなたはほかの大勢の子より長く頑張《がんば》ったわ」女の子がささやきました。デイジィが今まで聞いたことのないなまりがありました。もっとあとに、デイジィはこの子がマーシランド人だということを知るでしょう。

「あなたの名前は？」デイジィがそっと聞きました。「あなたの本当の名前は？」

　女の子は、忘れ名草色の大きな目で、デイジィをじっと観察しました。

「言ってはいけないのよ」

「誰にも言わないって、約束するわ」デイジィがささやきました。

　女の子はデイジィをじっと見ました。デイジィが、答えてはくれないだろうと思ったとき、女の子がささやきました。

「マーサ」

「初めまして、マーサ」デイジィがささやきました。「わたしはデイジィ・ダブテイルよ。それにお父さんはまだ生きているわ」

第29章 ベアミッシ夫人の心配

話は戻《もど》って、シューヴィルでは、スピットルワースが、ダブテイル一家は夜中に荷物をまとめて隣《となり》のプルリタニア国に引っ越《こ》したという話が、確実《かくじつ》に広まるようにしていました。学校ではデイジィの担任《たんにん》だった先生がクラスメートにその話をし、召使《めしつかい》のカンカービィが城の召使たち全員に伝えました。

その日学校から帰ったバートは、自分の部屋のベッドに寝《ね》ころび、天井を見つめました。小さかったとき小太りだったので、ほかの子どもたちが自分を「バターボール」と呼《よ》んだこと、そしてデイジィがいつでも自分をかばってくれたことを考えていました。だいぶ前に城の中庭でけんかしたこと、彼女《かのじょ》の誕生日《たんじょうび》に、そんなつもりはなかったのに「天国の望み」を地面にたたき落としてしまったとき、デイジィの顔に浮《う》かんだ表情《ひょうじょう》を思い出しました。

それから、このごろ自分が休み時間をどんなふうに過《す》ごしていたかを考えました。初めはロデリック・ローチと友だちになれて、ちょっといいなと思っていました。ロデリックがそれ以前はバートをいじめていたので、いじめがなくなってうれしかったのです。でも、本当の気持ちを言えば、バートは、ロデリックがしていることを一緒《いっしょ》に楽しむことができませんでした。たとえば、野良犬《のらいぬ》をパチンコで撃《う》ったり、生きた蛙《かえる》を捕《つか》まえて女の子の肩掛《かたか》けカバンに忍《しの》び込《こ》ませたり。ロデリックと一日を過ごしたあとは、ずっと作り笑いをしていたせいで顔が痛《いた》みましたし、デイジィと一緒だったときの楽しさを思い出せば思い出すほど、デイジィと仲直りしようとしなかったことが、ますます悔《く》やまれました。でももう遅《おそ》すぎる。デイジィは永久《えいきゅう》に行ってしまった。プルリタニアへ。

バートがベッドに横になっていたそのとき、ベアミッシ夫人は台所に一人で座《すわ》っていました。息子《むすこ》と同じくらい苦い思いで。

ダブテイルさんがイッカボッグは実在《じつざい》しないと言ったなどと、厨房《ちゅうぼう》の皿洗《さらあら》いのメイドにしゃべってしまってからずっと、ベアミッシ夫人はそれを後悔《こうかい》していました。夫が馬から落ちたのかもしれないなどと言われたので、あんまり腹《はら》がたって、ことばが口から出ていくまで、反逆罪《はんぎゃくざい》を訴《うった》えることばになっていることに気がつかなかったのです。出ていってしまったことばはもう呼び戻せません。昔からの友人が困《こま》ることなど、夫人は望んでいませんでしたから、皿洗いのメイドのメイベルに、今言ったことは忘《わす》れてくれと頼《たの》んだのです。メイベルはわかったと言いました。

安心したベアミッシ夫人は、焼いていたたくさんの「乙女《おとめ》の夢《ゆめ》」を取り出しに、オーブンのほうに行きました。そのとき、召使のカンカービィが角《かど》でウロウロしているのが見えたのです。カンカービィのことは、お城で働くみんなが、密告者《みっこくしゃ》で告《つ》げ口屋だと知っていました。音もたてずに部屋に近づいたり、気づかれずに鍵穴《かぎあな》からのぞいたりするコツを知っている男でした。ベアミッシ夫人は、カンカービィに、どのくらいの間そこに立っていたのかを聞く勇気がありませんでした。でも、こうして今、一人で台所に座っていると、恐《おそ》ろしい心配が心臓《しんぞう》をぎゅっとつかみました。カンカービィが、ダブテイルさんの反逆罪の知らせを、スピットルワースに持っていったとしたら？ ダブテイルさんがいなくなった先は、プルリタニアではなく、牢獄《ろうごく》ではないかしら？

考えれば考えるほど、ベアミッシ夫人は恐ろしくなり、とうとうバートに声をかけて、夕方のお散歩に行くと言い置いてから、急いで家を出ました。

通りにはまだ遊んでいる子どもたちがいました。その間を縫《ぬ》って、ベアミッシ夫人は、城内都市の門と墓地《ぼち》の間にある小さな家にたどり着きました。窓《まど》は真っ暗で、仕事場には鍵がかかっていましたが、ベアミッシ夫人が玄関《げんかん》の扉《とびら》を押《お》すと、開きました。

家具が、壁《かべ》に掛《か》かった絵さえも全部なくなっていました。ベアミッシ夫人は、ほっとして、ゆっくりと長い溜息《ためいき》をつきました。もしダブテイルさんを牢獄に放り込んだのなら、一緒に家具も全部放り込むはずがありません。ダブテイルさんは荷物をまとめ、デイジィをつれて、本当にプルリタニアに引っ越したように見えます。少し安心して、ベアミッシ夫人は城内都市を歩いて、奥《おく》のほうにある家へと戻っていきました。

小さな女の子たちが、少し先の道路で歌に合わせて縄跳《なわと》びをしていました。この歌はいまや王国中の遊び場で歌われていました。

イッカボッグ、イッカボッグ、止まったら来るぞ
イッカボッグ、イッカボッグ、止まらず跳《と》ぶぞ
振《ふ》り返っちゃだめだ　吐《は》きそうでもだめだ
あいつが　兵士《へいし》を　捕まえたためだ　兵士の名前は――

ベアミッシ夫人の姿《すがた》を見つけた女の子が、キャッと叫《さけ》んで、回していた縄の端《はし》を落としました。ほかの女の子たちも、振り返ってパン職人《しょくにん》長を見つけ、全員が赤くなりました。一人が怯《おび》えたようにクスクス笑い、もう一人は泣きだしました。

「いいから、いいから」ベアミッシ夫人は微笑《ほほえ》もうとしました。「気にしないわよ」

子どもたちは、夫人が通り過ぎるまで黙《だま》っていました。突然《とつぜん》ベアミッシ夫人が振り返って、跳《と》び縄の端を落とした女の子をもう一度見ました。

「そのお洋服」ベアミッシ夫人が聞きました。「どこにあったの?」

顔を真っ赤にした女の子が、服を見下ろし、目を上げてベアミッシ夫人を見ました。

「パパがくれたのよ」と女の子が言いました。「昨日お家に帰ってきたとき。それから、弟にはバンダロアをくれたの」

ドレスをもうしばらく見つめてから、ベアミッシ夫人はゆっくりと向きを変えて家へと歩きました。きっと思い違《ちが》いだわ、と自分に言い聞かせはしましたが、デイジィ・ダブテイルが間違《ちが》いなくその子とまったく同じ美しいドレスを着ていたことを、夫人は覚えていました——お日さまの光のような黄色で、首と袖口《そでぐち》にデイジィの名前と同じひなぎくの花の刺繍《ししゅう》のある服——デイジィの母親がまだ生きていて、デイジィの服を全部作っていたときに着ていた服です。

第30章　足

一か月が経《た》ちました。牢獄《ろうごく》の奥《おく》で、ダブテイルさんは気がふれたように仕事をしました。ディジィにまた会うためには、怪物《かいぶつ》の木の足を仕上げなければなりません。ダブテイルさんは、スピットルワースが約束を守ると、無理に自分に信じ込《こ》ませました。仕事が終わったら牢獄を出してやるという約束です。でも頭の片隅《かたすみ》で、「**仕事が終わったあとも解放《かいほう》してはくれない。絶対《ぜったい》に**」という声が聞こえ続けました。

怖《おそ》れを払《はら》いのけるために、ダブテイルさんは国歌を歌い始めました。何度も、何度も。

コールヌーコーピア、王様を称《たた》えよ
コールヌーコーピア、声高らかに歌え……

しょっちゅう歌う声が、ダブテイルさんのノミやハンマーの音よりももっと、ほかの囚人《しゅうじん》たちをイライラさせました。すっかりやせて着ているものもボロボロになったグッドフェロー大尉《たいい》が止《や》めてくれるように頼《たの》みましたが、ダブテイルさんは無視《むし》しました。少し気がふれていたのです。頭が混乱《こんらん》していて、自分が王様の忠実《ちゅうじつ》な臣民だということを示《しめ》せば、スピットルワースが自分のことをそれほど危険《きけん》人物ではないと考えて、解放するかもしれないと思ったのです。ですから、大工の独房《どくぼう》は、道具でたたく音や削《けず》る音と、国歌とが響《ひび》き、怪物の鉤爪《かぎづめ》の足の形が少しずつ、でも確実《かくじつ》に仕上がっていきました。馬に乗った男が柔《やわ》らかい地面に深々《ふかぶか》と足を押《お》し付けられるように、てっぺんに持ち手がついている足です。

ついに木の足が出来上がったとき、スピットルワースとフラプーン、ローチ少佐が、地下牢《ちかろう》に下りてきて、検査《けんさ》しました。

「いいだろう」スピットルワースは足をあらゆる角度から確《たし》かめて、ゆっくりそう言いました。

「非常《ひじょう》にいい。ローチ、どう思うかね？」

「閣下《かっか》、とてもうまくいくと存《ぞん》じます」少佐が答えました。

「ダブテイルよ、よくやった」スピットルワースが大工にそう言いました。「今夜は食事の量を増《ふ》やすよう、牢番《ろうばん》に命じよう」

「でも、これが終わったら自由にするとおっしゃいました」ダブテイルさんは疲《つか》れて青い顔をしながら、ひざまずきました。「お願いです、閣下。どうか娘《むすめ》に会わせてください……**お願いです**」

ダブテイルさんは、スピットルワース卿《きょう》の骨《ほね》ばった手を取ろうとしましたが、スピットルワースは手を引っ込めました。

「触《さわ》るな、反逆者《はんぎゃくしゃ》め。わたしに死刑《しけい》にされなかっただけありがたいと思え。もしこの足が思い通りにいかなかったら、まだ死刑の可能性《かのうせい》はあるぞ――わたしがお前なら、わたしの計画がうまくいくように祈《いの》るだろう」

第31章 消えた肉屋

その晩《ばん》、夜陰《やいん》にまぎれて、ローチ少佐に率《ひき》いられた黒い服の騎馬隊《きばたい》が、シューヴィルを出ていきました。隊の真ん中の馬車には、大きな麻布《あさぬの》に覆《おお》われて、ウロコと長く鋭《するど》い鉤爪《かぎづめ》を彫《ほ》り込《こ》んだ巨《きょ》大《だい》な木の足が隠《かく》されていました。

一行はついにバロンズタウンに着きました。乗り手たち――スピットルワースがこの仕事のために選んだ、イッカボッグ防衛隊《ぼうえいたい》の隊員たちです――が、馬から滑《すべ》り降《お》りて、音と足跡《あしあと》を消すために、馬の蹄《ひづめ》を麻布で覆いました。それから馬車にのせた巨大な足を下ろし、また馬にまたがって、隊員の間でその足を持ち上げ、肉屋のタビィ・テンダロインの家まで運びました。肉屋が奥《おく》さんと暮《く》らしている家は、都合のよいことに、近所の家から少し離《はな》れていました。

数人の兵士《へいし》が自分たちの馬をつなぎ、タビィの家の裏戸《うらど》に忍《しの》び寄《よ》って、押《お》し入りました。ほかの隊員たちは、裏戸の周りの泥土《どろつち》に、巨大な足を押し付けました。

到着《とうちゃく》してから五分後に、兵隊が、子どものいないタビィと奥さんの二人を縛《しば》り上げてさるぐつわをかませ、運び出して馬車に投げ入れました。タビィと奥さんはまもなく殺《ころ》されて、死体は森に埋《う》められるでしょう。プロッド兵卒が命令《めいれい》に従っていれば、デイジィも同じ目にあっていたはずです。スピットルワースは、自分に役立つ人間しか生かしておきません。ダブテイルはイッカボッグの足が壊《こわ》れたときの修理《しゅうり》に必要になるかもしれず、グッドフェロー大尉《たいい》たちは、またいつかイッカボッグに関する嘘《うそ》を繰《く》り返して言わせるために、引っ張《ぱ》り出す必要があるかもしれません。スピットルワースには、反逆者《はんぎゃくしゃ》のソーセージ作りが必要になるとは思えませんでしたから、殺せと命じたのです。かわいそうなテンダロインの奥さんのことは、スピットルワースはまったく考えませんでした。でも奥さんはとても親切な人で、友だちの子どものお守りをしたり、町の教会の聖歌《せいか》隊《たい》で歌ったりしていたのです。

テンダロイン夫妻《ふさい》を連れ出したあと、残っていた兵隊たちが家に入り、まるで巨大な生き物が荒《あ》らしまわったように家具を壊しました。そのほかの兵隊たちは、裏庭《うらにわ》の柵《さく》を壊し、タビィの鶏小屋《とりごや》の周りの柔《やわ》らかい土に、巨大な足を押し付けて、怪物《かいぶつ》がうろついて鶏《にわとり》を襲《おそ》ったように見せかけました。一人の兵士がブーッと靴下《くつした》を脱《ぬ》いで、柔らかい土に自分のはだしの足跡をつけ、まるでタビィが鶏を護《まも》るのに家の外に駆《か》け出したように見せかけました。最後にその兵士は、一羽のめんどりの首を切って、おびただしい血と羽根をまき散らし、それから鶏小屋の脇《わき》を壊して、残りの鶏を逃《に》がしました。

兵隊たちは、タビィの家の外の泥土に、巨大な足跡をもっとたくさん残して、怪物が固い土の上を逃げ去ったように見せかけてから、ダブテイルさんの重い創作物《そうさくぶつ》を馬車に戻《もど》し、まもなく殺される運命の肉屋と奥さんの脇においてから、馬に乗って夜の闇《やみ》に消えていきました。

兵隊たちは、タビィの家の外の泥土に、巨大な足跡をもっとたくさん残して、
怪物が固い土の上を逃げ去ったように見せかけました。

藤田隆盛／11歳

第32章 計画の穴《あな》

次の日に、テンダロイン夫妻《ふさい》のご近所の人たちが目を覚まして、鶏《にわとり》が道に出ているのを見つけ、急いでタビィさんに、鶏が逃《に》げ出したことを知らせに行きました。ご近所さんたちが巨大《きょだい》な足跡《あと》を見つけ、血や羽根や壊《こわ》れた裏戸《うらど》を見て、肉屋も奥《おく》さんも消えているのを知ったときに、どんなにぞっとしたことか。

一時間も経《た》たないうちに、タビィの空っぽの家の周りには大きな人だかりができ、怪物《かいぶつ》の足跡と破《やぶ》られた扉《とびら》、壊された家具を調べていました。みんながパニック状態《じょうたい》になり、数時間のうちに、イッカボッグがバロンズタウンの肉屋の家を襲《おそ》ったというニュースが、東西南北に広がりました。し、町の触《ふ》れ役が、あちこちの広場で鐘《かね》を鳴らしました。二日も経てば、イッカボッグが夜のうちに南に移動《いどう》して、一晩《ひとばん》で二人の人間をさらったということを知らないのは、マーシランド人だけになるでしょう。

バロンズタウンの市民の反応《はんのう》を見るために一日中群衆《ぐんしゅう》に混《ま》じっていたスピットルワースのスパイは、ご主人様に、計画はすばらしくうまくいったという知らせを送りました。しかし、その日の夕方、そのスパイがソーセージ・ロールとビールでお祝いするために町の居酒屋《いざかや》に向かおうと考えていたとき、イッカボッグの巨大な足跡の一つを調べていた男たちが、何やらささやき合っているのに気がつきました。スパイはその人たちにそろそろと近づきました。

「恐《おそ》ろしいねえ、え？」スパイが話しかけました。「この足の大きさときたら！ 鉤爪《かぎづめ》の長さときたら！」タビィの近所に住む一人が屈《かが》んでいた腰《こし》を伸《の》ばし、顔をしかめて言いました。

「やつはケンケンしている」

「え？」スパイが聞き返しました。

「やつは**ケンケン**しているんだ」近所の男が言いました。「見てみなよ。みんな左足だ、何度も何度も。イッカボッグがケンケンしているか、それとも……」

男は最後まで言いませんでしたが、その表情《ひょうじょう》がスパイを警戒《けいかい》させました。居酒屋には向かわずに、スパイは再《ふたた》び馬に乗り、早駆《はやが》けで城に向かいました。

第33章　心配するフレッド王

スピットルワースとフラプーンは、自分たちの計画が新しい脅威《きょうい》にさらされているとも知らず、いつものように、王様との贅沢《ぜいたく》な夕食をとるために、夜遅《よるおそ》く食卓《しょくたく》に着いたところでした。フレッドは、イッカボッグがバロンズタウンを襲《おそ》った話を聞いて、大変怯《おび》えました。なぜなら、それは、怪物《かいぶつ》がこれまでよりずっと城に近いところをうろついたということだからです。

「ぞっとする状況《じょうきょう》だ」フラプーンがブラッド・ソーセージをまるまる一本自分の皿にとりわけながら言いました。

「まさに衝撃《しょうげき》ですな」スピットルワースがキジ肉を一切れとりわけながら言いました。

「余《よ》が理解《りかい》できないのは」フレッドがやきもきしながら言いました。「どうやって閉鎖《へいさ》の囲《かこ》みをすり抜《ぬ》けたのかだ！」

というのも、王様はもちろん、イッカボッグが沼地《ぬまち》から外に逃《に》げ出すのを食い止めるため、イッカボッグ防衛隊《ぼうえいたい》が一個師団《こしだん》、沼地の周りを囲んで駐留《ちゅうりゅう》している、と聞かされていたのです。フレッドがこの点を突《つ》くだろうと予想していたスピットルワースは、答えを用意していました。

「残念ながら、陛下《へいか》、見張《みは》りの兵士《へいし》が二人、眠《ねむ》り込《こ》んでいたのです。イッカボッグに不意を襲われて、二人はまるごと食われてしまいました」

「くわばら、くわばら」フレッドは肝《きも》を冷やしました。

「囲みを破《やぶ》ってから」スピットルワースが続けました。「怪物めは南に向かいました。バロンズタウンの肉の匂《にお》いに引き寄《よ》せられたものと思われます。そこでは鶏《にわとり》を数羽と、肉屋の夫婦《ふうふ》を飲み込みました」

「恐《おそ》ろしや、恐ろしや」フレッドは身震《みぶる》いして皿を遠くに押《お》しやりました。「そいつは、それから沼地に戻《もど》ったのであろうな？」

「追跡《ついせき》した者たちがそう申しております、陛下」スピットルワースが答えました。「しかし、いまやバロンズタウンのソーセージが詰《つ》まった肉屋の味を覚えてしまったそいつが、包囲網《ほういもう》をしょっちゅう破ろうとするのに備《そな》えないといけません——ですから、陛下、そこに常駐《じょうちゅう》する兵士を二倍にする必要があると考えます。残念ですが、イッカボッグ税《ぜい》を二倍にすることになります」

フレッドがスピットルワースを見ていたので、二人の領主《りょうしゅ》にとっては幸いなことに、王様にはフラプーンがにやりと笑うのが見えませんでした。

「そうだな……おそらく……それが妥当《だとう》なことだ」王様が言いました。

王様は立ち上がって、食事の間《ま》を落ち着かない様子で歩きまわりました。今日の衣装《いしょう》は、アクアマリンのボタンが付いた青空色のシルクで、ランプの光で美しく輝《かがや》きました。立ち止まって鏡に写る姿《すがた》に自分で見とれていたフレッドの表情《ひょうじょう》が、ふと陰《かげ》りました。

「スピットルワースよ」フレッドが言いました。「国民はいまでも余を**好いて**いるのだろうね、違《ちが》うか？」

「陛下は、なぜにそんなことをお尋《たず》ねになりますか？」スピットルワースが息をのみながら言いました。「あなた様は、コルヌコピアの歴史《れきし》上、一番愛されている王様です！」

「それはただ……昨日狩《かり》から帰ってきたとき、余を見ても、人々《ひとびと》がいつものようにうれしそうではないという気がしてならなかったのだ」フレッド王が言いました。「歓声《かんせい》もほとんどあがらず、国旗は一本しかなかった」

「その者たちの名前と住所を教えてください」フラプーンが口いっぱいにブラッド・ソーセージをほおばりながら、ポケットを探《さぐ》って鉛筆《えんぴつ》を取り出そうとしました。

「フラプーンよ、余はその者たちの名前も住所も知らぬ」今度はカーテンをたくし上げている飾《かざ》り房《ふさ》をいじりながら、フレッドが言いました。「ただの人々だった、通りすがりの。それでも余は気になった。かなり。それから、城に帰ったところ、『嘆願《たんがん》の日』が取りやめになっていると聞いた」

「ああ」スピットルワースが言いました。「そのことは、陛下にご説明申し上げるつもりで……」

「その必要はない」フレッドが言いました。「レディ・エスランダが、もうそのことについて余に話してくれた」

「なんと？」スピットルワースはフラプーンをにらみつけました。レディ・エスランダがフレッドに何か言うかもしれないと心配して、彼女《かのじょ》を王様に近づけるなと、フラプーンに厳《きび》しく言いつけていたのです。フラプーンは顔をしかめて、肩《かた》をすくめました。まったく、自分が一日中王様に張《は》り付いているなんて期待できないではないか。どうしたって、人はときどきトイレに行く必要もあるのだし。

「レディ・エスランダは余に、イッカボッグ税が高すぎると人々が文句《もんく》を言っていると話してくれた。それに、うわさによれば北のほうに駐留《ちゅうりゅう》している軍隊などない！　という話が飛び交っているとも」

「まさか、ばかな」スピットルワースが言いましたが、実はそのとおりで、北に駐留している軍隊などいなかったし、イッカボッグ税に対する苦情《くじょう》が高まってきているのも事実でした。だからこそ、スピットルワースは、「嘆願の日」を中止したのです。スピットルワースとしては、どんなことがあっても、フレッドが、自分の人気が落ちているということを耳にするのを避《さ》けたいのです。

フレッドがばかな頭で、税金《ぜいきん》を安くすることを考えたり、もっと悪いことに、人を送って北部の幻《まぼろし》の野営地《やえいち》を調べさせるかもしれません。

「もちろん、二つの軍隊が交代することはありえます」そう言いながら、スピットルワースは、おせっかいやき連中が質問《しつもん》しないように、今後は沼地に兵隊を常駐させなければなるまいと考えていました。「愚《おろ》かなマーシランド人たちが、一連隊が去っていくのを見て、もうそこには誰《だれ》も残っていないと思った可能性《かのうせい》はあります……陛下、イッカボッグ税を**三倍に**してはどうでしょう？」スピットルワースは、これで文句を言うやつらに痛《いた》い目を見せてやれると考えました。「なにしろ怪物は昨夜、**まさに**防衛線《ぼうえいせん》を突破《とっぱ》したのですから！　そうすれば、マーシランドの周囲《しゅうい》に配置する人間が少なすぎるという危険《きけん》はもう二度と起こらず、みんなが満足するでしょう」

「そうだな」フレッド王は不安そうに言いました。「そう、妥当なことだ。つまり、怪物が一晩《ひとばん》で四人もの人間と、それに鶏までも殺《ころ》せるのだったら……」

ちょうどこのとき、召使《めしつかい》のカンカービィが「食事の間」に入ってきて、深々《ふかぶか》とお辞儀《じぎ》をし、スピットルワースに、バロンズタウンのスパイが、ソーセージ作りの町からの緊急《きんきゅう》の知らせを持って到着《とうちゃく》したと耳打ちしました。

「陛下」スピットルワースは落ち着いた声で言いました。「失礼させていただきます。ご心配にはおよびません！　ちょっとした問題で、わたくしの、あー、馬のことです」

第34章 あと三本の足

「わたしを煩《わずら》わせる価値《かち》のあることなのだろうな」五分後に、スパイの待っている「青の間」に入りながら、スピットルワースが怒鳴《どな》りました。「か、閣下《かっか》」息を切らしたスパイが言いました。「連中が言っています――怪物《かいぶつ》が――ケンケンしていると」

「**怪物が何だと？**」

「ケンケンです、閣下――**ケンケン！**」スパイがあえぎながら言いました。「連中は気づいたのです――足跡《あしあと》が全部――同じ――左――足だと」

スピットルワースは言葉を失って突《つ》っ立っていました。平民が、そんなことに気がつくほど賢《かしこ》いとは、思ってみたこともありませんでした。彼《かれ》自身が、これまで一度も、自分の馬も含《ふく》めて、生き物の面倒《めんどう》をみる必要がなかったので、生き物の複数《ふくすう》の足が地面に残す足跡は、みんな同じものではないという事実を、考えたことがなかったのです。

「何もかもわたしが考えないといけないのか？」スピットルワースは大声で怒鳴り、足音も荒《あら》く「青の間」を出て近衛兵《このえへい》の部屋に向かいました。そこではローチ少佐がワインを飲みながら、友だちとトランプをしていました。スピットルワースの姿《すがた》を見るなりピンと立ち上がった少佐を、スピットルワースは手招《てまね》きして外に呼《よ》び出しました。

「ローチ、イッカボッグ防衛隊《ぼうえいたい》をすぐに呼び集めるのだ」スピットルワースが低い声で少佐に言いました。「北に向かって馬を進めろ。できるだけ物音をたてながら行け。シューヴィルからジェロボアムまでの誰《だれ》もが行進を見るようにするのだ。北に着いたら、軍を展開《てんかい》し、沼地《ぬまち》の境界《きょうかい》の守備《しゅび》にあたらせろ」

「しかし――」ローチ少佐が何か言いかけました。たまに軍服姿《ぐんぷくすがた》でシューヴィルを馬で回るだけという、城での楽で贅沢《ぜいたく》な暮《く》らしに慣《な》れていたのです。

「『しかし』は要《い》らん。行動が要る！」スピットルワースが怒鳴りつけました。「北には誰も駐留《ちゅうりゅう》していないといううわさが飛び交っているのだ！　行け、今すぐだ。そして、行く先々《さきざき》できるだけ多くの人を起こすのだぞ――ただし、わたしに兵士《へいし》を二人だけ置いていけ、ローチ。二人だけだ。ちょっとした仕事をしてもらう」

そこで不機嫌《ふきげん》なローチは、軍隊を集めに走っていき、スピットルワースは独《ひと》りで地下牢《ちかろう》に向かいました。

牢獄《ろうごく》に着いて最初に聞こえたのは、ダブテイルさんが歌い続けている国歌でした。「静かにしろ！」スピットルワースは大声を出し、剣《けん》を抜《ぬ》いて、牢番《ろうばん》に、ダブテイルさんの独房《どくぼう》に自分を入れるようにと身振《みぶ》りで示《しめ》しました。

大工は、スピットルワースが最後に見たときとは別人のようでした。牢獄を出られずデイジィに会えないと知ったときから、ダブテイルさんの目に狂《くる》った色が現《あらわ》れました。もちろん、何週間もひげを剃《そ》ることができませんでしたし、髪《かみ》も相当伸《の》びていました。

「静かにしろと言っただろう！」大工は自分では歌を止《や》められないようで、国歌をハミングし続けていたので、スピットルワースががみがみ言いました。「もう三本、足が要る。わかったか？　左足がもう一本と、右足が二本だ。大工、わたしの言うことがわかるか？」

ダブテイルさんは、ハミングを止めました。

「もしそれを彫《ほ》ったら、ここから出して、娘《むすめ》に会わせてくれますか、閣下？」ダブテイルさんはかすれ声で聞きました。

スピットルワースはにやりと笑いました。この男は間違《まちが》いなくだんだん狂ってきている。そうでもなければ、あと三本イッカボッグの足を作れば出してもらえるなどと考えないだろう。

「もちろんそうする」スピットルワースが言いました。「明日の朝一番で木材をここに届《とど》ける。しっかり働け、大工よ。完成したら、ここから出して娘に会わせてやる」

牢獄を出られずデイジィに会えないと知ったときから、
ダブテイルさんの目に狂った色が現れました。

岩下雄／9歳

地下牢から出ると、命令どおり二人の兵士が待っていました。スピットルワースは、二人を自分の私室《ししつ》に連れていき、召使《めしつかい》のカンカービィが嗅《か》ぎまわっていないことを確《たし》かめ、ドアに鍵《かぎ》をかけてから、二人に向かって指示《しじ》を出しました。

「この仕事をうまくやりおおせたら、一人五十ダカットを与《あた》える」と言うと、兵士たちは興奮《こうふん》しました。

「レディ・エスランダを尾行《びこう》しろ。朝も昼も晩《ばん》もだ。わかったか？　彼女《かのじょ》に気づかれないように尾行するのだぞ。レディが一人きりになるときを待って、誰にも聞かれず、誰にも見られずに誘拐《ゆうかい》するのだ。もしレディが逃《に》げたり、お前たちが目撃《もくげき》されたりした場合は、わたしはこの命令を出したことを否定《ひてい》し、お前たちは死刑《しけい》だ」

「レディを捕《と》らえたあとは、いかがいたしましょう？」兵士の一人が、もう興奮どころではなく、怯《おび》えた顔をして聞きました。

「ふーむ」スピットルワースは、窓《まど》の外を見ながら、エスランダをどうするのが一番よいかを考えました。「ふむ、城のレディとなれば、肉屋とは違《ちが》う。イッカボッグは城に入って彼女を食うことはできん……。いや、これが一番だ」スピットルワースのずる賢《がしこ》い顔に、ゆっくりと笑みが広がりました。「レディ・エスランダをわたしの領地《りょうち》の館《やかた》に連れていけ。そこに彼女が到着《とうちゃく》したら、知らせをよこせ。わたしがそこに行く」

第35章 スピットルワースの求婚《きゅうこん》

数日後、レディ・エスランダが一人で城のバラ園を散歩しているとき、茂《しげ》みに隠《かく》れていた二人の兵士《へいし》は、チャンスが来たと思いました。兵士たちはレディを捕《つか》まえ、猿《さる》ぐつわを噛《か》ませて両手を縛《しば》り、スピットルワースの領地《りょうち》の館《やかた》へと運びました。それからスピットルワースに知らせを送り、領主《りょうしゅ》の到着《とうちゃく》を待ちました。

スピットルワースはレディ・エスランダのメイド、ミリセントをすぐに呼《よ》び出しました。そして、言う通りにしないとミリセントの妹を殺《ころ》すと脅《おど》して、ご主人様が尼《あま》になる決心をなさったという知らせをレディの友人たちに伝えさせました。

レディ・エスランダの友人たちはみな、この知らせにショックを受けました。レディは尼になりたいなどと、友だちの誰《だれ》にも言ったことがありませんでした。事実、何人かは、レディが突然姿《とつぜんすがた》を消したことに、スピットルワースが何か関わっているのではないかと疑《うたが》いました。しかし、悲しいことに、スピットルワースはもう誰からも恐《おそ》れられるようになっていて、エスランダの友人たちも、お互《たが》いに疑惑《ぎわく》をささやき合うこと以外には何もせず、エスランダを捜《さが》すことも、スピットルワースに情報《じょうほう》を聞くこともしませんでした。もっと悪いことに、ミリセントが城内都市から逃《に》げ出そうとして兵隊につかまり、投獄《とうごく》されたときも、誰も助けようとしませんでした。

次にスピットルワースは、領地の館に向かい、翌日《よくじつ》の夜遅《よるおそ》く到着しました。エスランダをさらった兵士たちに五十ダカットずつ与《あた》え、しゃべったら死刑《しけい》にするともう一度脅したあと、スピットルワースは鏡に向かって薄《うす》い口髭《くちひげ》をなでつけ、レディ・エスランダに会いに行きました。レディは、かなり埃《ほこり》の積もった図書室で、ろうそくの光で本を読んでいました。

「こんばんは、愛《いと》しのレディ」スピットルワースは、あでやかにお辞儀《じぎ》をしました。

レディ・エスランダは黙《だま》ってスピットルワースを見ました。

「あなたに良い知らせがありますぞ」スピットルワースは微笑《ほほえ》みながら続けました。「あなたは、首席顧問《こもん》の妻《つま》になるのですよ」

「死んだほうがましですわ」レディ・エスランダは心地よい声で答え、本のページをめくって読書を続けました。

「まあ、まあ」スピットルワースが言いました。「ごらんのとおり、この館にはまさに女性《じょせい》の優《やさ》しい手が必要です。あなたはここにいたほうが、チーズ作りの息子《むすこ》に恋焦《こいこ》がれているよりずっと役に立って、ずっと幸福になるでしょう。それにどうせやつはもう餓死《がし》しかかっています」

レディ・エスランダは、この汚《よご》れて寒い館に着いてからずっと、スピットルワースがグッドフェロー大尉《たいい》のことを口にするだろうと予想して、そのときのための準備《じゅんび》をしていました。ですから、赤くもならず、涙《なみだ》も見せずに答えました。

「スピットルワース卿《きょう》、わたくしは、もうだいぶ前にグッドフェロー大尉を好きになるのを止《や》めました。反逆罪《はんぎゃくざい》を告白《こくはく》する姿を見て、嫌気《いやけ》がさしましたの。わたくしは裏切《うらぎ》り者を愛することができません――ですから、あなたのことを決して愛することはできません」

レディの言い方にとても説得力《せっとくりょく》があったので、スピットルワースは彼女《かのじょ》の言うことを信じました。そこで別の脅しをかけてみました。結婚《けっこん》しないなら、レディの両親を殺すと言ったのです。でもレディ・エスランダは、グッドフェロー大尉と同じで両親がいませんでした。次にスピットルワースは、母親がレディに遺《のこ》した宝石《ほうせき》類を取り上げると言いましたが、レディは肩《かた》をすくめて、いずれにせよ本のほうが好きだと言いました。スピットルワースは最後の手段《しゅだん》で、レディを殺すと脅しましたが、レディ・エスランダは、そのほうが彼《かれ》のおしゃべりを聞かされるよりずっとましだから、どうぞご自由にと言いました。

スピットルワースはかんかんになって怒《おこ》りました。何でも思いどおりにすることに慣《な》れていたのに、ここにきてそうならないものに出会い、そのため一層《いっそう》それが欲《ほ》しくなったのです。とうとうス

「死んだほうがましですわ」レディ・エスランダは心地よい声で答え、
本のページをめくって読書を続けました。

巣山さわ／11歳

ピットルワースは、そんなに本が好きなら、永久《えいきゅう》にこの図書室に閉《と》じ込《こ》めると言いました。窓《まど》という窓には格子《こうし》をはめ、執事《しつじ》のスクランブルに三度の食事を運ばせる。この部屋を出るのはトイレに行くときだけになる――結婚を承知《しょうち》しなければ、と言ったのです。

「それでは、わたくしは、この部屋で死にますわ」レディ・エスランダは冷静に言いました。「もしかしたら――トイレかもしれませんわね――ありえますでしょう？」

エスランダからそれ以上一言も引き出せなかったので、首席顧問は激怒《げきど》して出ていきました。

第36章 飢《う》えるコルヌコピア

一年が過《す》ぎ……そして二年……そして三年、四年、五年が過ぎました。

小さな王国、コルヌコピアはかつて、その魔法《まほう》のように豊《ゆた》かな土地、チーズ作りやワイン作り、パン職人《しょくにん》、幸福な国民で、近隣諸国《きんりんしょこく》もうらやむ国でしたが、もう昔の面影《おもかげ》がないくらいに変わってしまいました。

たしかに、シューヴィルは、まあまあ昔のように動いていました。スピットルワースは、王様が何か変化に気がつくことを望みませんでしたので、たくさんの金貨を費《つい》やして、首都が、特に城内都市がこれまでどおりに動くようにしました。一方北の都市では、人々《ひとびと》が苦しんでいました。店《てん》舗《ぽ》、居酒屋《いざかや》、鍛冶屋《かじや》、車大工、農家、ブドウ園などがどんどん廃業《はいぎょう》していきました。イッカボッグ税《ぜい》が人々を貧困《ひんこん》に落とし入れていたのです。それでもまだ足りないとばかり、イッカボッグが次に自分のところに来るのではないかと、誰《だれ》もが恐《おそ》れていました――イッカボッグでなくとも、扉《とびら》を破《やぶ》り、家や農地の周りに怪物《かいぶつ》のような足跡《あしあと》を残す何かを恐れていたのです。

侵入《しんにゅう》の陰《かげ》にいるのは本当にイッカボッグだろうか、と疑《うたが》いの声をあげた人が、たいてい次に「黒い足跡隊」の侵入を受けたのです。スピットルワースとローチが、疑う人間を夜の間に殺《ころ》して犠牲《ぎせい》者《しゃ》の家の周りに足跡を残す部隊に、そういう名前を付けました。

しかし時には、イッカボッグを疑う人たちが都市の中心部に住んでいることがあり、偽《にせ》の攻撃《こうげき》を仕《し》掛《か》ければ、近所の人たちに見られないようにするのが難《むずか》しい場合がありました。そういうときは、スピットルワースは裁判《さいばん》を開き、グッドフェローとその友人の兵士《へいし》たちに使った手と同じで、家族が危《あぶ》ない目にあうぞと脅《おど》し、被告に反逆罪《はんぎゃくざい》を認《みと》めさせるようにしたのです。

裁判の回数が増《ふ》えれば、スピットルワースは牢獄《ろうごく》を増やし、監獄《かんごく》の建設《けんせつ》を管理しなければなりませんでした。それに、もっと孤児院《こじいん》を増やさなければなりませんでした。どうして孤児院を増やす必要があったかですって？

そう、第一に、相当な数の親が殺されたり投獄《とうごく》されてしまったりしたのです。このごろは誰もが、自分の家族を養うのさえ難しかったので、身寄《みよ》りのない子どもたちの面倒《めんどう》を見てやることができません。

第二に、貧《まず》しい人々が餓死《がし》していました。親は自分たちより先に子どもたちに食べさせるので、家族で最後に生き残るのは子どもたちでした。

第三に、失意のホームレスの人々の中には、子どもたちを孤児院に預《あず》ける人たちがいました。子どもたちに確実《かくじつ》に食事と家を与《あた》える方法が、それしかなかったのです。

さて、城のメイド、ヘッティを覚えていますか？ 勇敢《ゆうかん》にも、レディ・エスランダに、グッドフェローと友人の兵士たちが処刑《しょけい》されようとしていることを伝えた人です。

そう、そのヘッティは、レディ・エスランダからもらった金貨で馬車を雇《やと》って故郷《こきょう》に帰り、ジェロボアムのすぐ外にある父親のブドウ園に戻《もど》りました。一年後、ヘッティはホプキンズという人と結婚《けっこん》し、男の子と女の子の双子《ふたご》を生みました。

しかし、ホプキンズ家にとって、イッカボッグ税を払《はら》うための努力はあまりにも大変でした。夫婦《ふうふ》は小さな雑貨屋《ざっかや》を手放しましたが、ヘッティの両親は助けてやることができませんでした。なぜなら、両親は、ブドウ園を失い、それからまもなく、餓死してしまっていたのです。ホームレスになり、お腹《なか》を空かせて泣き叫《さけ》ぶ双子を抱《かか》えて、絶望《ぜつぼう》したヘッティと夫は、マ・グルンターの孤児院に歩いていきました。双子は泣きながら母親の腕《うで》からもぎ取られました。扉が閉《し》まり、ガチャンと閂《かんぬき》がかけられ、哀《あわ》れなヘッティ・ホプキンズは、夫と二人、子どもたちと同じくらい激《はげ》しく泣きながら、そしてマ・グルンターが子どもたちを生かしてくれることを祈《いの》りながら、去っていきました。

第37章 デイジィと月

デイジィ・ダブティルが袋詰《ふくろづ》めで連れて来られたときに比《くら》べ、マ・グルンターの孤児院《こじいん》は大きく変わりました。壊《こわ》れたぼろ屋は今では巨大《きょだい》な石造《いしづく》りになり、窓《まど》には鉄格子《てつごうし》、ドアというドアには鍵《かぎ》、そして百人もの子どもが入れる広さになりました。

デイジィはまだそこにいました。成長して背《せ》が伸《の》び、前よりやせましたが、さらわれたときに着ていた作業着のようなオーバーオールをまだ着ていました。袖《そで》と裾《すそ》を縫《ぬ》い足して体に合うようにし、破《やぶ》れると丁寧《ていねい》につぎをあてて繕《つくろ》いました。自分の家と父親につながる最後のものがこの服でしたから、マーサやほかの大きな女の子たちがしていたように、キャベツの入っていた袋でドレスを作ったりせずに、同じ服を着続けたのです。

デイジィは、自分がさらわれてから数年の時が経《た》っても、父親がまだ生きているという思いにしがみついてきました。デイジィは賢《かしこ》い子でしたから、父親がイッカボッグを信じていないことをずっと知っていました。ですから、お父さんはどこかの牢屋《ろうや》にいて、毎晩《まいばん》デイジィが寝《ね》るまえに見るお月様と同じものを、牢屋の格子窓《こうしまど》から見ているのだと信じることにしたのです。

そして、マ・グルンターのところで六年が経ったある晩《ばん》のこと、デイジィはホプキンズの双子《ふたご》を寝かし付け、パパやママにまたすぐ会えるよと約束してから、マーサの隣《となり》で横になり、いつものように空に浮《う》かぶ淡《あわ》い金色の丸い月を眺《なが》めていましたが、もう父親が生きているとは信じていないことに気がつきました。その望みは、荒《あ》らされた巣から鳥が逃《に》げ出すように、デイジィの心から飛び去ってしまっていました。涙《なみだ》がこぼれ落ちましたが、デイジィは、お父さんが今はもっと良いところに行ったのだ、あの高いところで、お母さんと一緒《いっしょ》にすばらしい天国にいるのだと自分に言い聞かせました。もう地上に縛《しば》られていないのだから、デイジィの両親はどこにでも生きていられる、自分の心の中にも。だから自分の胸《むね》の中で、二人の思い出を炎《ほのお》のように燃《も》やし続けなければならない。その考えで自分を慰《なぐさ》めようとしました。そう思っても、心の中だけに両親が生きているのも辛《つら》いものでした。本当は戻《もど》ってきて抱《だ》きしめてほしいのですから。

孤児院にいるほかの大勢《おおぜい》の子どもたちと違《ちが》って、デイジィは両親のことをはっきり覚えていました。その愛情《あいじょう》の思い出が、デイジィを支《ささ》えていましたから、毎日孤児院の小さな子どもたちの面《めん》倒《どう》をみながら、自分にはもう与《あた》えられないハグと優《やさ》しさを、その子たちに与えるようにしていました。

デイジィが寝るまえに見るお月様と同じものを、
お父さんは牢屋の格子窓から見ているのだと信じることにしたのです。

中村優口／7歳

とはいっても、父親と母親の思いだけがデイジィを生かし続けていたわけではありません。自分は何か大切なことをするように決められている、という不思議な感じがしていたのです——自分の人生を変えるだけでなく、コルヌコピアの命運を変える何かです。デイジィは誰《だれ》にも、一番のなかよしのマーサにさえ、この不思議な感覚のことを話していませんでした。でも、それがデイジィの力の源《みなもと》でした。チャンスは必ず来る。デイジィは確実《かくじつ》にそう感じていました。

第38章 スピットルワース卿《きょう》の訪問《ほうもん》

　マ・グルンターは、コルヌコピアでこの数年の間にますます金持ちになった、数少ない人間でした。自分のあばら家がはちきれるほどに子どもや赤ん坊《ぼう》を詰め込《こ》み、それから、ぼろ屋を広げるために、王国を取り仕切る二人の領主《りょうしゅ》に金貨を要求したのです。今では、この孤児院《こじいん》はビジネスとして繁盛《はんじょう》していました。ということは、マ・グルンターは、金持ちだけが食べられるおいしいものを食べることができたのです。金貨のほとんどは、ジェロボアムの最高級ワインに使われました。そして、残念なことに、マ・グルンターは酔《よ》っぱらうととても残酷《ざんこく》になりました。マ・グルンターの酒癖《さけぐせ》の悪さで、孤児院の子どもたちは切り傷《きず》や擦《す》り傷が目立つようになりました。

　預《あず》けられた子どもの何人かは、キャベツのスープと虐待《ぎゃくたい》で、長くは生きられませんでした。門前にはお腹《なか》を空かせた子どもたちが、引きも切らずにやってきましたが、建物の裏庭《うらにわ》に作られた小さな墓地《ぼち》もだんだんいっぱいになっていました。マ・グルンターはそんなことは気にしません。孤児院にいるジョンやジェーンたちは、彼女《かのじょ》にとってはみな同じ青白い顔のやつれた子どもたちで、その子たちを引き受けることでもらえる金貨だけが価値《かち》があったのです。

ところが、スピットルワース卿がコルヌコピアを治めるようになってから七年目に、マ・グルンター孤児院からまた金貨の要求が届《とど》いたので、スピットルワースは、この老婆《ろうば》にまた資金《しきん》を与《あた》えるまえに、首席顧問《こもん》としてその場所を視察《しさつ》に行こうと決めました。マ・グルンターは、一番よい黒いシルクの服を着て閣下《かっか》をお出迎《でむか》えし、ワインの匂《にお》いを嗅《か》ぎつけられないように注意しました。

「かわいそうなチビたちでございましょう、閣下？」スピットルワース卿が香水を振《ふ》りかけたハンカチを鼻に押《お》し当てながら、全員やせて青白い子どもたちをぐるりと見回したときに、マ・グルンターが言いました。「この子たちにどれだけ閣下のお助けが必要か、おわかりでしょう」マ・グルンターはかがんで、飢餓状態《きがじょうたい》で腹《はら》の膨《ふく》れたマーシランドの小さな子をすくい上げて言いました。

「うん、うん、まさに」スピットルワースはハンカチを顔に押し付けて言いました。スピットルワースは子どもが好きではありませんでしたし、特に、ここの子どもたちのように汚《よご》れた子は嫌《きら》いでしたが、コルヌコピアの人たちは愚《おろ》かにもガキどもが好きなことを知っていましたから、あまりたくさん死なせてしまうのは、良い考えとは言えないのです。「よろしい、マ・グルンター、追加の資金を認《みと》める」

帰りかけたスピットルワースは、両腕《りょううで》に一人ずつ赤ん坊を抱《かか》えて扉《とびら》の前に立っている、青白い女の子に目を留《と》めました。あちこち丈《たけ》を出したり継《つ》ぎを当てたりしたオーバーオールを着ています。この子には、どこかほかの子どもたちとは違《ちが》う何かがありました。その上、スピットルワースは、この子に似《に》た誰《だれ》かを見たことがあるような不思議な気がしました。ほかのガキどもと違って、この子は、首席顧問の豪華《ごうか》なローブにも、イッカボッグ防衛隊《ぼうえいたい》の連隊の大佐になったことで自分に授与《じゅよ》した勲章《くんしょう》をじゃらじゃら付けていることにも、ちっとも感心しているようには見えません。

「子ども、名はなんと言う？」スピットルワースはデイジィのそばで足を止め、香水付きのハンカチを下ろして聞きました。

「ジェーンです、閣下。でも、ここではわたしたち全員がジェーンと呼《よ》ばれます」デイジィは冷静で真剣《しんけん》なまなざしでスピットルワースを観察しながら答えました。昔遊んでいたお城の中庭で、スピットルワースとフラプーンが、通り過《す》ぎるときに顔をしかめて子どもたちを怖《こわ》がらせたり黙《だま》らせたりしたことで、デイジィはスピットルワースを覚えていました。

「なぜ腰《こし》をかがめてお辞儀《じぎ》をせんのだ？　わたしは王様の首席顧問であるぞ」

「首席顧問は王様ではありません」デイジィが言いました。

「この子が何か申しましたか？」デイジィが何か困《こま》ったことをしていないかどうかを確《たし》かめに、マ・グルンターがよたよたとやってきて、しわがれ声で言いました。この孤児院の子どもたちの中で、デイジィ・ダブテイルは、マ・グルンターの一番気に入らない子でした。この子は、マ・グルンターがどんなに強硬《きょうこう》にあたっても、芯《しん》から気がくじけてはいなかったのです。「何を言っているのだね、『醜《みにく》いジェーン』?」マ・グルンターが聞きました。デイジィはちっとも醜くはありませんでしたが、そういう名で呼ぶことが、デイジィの気をくじくためにマ・グルンターが使っている手の一つでした。

「この子は、なぜわたしに腰をかがめて挨拶《あいさつ》しないのかを説明していたのだ」スピットルワースはデイジィの黒い眼《め》を見つめたまま、いったいどこでこの眼を見たのだろうと考えながら言いました。

実は、定期的に牢獄《ろうごく》を訪《おとず》れたときに、大工の顔にこの眼を見ていたのですが、ダブテイルさんは今ではほとんど正気を失っていましたし、白髪《しらが》もあご鬚《ひげ》も伸《の》びていました。デイジィのほうは知的で冷静だったので、スピットルワースはこの二組《ふたくみ》の眼を結び付けることができなかったのです。

「『醜いジェーン』は、いつも生意気です」マ・グルンターは、スピットルワース卿がいなくなったらすぐにデイジィを罰《ばっ》しようと、心に決めました。「閣下、そのうち、この子を追い出してやろうと思います。わたくしの屋根の下で暮《く》らし、わたくしの食べ物を食べるかわりに、路上で物乞《ものご》いをするのがどんなものか思い知るでしょう」

「わたしが**どんなに**キャベツスープを恋《こい》しく思うことか」デイジィが冷たく強い声で言いました。

「閣下、ここでわたしたちが何を食べるかご存知《ぞんじ》ですか?　日に三度キャベツスープだということを?」

「きっととても栄養があるにちがいない」スピットルワース卿が言いました。

「でもときどき、特別なおやつとして」デイジィが言いました。『孤児院ケーキ』が出ます。それがどんなものか、ご存知ですか、閣下？」

「いいや」スピットルワースは思わず答えました。この子には何かある……**何だろう？**

「だめになった食べ物でできているのです」デイジィの黒い眼がスピットルワースの目をえぐるように見ました。「腐《くさ》った卵《たまご》、カビの生えた粉《こな》、戸棚《とだな》にかなり長いことしまい込《こ》んでいたもののクズ……そういうもの以外の食べ物をわたしたちに恵《めぐ》んでくれる余裕《よゆう》のある人なんて、近ごろではどこにもいません。ですから、そういう食べられなくなったものを混《ま》ぜて、玄関先《げんかんさき》に置いておくのです。ときどき『孤児院ケーキ』で病気になる子もいます。でも、ひもじくて仕方がないから、食べてしまうのです」

スピットルワースはデイジィの言っていることを聞いてはいませんでしたが、ことばのなまりを聞いていました。ジェロボアムで長く過ごしてはいても、デイジィにはまだシューヴィルなまりが残っていました。

「子ども、どこから来た？」スピットルワースが聞きました。

ほかの子どもたちは今や黙り込んで、スピットルワースがデイジィに話しかけるのを全員が見つめていました。マ・グルンターはデイジィを憎《にく》んでいましたが、小さな子どもたちはデイジィが大好きでした。マ・グルンターや「たたきやジョン」から護《まも》ってくれるし、ほかの大きな子たちのように、小さな子のカチカチのパンの皮を盗《ぬす》んだりしないからです。それにデイジィは、小さい子のために、マ・グルンター専用《せんよう》の食糧庫《しょくりょうこ》から、パンやチーズをこっそり盗んできてくれました。これは危険《きけん》な仕事で、そのためにときどき、「たたきやジョン」にぶたれることがありました。

「閣下、わたしはコルヌコピアから来ました」デイジィが答えました。「お聞きになったことがあるかもしれません。かつて存在《そんざい》した国で、そこには貧《まず》しい人は誰もいませんでしたし、飢《う》えもありませんでした」

「もうよい」スピットルワース卿は唸《うな》るようにそう言うと、マ・グルンターに向かって言いました。「お前の言うとおりだ、マダム。この子はお前の親切に感謝《かんしゃ》していない。外の世界に放り出し、自分で自分を護らせるべきではないかな」

そしてスピットルワース卿は、さっと孤児院を出ていき、扉をバタンと閉《し》めました。彼《かれ》が出ていくや否《いな》や、マ・グルンターはデイジィに向かって杖《つえ》を振りました。しかし、長い間修練《しゅうれん》を積んだおかげで、デイジィは、危険なところを潜《くぐ》り抜《ぬ》けました。老婆は杖を自分の前で振って、小さい子たちを散り散りに追い払《はら》いながら、よたよたと居心地《いごこち》のよい自分の部屋に向かい、ドアをバタンと閉めました。子どもたちの耳に、ワインのコルクを抜くポンという音が聞こえました。

その夜、並《なら》んでベッドにもぐり込んだあとで、マーサが急にデイジィに話しかけました。

「ねえ、デイジィ、首席顧問にあなたが言ったことって、本当のことじゃないわ」

「マーサ、どの部分が？」デイジィがささやきました。

「昔はみんな十分食べて、幸せだったって、本当じゃないわ。わたしの家族は、マーシランドで、十分なんてことは一度もなかったわ」

「ごめんなさい」デイジィが小声で言いました。「忘《わす》れていたわ」

「だって、」マーサが眠《ねむ》そうにため息をつきました。「イッカボッグがしょっちゅう、わたしたちの羊を盗んでいたんだもの」

デイジィは薄《うす》い毛布《もうふ》に一層《いっそう》深くもぐり込んで、暖《あたた》かくなろうとしました。マーサとはずっと一緒《いっしょ》にいたのに、デイジィは、イッカボッグが実在《じつざい》しないとマーサを説得《せっとく》することがどうしてもできなかったのです。でも今夜は、デイジィをにらむスピットルワース卿の目の中に見た人間の邪悪《じゃあく》さの存在を信じるよりは、むしろ沼地《ぬまち》の怪物《かいぶつ》の存在のほうを信じたくなりました。

第39章 バートとイッカボッグ防《ぼう》衛《えい》隊《たい》

さあ、今度はシューヴィルに戻《もど》ってみましょう。そこでは重要なことが起ころうとしています。

みなさんは、ベアミッシ少佐のお葬式《そうしき》の日のことを覚えていますね。家に帰ってきたバートが、イッカボッグの人形を火かき棒《ぼう》でたたき壊《こわ》し、大きくなったらイッカボッグを追い詰《つ》めて、お父さんを殺《ころ》した怪物《かいぶつ》に仕返しをすると誓《ちか》った日のことです。

さて、バートはまもなく十五歳《さい》になろうとしていました。みなさんにとっては、まだ十分大人《おとな》の年齢《ねんれい》だとは思えないかもしれませんが、この時代には兵隊になれる年齢だったのです。そしてバートは、イッカボッグ防衛隊が増員《ぞういん》していると聞きました。そこで、ある月曜の朝、自分の計画をお母さんには話さずに、いつもの時間に小さな家を出て、でも学校には行かず、教科書はあとで取りに来られるように庭の生け垣《がき》に押《お》し込《こ》んで、お城に向かいました。イッカボッグ防衛隊に入隊を志《し》願《がん》するつもりだったのです。シャツの下には、お父さんがもらった「殺人《さつじん》イッカボッグに立ち向かった卓越《たくえつ》した勇気」の銀の勲章《くんしょう》をおまもりのように下げていました。

まだそれほど行かないうちに、バートは少し先で騒《さわ》ぎが起きているのに気がつきました。郵便《ゆうびん》馬車の周りに小さな人だかりができています。バートは、ロー チ少佐が必ず聞くと思われる質問《しつもん》への良い答えを考えるのに忙《いそが》しかったので、あまり注意を払《はら》わずに郵便馬車のそばを通り過《す》ぎました。

バートにはまだわからないことですが、その郵便馬車の到着《とうちゃく》が、いくつか重要な事件《じけん》につながり、やがてバートを危険《きけん》な旅へと送り出すことになるのです。ではちょっとの間、バートを一人で歩かせておいて、その間に私《わたし》が、馬車のことをみなさんにお話ししましょう。

レディ・エスランダがフレッド王に、コルヌコピアはイッカボッグ税《ぜい》のせいで不幸だと知らせて以来、スピットルワースとフラプーンは、首都の外からのニュースが王様には絶対《ぜったい》に聞こえないようにする措置《そち》をとりました。シューヴィルはかなり豊《ゆた》かでにぎやかなままでしたから、もう首都を離《はな》れなくなった王様は、国のほかの地域《ちいき》も全部同じだろうと思っていました。事実は、二人の領《りょう》主《しゅ》とローチが人々《ひとびと》からたくさんの金を巻《ま》き上げたせいで、コルヌコピアのほかの都市には物乞《ものご》いや閉店《へいてん》した店がたくさんあったのです。王様がそんなうわさをいっさい聞かないようにするため、スピットルワース卿《きょう》は――いずれにせよ王様への手紙は全部スピットルワース卿が読んでいたのですが――最近、追いはぎの一団《いちだん》を雇《やと》って、シューヴィルに入ってくる郵便を全部止《と》めてしまったのです。それを知っているのは、追いはぎを雇ったローチ少佐と、その計画が生まれたときに近衛兵《このえへい》の部屋の外をうろついていた、召使《めしつかい》のカンカービィだけでした。

　スピットルワースのこの計画はこれまでとてもうまくいっていたのですが、今日の夜明け前に、追いはぎたちが仕事をやりそこなったのです。いつものように馬車を待ち伏《ぶ》せして、哀《あわ》れな御者《ぎょしゃ》を引きずり降《お》ろしたのですが、郵便の袋《ふくろ》を奪《うば》うまえに、驚《おどろ》いた馬たちが暴走《ぼうそう》しました。追いはぎたちが馬に向かって鉄砲《てっぽう》を撃《う》ったのですが、馬は逆《ぎゃく》にますます速く走っただけでした。郵便馬車はまもなくシューヴィルに入り、街路を疾走《しっそう》して、城内都市に入ってやっと停《と》まりました。鍛冶屋《かじや》がうまく手綱《たづな》をつかんで、馬たちを止めたのです。たちまち、王様の召使たちが、北方の家族からの待ち望んでいた手紙を、破《やぶ》るようにして開けました。この手紙のことは、またあとでお話ししましょう。今はまたバートに付いていくときです。バートは今、城の門に着いたところです。

「お願いします」バートが守衛《しゅえい》に声をかけました。「僕《ぼく》はイッカボッグ防衛隊に入りたいのです」

　守衛はバートの名前を書きとり、そこで待つように言って、ローチ少佐に伝言を持っていきました。しかし、近衛兵の部屋の扉《とびら》まで来ると中から怒鳴《どな》り声が聞こえたので、守衛はちょっとどまどいましたが、ノックすると、とたんに声がしなくなりました。

「入れ！」とローチが大声で言いました。

　守衛はそれに従《したが》いましたが、入ると、三人の男と真正面から向き合うことになりました。カンカンになって怒《おこ》っている様子のローチ少佐、縞模様《しまもよう》のシルクの部屋着を着て、顔を真っ赤にしているフラプーン卿、そして召使のカンカービィです。カンカービィはいつものタイミングのよさで、仕事に来る途中《とちゅう》、疾走する郵便馬車が町に入ってくるのを見たのです。そこで急いでフラプーン卿に、郵便が追いはぎを突破《とっぱ》して町に入ったと知らせました。この知らせを聞いたフラプーンは、寝室《しんしつ》から階下に突進《とっしん》し、近衛兵の部屋に入って、追いはぎの失敗はローチの責任《せきにん》だと責《せ》めました。二人とマ・グルンターの視察《しさつ》から帰ったスピットルワースが事件のことを聞いたら責められます。二人ともそれを避《さ》けたくて怒鳴り合いが始まったのです。

「少佐」一人に敬礼《けいれい》しながら守衛の兵士《へいし》が言いました。「門のところに男の子がいます。バート・ベアミッシという名です。イッカボッグ防衛隊に入隊できるかどうか知りたいと言っています」

「帰れと言え」フラプーンが怒鳴りました。「こっちは忙しいのだ！」

「ベアミッシのせがれに、帰れなどと言ってはならん！」ローチがバシッと言いました。「すぐにわたしのところに連れてこい。カンカービィ、去れ！」

「わたくしが望んでおったんは、」カンカービィがいつものように遠回しに言いました。「そちらさまがもしやわたくしに報奨金《ほうしょうきん》を与《あた》えなさるんではと――」

「どんなバカでも郵便馬車が通り過ぎるのは見える！」フラプーンが言いました。「褒美《ほうび》が欲《ほ》しいなら、馬車に飛び乗って、まっすぐ市外へ戻すべきだった！」

そこで、がっかりした召使はこそこそと出ていき、守衛はバートを迎《むか》えにいきました。

郵便馬車はまもなくシューヴィルに入り、街路を疾走して、
城内都市に入ってやっと停まりました。

我妻怜愛菜／7歳

「その男の子にいったい何の用があるのだ？」二人だけになると、フラプーンがローチに問いただしました。「こっちは郵便の問題を解決《かいけつ》しなければならんのに！」

「ただの男の子ではない」とローチが言いました。「国民的英雄《えいゆう》の息子《むすこ》ですぞ。閣下《かっか》、ベアミッシ少佐を覚えていますね。あなたが撃った」

「わかった、わかった。くどくど言う必要はない」フラプーンが言いました。「我々《われわれ》はそれで少なからぬ金をもうけた、そうだろう？　君は、彼《かれ》の息子が何を欲しがると思うかね――補償金《ほしょうきん》か？」

ローチ少佐が答えるまえに、緊張《きんちょう》して熱烈《ねつれつ》に何かを求めている表情《ひょうじょう》のバートが入ってきました。

「おはよう、ベアミッシ」ローチ少佐は、ロデリックと友だちになったバートをもうだいぶ前から知っていました。「何か用かね？」

「少佐、お願いです」バートが言いました。「お願いします。僕はイッカボッグ防衛隊に入りたいのです。隊員を増《ふ》やしていると聞きました」

「ああ」ローチ少佐が言いました。「なるほど、なぜそうしたいと思うのかね？」

「僕は父を殺した怪物を殺したいのです」バートが言いました。

短い沈黙《ちんもく》が流れました。その間、ローチ少佐は、スピットルワース卿のように嘘《うそ》や言い訳《わけ》をうまくでっちあげられればいいのにと思っていました。助けを求めてフラプーン卿をちらりと見ましたが、何の反応《はんのう》もありません。でも、ローチには、フラプーンも危険性《きけんせい》に気がついたことがわかりました。本当にイッカボッグを見つけたいと思う人は、イッカボッグ防衛隊にとって、一番望ましくない人間なのです。

「入隊テストがある」時間稼《かせ》ぎにローチが言いました。「誰《だれ》でも入隊させるわけではない。馬には乗れるかね？」

「ええ、はい、閣下。独学《どくがく》で学びました」バートは正直に答えました。

「剣《けん》は使えるのか？」

「きっとすぐに覚えます」バートが言いました。

「射撃《しゃげき》はできるか？」

「はい、閣下、パドックの端《はし》から空き瓶《びん》に命中させることができます」

「ふーむ」ローチが言いました。「よろしい、しかし、ベアミッシ、君の問題は――あー、問題はだね、君があまりに――」

「愚《おろ》かだ」フラプーンが残酷《ざんこく》な言い方をしました。ローチと二人で、郵便馬車の問題の解決策《かいけつさく》を考えることができるように、この男の子を早く追い払いたかったのです。

　バートは顔が赤くなりました。「な――何ですか？」

「君の学校の校長がわたしにそう言った」フラプーンは嘘をつきました。校長と話をしたことなど、今まで一度もありません。「彼女《かのじょ》が言うには、君はちょっとのろまだ。兵隊以外のほかの仕事なら何も止《と》めないが、のろまがいると戦場では危険だ」

「僕の——僕の成績《せいせき》は悪くありません」バートはかわいそうに、声が震《ふる》えるのを止めようとしました。「ミス・モンクはそんなことを僕に一度も——」

「もちろん、彼女は**君には**言わなかった」フラプーンが言いました。「あのように良い人が、愚か者に対して愚か者呼《よ》ばわりすると考えるのは、**愚か者**だけだ。君の母親と同じにパン作りを学びなさい。いいか、そしてイッカボッグのことは忘《わす》れるのだ。それがわたしからの忠告《ちゅうこく》だ」

バートは目に涙《なみだ》がいっぱい浮《う》かんでいるのではないかと、ひどく心配になり、泣くまいとして顔をしかめながら、言いました。

「僕は——僕にチャンスをください、少佐——愚か者ではないと証明《しょうめい》するチャンスを」

ローチは、バートに対してフラプーンのような無遠慮《ぶえんりょ》な答え方はしたくなかったのですが、結局はこの男の子が防衛隊に入るのを止《や》めさせることが大事でしたから、こう言いました。「気の毒《どく》だが、ベアミッシ、わたしは君が兵隊に向いているとは思わない。しかし、フラプーン卿が意見したように——」

「お時間をとっていただいて、ありがとうございました、少佐」バートが急いで言いました。「ご面倒《めんどう》をおかけしてすみませんでした」

そして深くお辞儀《じぎ》をし、バートは近衛兵の部屋から出ていきました。

いったん外に出ると、バートは駆《か》けだしました。自分がとてもちっぽけに感じられ、辱《はずかし》められたと思いました。先生が自分のことをどう思っているかを聞いた今は、どんなことがあっても学校には戻りたくありません。ですから、母親はもう城の厨房《ちゅうぼう》に仕事に行ったはずだと思い、まっすぐに家まで駆け戻りました。あちこちの街角に人々が集まって、手に持った手紙のことを話しているのにはほとんど気がつきませんでした。

家に入ると、ベアミッシ夫人がまだ台所に立っていて、自分宛《あて》の手紙をじっと見ているのが目に入りました。

「バート！」お母さんは、突然《とつぜん》息子が現《あらわ》れたのに驚きました。「今ごろいったい、どうして家にいるの？」

「歯が痛《いた》くて」バートはとっさに作り話をしました。

「まあ、かわいそうに……バート、いとこのハロルドから手紙が来たの」ベアミッシ夫人が手紙を持った手を上げました。「居酒屋《いざかや》を手放すことになりそうだと心配しているわ――ゼロから自分で築《きず》き上げた、すばらしい宿と居酒屋なのに。王様のところに働き口を世話してくれないかって、わたしに頼《たの》んできたのよ……何が起こったのかわからないわ。ハロルドが言うには、家族がとっても飢《う》えているって！」

「イッカボッグのせいじゃないの？」バートが言いました。「ジェロボアムはマーシランドに一番近い都市だから、たぶんみんなが夜に居酒屋に行かなくなったんだ。途中で怪物にあうかもしれないもの！」

「そうね」ベアミッシ夫人が心配そうに言いました。「そう、たぶんそのせいね……、まあ、大変、仕事に遅《おく》れるわ！」いとこのハロルドの手紙をテーブルに置き、ベアミッシ夫人が言いました。「いい子だから、歯にチョウジ油をつけなさいね」そして息子にちょっとキスして、夫人は急いで出ていきました。

お母さんがいなくなると、バートはベッドにうつぶせに体を投げ出して、怒《いか》りと失望ですすり泣きました。

一方、首都のシューヴィルでは、心配と怒りが広がっていました。シューヴィルの人々は、ついに、北のほうに住む自分たちの親戚《しんせき》がとても貧《まず》しくて、飢えたり、ホームレスになったりしていることを知ったのです。その夜、首都に戻ったスピットルワース卿は、深刻《しんこく》な問題が起こりつつあると知ることになりました。

第40章 バートの見つけたヒント

郵便馬車《ゆうびん》がシューヴィルのど真ん中に到着《とうちゃく》したと聞いたスピットルワースは、重い木の椅子《いす》をつかんでローチ少佐の頭に投げつけました。スピットルワースよりずっと強いローチは、難《なん》なくその椅子を脇《わき》にたたき落としましたが、手がさっと剣《けん》の柄《つか》に飛び、二人は数秒間、歯をむき出して近衛兵《このえへい》の部屋の薄暗《うすくら》がりで向き合いました。フラプーンとスパイたちは、口をあんぐり開けてそれを見守りました。

「『黒い足跡隊《あしあとたい》』をシューヴィルの郊外《こうがい》に送れ」スピットルワースがローチに命令しました。「襲撃《しゅうげき》に見せかけるのだ――そいつらを**震《ふる》え上がらせろ**。連中は、税金《ぜいきん》が必要だということや、親戚《しんせき》が苦しんでいるのはイッカボッグのせいで、わたしや王様のせいではないことを理解《りかい》しなければならないのだ。さあ、行け、そして自分のまいた種を刈《か》れ！」

少佐はかんかんになって部屋を出ていき、心の中では、十分間だけスピットルワースと二人きりになれたら、どうやって傷《きず》つけてやろうかと、あらゆる方法を考えていました。

「そして、お前たち」スピットルワースがスパイたちに言いました。「ローチ少佐がうまく仕事をやり遂《と》げるかどうか、明日の朝わたしに報告《ほうこく》するのだ。もしまだ町なかで、飢餓《きが》だの文無《もんな》しの親戚だのとささやき合っていたら、さあ、そのときは、ローチ少佐が牢獄《ろうごく》をお気に召《め》すかどうか見てみよう」

そこでローチ少佐の「黒い足跡隊」は、都市が寝静《ねしず》まるまで待ち、シューヴィルにイッカボッグが来たと信じさせる初めての行動にとりかかりました。部隊は、ほかの家から少し離《はな》れて建っている町はずれの小さな家を選びました。それから、家宅侵入《かたくしんにゅう》の一番うまい兵士《へいし》たちがその家に入りました。そこで、ああ、お話しするのが辛《つら》いのですが、住んでいる小さな年老いた女性《じょせい》を殺《ころ》しました。その女性がどういう人か、みなさんは知りたいでしょうね。その人は、フルーマ川に棲《す》む魚の美しいイラスト付きの本を何冊《さつ》も書いた人でした。女性の死体を運び出して、どこか遠いところに埋《う》めたあと、何人かの兵士が、このお魚専門家《せんもんか》の家の周りに、ダブテイルさんのすばらしい木彫《きぼり》の足四本を押《お》し付け、家具を破壊《はかい》し、水槽《すいそう》を壊《こわ》しました。女性の研究材料だった魚たちは床《ゆか》でパクパクしながら死んでしまいました。

翌朝《よくあさ》、スピットルワースのスパイたちは、計画がうまくいったようだと報告しました。これまで長い間恐《おそ》ろしいイッカボッグから免《まぬか》れていたシューヴィルが、ついに襲《おそ》われたのです。「黒い足跡隊」は、いまや足跡を本物らしく見せる技《わざ》を完成させていましたし、巨大《きょだい》な怪物《かいぶつ》がたたき壊して侵入したかのようにドアを壊しました。尖《とが》った金属《きんぞく》の道具で木に偽《にせ》の歯型《はがた》を付ける技も完ぺきでしたから、かわいそうな老女の家を見ようと集まってきたシューヴィルの住民は、すっかり騙《だま》されてしまいました。

バート・ベアミッシ少年は、お母さんが食事の支度《したく》に家に戻《もど》ったあとも、現場《げんば》にとどまっていました。バートは怪物の足跡や牙《きば》の痕《あと》を、どんな細かいことも記憶《きおく》にとどめました。父親を殺した邪《じゃ》悪《あく》な生き物とついに対面したときに、それがどんな様子なのかを想像《そうぞう》できるようにするためです。なぜなら、バートは、仕返しすることを決してあきらめていなかったからです。

怪物の足跡を細かいところまで全部しっかり記憶してから、バートは怒《いか》りに燃《も》えながら家に戻り、自分の寝室《しんしつ》に閉《と》じこもりました。そして、お父さんの「殺人《さつじん》イッカボッグに立ち向かった卓越《たくえつ》した勇気」の勲章《くんしょう》と、デイジィ・ダブテイルとけんかしたあとで、王様から勲章としてもらった小さなメダルをマントルピースの上から下ろしました。この小さなほうのメダルは、このごろバートを悲しい気持ちにさせました。デイジィがプルリタニアに行ってしまってからは、デイジィと同じくらい良い友だちは一人もいなかったのです。でも、とバートは考えました。少なくともデイジィとお父さんは、邪悪なイッカボッグの手の届《とど》かないところにいるんだ。

怒りの悔《くや》し涙《なみだ》がバートの目にあふれました。イッカボッグ防衛隊《ぼうえいたい》にとても入りたかったのに。

絶対《ぜったい》に、よい兵隊になれるのに。戦いで死んでもかまわなかったのに！　もちろんお母さんにしてみれば、イッカボッグに夫ばかりでなく息子まで殺されたら、とっても悲しむだろうけれど、ぼくも父さんと同じく英雄《えいゆう》になれるのだもの！

敵討《かたきう》ちと栄光の思いに没頭《ぼっとう》しながら、バートは二つの勲章をマントルピースに戻そうとしました。そのとき、小さいほうが指の間から滑《すべ》り落ちて、ベッドの下に転がり込みました。バートは腹《はら》ばいになって手探《てさぐ》りしましたが、届きません。もっとベッドの奥《おく》まで体をくねらせて這《は》っていき、一番奥の一番埃《ほこり》っぽい隅《すみ》にあるのをやっと見つけました。それと一緒《いっしょ》に、何か尖ったものがありました。蜘蛛《くも》の巣が絡《から》んでいることからみて、ずいぶん長いことそこにあったもののようです。

バートは、隅っこから勲章と何か尖ったものを一緒に引っ張《ぱ》り出して、自分もかなり埃だらけでしたが、座《すわ》ってその何だかわからないものを調べました。

ろうそくの灯《あか》りで、完璧《かんぺき》に彫《ほ》り上げられた小さなイッカボッグの足が見えました。ダブテイルさんがずいぶん前に彫ったおもちゃの、最後のひとかけらです。バートは最後のかけらまで燃やしてしまったと思っていたのですが、この足はイッカボッグを火かき棒《ぼう》でたたき壊したときに、ベッドの下に飛んでいったにちがいありません。

バートはもう少しで寝室の暖炉《だんろ》にその足を投げ入れるところでしたが、急に気が変わって、それを詳《くわ》しく調べ始めました。

第41章　ベアミッシ夫人の計画

「お母さん」バートが呼《よ》びかけました。

台所のテーブルに座《すわ》って、バートのセーターの穴《あな》をかがっていたベアミッシ夫人は、ときどき手を止めて涙《なみだ》をぬぐいました。イッカボッグが自分たちの住むシューヴィルの近所の人を襲《おそ》ったことで、ベアミッシ少佐の死の恐《おそ》ろしい記憶《きおく》がよみがえったのです。ちょうどそのときは、城の「青の間」で、コルヌコピアの国旗に隠《かく》された夫の体の、かわいそうな冷たい手にキスした夜のことを考えていたところでした。

「お母さん、見て」バートの声は、いつもと違《ちが》いました。そしてバートはお母さんの前に、ベッドの下で見つけた、鉤爪《かぎづめ》の生えた小さな木の足を置きました。

ベアミッシ夫人はそれを取り上げ、ろうそくの灯《あか》りの下で縫物《ぬいもの》をするときにかける眼鏡《めがね》を通してよく見ました。

「まあ、これはあなたが持っていた小さな木彫《きぼ》り人形の一部分じゃないの」お母さんが言いました。「あなたのおもちゃのイッカ……」

でも、ベアミッシ夫人は最後まで言い終えませんでした。木彫りの足をじっと見ながら、今朝バートと一緒《いっしょ》に見た、消えた老女の家の周りの柔《やわ》らかい土に残された足跡《あしあと》を思い出したのです。もっとずっと大きな足跡でしたが、足の形は、指の角度もウロコも長い鉤爪もまったく同じです。ベアミッシ夫人が震《ふる》える指で小さな木の足をひっくり返して見ている数分の間、聞こえるのはろうそくのパチパチはねる音だけでした。

夫人の心の中で、ドアがぱっと開いたようでした。ながいこと開かないように閉《し》め切ってバリケードを築《きず》いていたドアです。夫が死んでから、ベアミッシ夫人は、イッカボッグの存在《そんざい》をちらとでも疑《うたが》うことを拒《こば》んできました。王様に忠実《ちゅうじつ》で、スピットルワースを信用していた夫人は、イッカボッグが実在《じつざい》しないと言う人たちは反逆者《はんぎゃくしゃ》だと信じていました。

しかし今、これまで締《し》め出してきた不快《ふかい》な記憶が、どっとあふれてきたのです。ダブテイルさんがイッカボッグに関して反逆的《はんぎゃく》なことを言ったと、皿洗《さらあら》いのメイドに話したこと。そのあとで振《ふ》り返ったときに、物陰《ものかげ》で召使《めしつかい》のカンカービィが聞いていたのを見たこと。ダブテイルさんたちがいなくなったのは、ほとんどそのすぐあとだったことを思い出しました。縄跳《なわと》びをしていた小さな女の子が、デイジィ・ダブテイルの昔の服を着ていたこと。服をもらったのと同じ日に弟がバンダロアをもらったとその子が言ったこと。自分のいとこのハロルドが飢《う》えていることや、おかしなことに、ここ数か月、自分にも近所の人にも、北からの郵便《ゆうびん》が来なかったことを考えました。それに、レディ・エスランダが急に姿《すがた》を消したあと、多くの人が変に思ったことも考えました。あれやこれや、これまで起こったたくさんのおかしなことが、小さな木の足をじっと見つめるベアミッシ夫人の心の中で積み重なり、イッカボッグよりずっとぞっとするような恐ろしい怪物的《かいぶつ》な姿を見せました。あの沼地《ぬまち》で、夫に本当はいったい何が起こったのだろう、と夫人は自分に問いかけました。どうして、遺体《いたい》を覆《おお》ったコルヌコピアの国旗の下を見ることを許《ゆる》されなかったのだろう？ 恐ろしい考えが次々《つぎつぎ》と折り重なって、ベアミッシ夫人が息子の顔を見たときには、そこにも自分と同じ疑いが浮《う》かんでいるのが見えました。

「王様は知らないわ」夫人が言いました。「ご存《ぞん》じのはずがないわ。王様はいい方よ」

信じていたほかのことが全部間違《まちが》いだったとしても、ベアミッシ夫人は、「不敵《ふてき》なフレッド王」が善人《ぜんにん》であるという信念だけは捨《す》てるのに耐《た》えられませんでした。王様はいつも彼女《かのじょ》とバートにとても親切でした。

ベアミッシ夫人は、小さな木の足を握《にぎ》りしめて立ち上がり、繕《つくろ》いかけのセーターを下に置きました。

「王様にお会いしにいくわ」ベアミッシ夫人は、これまでバートが見たことのないほど決然とした顔でそう言いました。

「今から？」外の暗闇《くらやみ》を見ながら、バートが聞きました。

「今夜よ」ベアミッシ夫人が言いました。「領主様《りょうしゅ》がどちらも王様と一緒にいないときに。王様はお会いくださるわ。わたしのことを気に入ってくださっているもの」

「僕《ぼく》も行きたい」とバートが言いました。なぜか不吉《ふきつ》な予感に襲われたからです。

「だめよ」ベアミッシ夫人は、息子に近づいて肩《かた》に手を置き、顔をのぞき込《こ》んでこう言いました。

「バート、よくお聞き。もしお母さんが一時間経《た》ってもお城から戻《もど》らなかったら、シューヴィルを離《はな》れなさい。北のジェロボアムに向かって、わたしのいとこのハロルドを探《さが》すのよ。そして、何もかもお話しなさい」

「でも――」バートは急に心配になりました。

「約束してちょうだい。一時間後にわたしが帰らなかったら行くって」ベアミッシ夫人がきつく言いました。

「僕……僕、そうするよ」そうは言ったものの、さっきまで自分が英雄《えいゆう》として死ぬことを想像《そうぞう》していて、お母さんがどんなに悲しむかを気にしなかったのに、バートは急に恐ろしくなりました。「お母さん――」

お母さんはバートをちょっとハグして言いました。「あなたは賢《かしこ》い子だわ。パン職人《しょくにん》の息子だし、何よりも兵士《へいし》の息子だということを忘《わす》れないでね」

ベアミッシ夫人はさっとドアのところまで歩き、靴《くつ》を履《は》きました。最後にもう一度バートに笑いかけて、夫人はするりと夜の闇《やみ》に消えました。

「バート、よくお聞き。もしお母さんが一時間経ってもお城から戻らなかったら、
シューヴィルを離れなさい」

増田彩花／7歳

第42章 カーテンの陰《かげ》

ベアミッシ夫人が中庭から城の厨房《ちゅうぼう》に入ると、そこは暗くて人気《ひとけ》がありませんでした。夫人は曲がり角という曲がり角をのぞきながら、忍《しの》び足で移動《いどう》しました。召使《めしつかい》のカンカービィが、薄暗《うすぐら》いところに隠《かく》れるのが好きだと知っていたからです。夫人はゆっくりと、慎重《しんちょう》に、王様の私邸《してい》に向かいました。木彫《きぼ》りの足をきつく握《にぎ》りしめていたので、鋭《するど》い鉤爪《かぎづめ》が手の平に食い込《こ》みました。

やっと、フレッド王の私邸に続く、赤いじゅうたんを敷《し》いた廊下《ろうか》に出ました。ドアの向こうから笑い声が聞こえました。シューヴィルの郊外《こうがい》でイッカボッグの襲撃《しゅうげき》があったことを、王様は聞かされていないだろう、というベアミッシ夫人の推測《すいそく》どおりでした。もし聞いていたら、王様は笑ってなどいないはずです。夫人は王様一人だけと会いたかったのですが、誰《だれ》かが王様と一緒《いっしょ》にいるのは確《たし》かです。さてどうすべきかと考えながらその場に立っていると、前方のドアが開きました。

ベアミッシ夫人はあっと息をのんで、長いビロードのカーテンの陰に飛び込み、カーテンが揺《ゆ》れるのを止めようとしました。スピットルワースとフラプーンが、王様におやすみ前の挨拶《あいさつ》をしながら、冗談《じょうだん》を言ったり笑ったりしていました。

「陛下《へいか》、すばらしいジョークですな、ほら、わたくしのパンタロンが笑いではちきれてしまいましたよ！」フラプーンがゲラゲラ笑いました。

「陛下、お名前を変えないといけませんな、『ふざけのフレッド』とお呼《よ》びしましょう！」スピットルワースがクスクス笑いました。

ベアミッシ夫人は息を止めて、お腹《なか》を引っ込めようとしました。フレッド王のドアが閉《し》まる音が聞こえました。二人の領主《りょうしゅ》はとたんに笑うのを止《や》めました。

「おしゃべりのバカめ」フラプーンが低い声で言いました。

「わたしは、クルズブルグのチーズでさえもっと賢《かしこ》い塊《かたまり》に会ったことがあるぞ」スピットルワースがぶつぶつ言いました。

「明日は君があいつを楽しませる役に回ってくれないか？」フラプーンがぼやきました。

「わたしは三時まで、納税《のうぜい》役人たちとの仕事で忙《いそが》しい」スピットルワースが言いました。「だが、もし――」

二人とも話を止めました。足音も止まりました。ベアミッシ夫人は息を止めたままで、目を閉《と》じ、二人がカーテンのふくらみに気づきませんようにと祈《いの》りました。

「では、おやすみ、スピットルワース」フラプーンの声です。

「ああ、ぐっすりおやすみ、フラプーン」スピットルワースが言いました。

心臓《しんぞう》をどきどきさせながら、夫人はそーっと息を吐《は》きました。大丈夫《だいじょうぶ》だった。二人の領主はベッドに向かう……でも、足音が聞こえない……

そして急に、あまりに突然《とつぜん》で夫人が肺《はい》に息を吸《す》い込む間もなく、カーテンがさっと引かれました。叫《さけ》び声を出すまえに、フラプーンの大きな手が、夫人の口をふさぎ、スピットルワースが夫人の両手の手首をつかみました。二人の領主はベアミッシ夫人を隠れていた場所から引きずり出し、一番近くの階段《かいだん》を下りさせました。どんなにもがいても叫ぼうとしても、フラプーンの太い指にふさがれて声が出せませんし、振《ふ》りほどいて逃《に》げることもできません。とうとう二人は、夫人が死んだ夫の手にキスをしたあの「青の間」に引っ張《ぱ》っていきました。

「騒《さわ》ぐな」スピットルワースが、城の中でも身に着ける習慣《しゅうかん》になっていた短剣《たんけん》を引き抜《ぬ》いて警告《けいこく》しました。「さもないと、王様は新しいパン職人長《しょくにん》が必要になるぞ」

それからフラプーンに、ベアミッシ夫人の口から手を放すようにと身振《みぶ》りで示《しめ》しました。夫人が最初にしたことは、ゼイゼイと息を吸い込むことでした。気絶《きぜつ》しそうになっていたからです。

「パン作り、お前はカーテンに特大の塊を作っていたぞ」スピットルワースが冷笑しました。「厨房が閉まったあとに、あんなに王様の近くに隠れているとは、いったい何をしていたのだ？」

ベアミッシ夫人は、もちろんばかげた嘘《うそ》をつくこともできたでしょう。フレッド王に、明日はどんなパンを作ってほしいのかをお伺《うかが》いしたかったと、とぼけることもできたかもしれません。しかし二人の領主はだまされないだろうとわかっていました。そこで夫人は、イッカボッグの足を握っていた手を突《つ》き出し、指を開きました。

「わたしにはわかっていますよ。あなた方のねらいが」

二人の領主は近づいて、夫人の手の平を、そして「黒い足跡隊《あしあとたい》」が使っている大きな足の完全なミニチュアをじっと見ました。スピットルワースとフラプーンは顔を見合わせました。それからベアミッシ夫人を見ました。領主たちの表情《ひょうじょう》を見たときにパン職人長の頭に浮《う》かんだことは、ただ一つでした。「バート、逃げなさい……早く！」

第43章　バートと守《しゅ》衛《えい》

バートがのろのろ進む時計の分針《ふんしん》を見つめている間、脇《わき》にあるろうそくは、ゆっくりと燃《も》えて短くなっていきました。バートは、お母さんは絶対《ぜったい》にもうすぐ帰ってくる、と自分に言い聞かせました。今にも家に入ってきて、繕《つくろ》いかけのセーターを、一度も手を休めはしなかったかのように取り上げ、王様に会ったときに起こったことを話してくれるはずだ。

バートが時計の進みをなんとかして遅《おく》らせたいと思っているのに、分針の進みがかえって早くなりました。四分、三分、あと二分。

バートは立ち上がって窓際《まどぎわ》に行きました。暗い通りを端《はし》から端まで見ましたが、お母さんが帰ってくる様子は見えません。

待てよ！　バートの心臓《しんぞう》が踊《おど》りました。曲がり角に何か動きが見える！　光り輝《かがや》く数秒の間、バートはお母さんがもうすぐ月明かりの中に現《あらわ》れ、窓辺《まどべ》にバートの心配そうな顔を見つけて微笑《ほほえ》むにちがいないと思いました。

次の瞬間《しゅんかん》、バートの心臓は、レンガのようにドスンと胃袋《いぶくろ》に落ちました。近づいてくるのはベアミッシ夫人ではなく、イッカボッグ防衛隊《ぼうえいたい》の四人の大柄《おおがら》な兵隊を連れたローチ少佐で、全員松明《たいまつ》を持っています。

バートは窓際から飛びのき、テーブルからセーターをひったくり、全速力で寝室《しんしつ》に行きました。靴《くつ》とお父さんの勲章《くんしょう》をぐいとつかみ、寝室の窓《まど》を押《お》し開けて乗り越《こ》え、外からそっと窓を閉《し》めました。野菜畑に飛び降《お》りたとき、ローチ少佐がドアをどんどんたたき、それから誰《だれ》かの荒々《あらあら》しい声がしました。「自分が裏手《うらて》を調べます」

バートは赤かぶの植わった畝《うね》の後ろに身を伏《ふ》せ、自分の金髪《きんぱつ》に土を塗《ぬ》り付けて、暗い中でじっとしていました。

まぶたを閉《と》じていても、バートには松明の揺《ゆ》らめく光が見えました。兵士《へいし》が一人、ほかの家の庭を横切って逃《に》げていくバートの姿《すがた》を見つけようと、松明を高く掲《かか》げました。赤かぶの葉が長く揺れる影《かげ》を作り、兵士はその陰《かげ》に隠《かく》されているバートの土をかぶった姿が見えません。

「あー、こっちには出てきていません」兵士が叫《さけ》びました。

何かが砕《くだ》ける音がして、バートは、ローチが玄関《げんかん》のドアを破《やぶ》ったことを知りました。兵士たちが戸棚《とだな》や洋服ダンスを開ける音が聞こえました。松明の灯《あか》りが、閉じたまぶたからまだちらちらと見

赤かぶの葉が長く揺れる影を作り、
兵士はその陰に隠されているバートの土をかぶった姿が見えません。

齋藤隼人／10歳

えていましたから、バートは土面に伏せてまったく動かずにいました。

「母親が城に行くまえにいなくなったのでは？」

「うーむ、見つけ出さないといかん」聞き覚えのあるローチ少佐の唸《うな》り声です。「あいつはイッカボッグの最初の犠牲者《ぎせいしゃ》の息子《むすこ》だ。もしバート・ベアミッシが、怪物《かいぶつ》は嘘《うそ》だと世間に言いふらし始めたら、みんなが耳を貸《か》す。散れ。捜《さが》せ。まだ遠くには行かないはずだ。もし捕《つか》まえたら、」ローチが言いました。兵士たちの重い足音がベアミッシ家の木の床《ゆか》のあちこちに響《ひび》いています。「殺《ころ》せ。言い訳《わけ》はあとで考える」

バートはぴったり伏せて動かずに、兵士たちが道路のあちこちに走り去る音を聞きました。そして、バートの頭の冷静な部分がこう言いました。

動け。

バートはお父さんの勲章を首にかけ、繕いかけのセーターを着て靴をつかみ、土の上を這《は》って畑を囲《かこ》む柵《さく》まで行きました。そこから体を隠せるだけの溝《みぞ》を掘《ほ》って、柵の下をくねりながら通り抜《ぬ》けました。敷石《しきいし》のある道路まで出ましたが、まだ兵士たちの声が夜の街に響いているのが聞こえます。ドアをバンバンたたき、家宅捜索《かたくそうさく》を要求し、バン職人《しょくにん》長の息子のバート・ベアミッシを見なかったかと聞きまわっています。バートのことを、危険《きけん》な反逆者《はんぎゃくしゃ》だと説明しているのが聞こえました。

　バートはまた土を一握《ひとにぎ》り取って、顔に塗り付けました。それから立ち上がって、姿勢《しせい》を低くし、道の反対側にある家の暗い玄関扉《とびら》の前に飛び込《こ》みました。兵士が一人走り過《す》ぎましたが、バートが今はとても汚《よご》れていて、暗い扉の色に溶《と》け込んでうまく隠されていたので、兵士は何も気がつきませんでした。兵士がいなくなってから、バートは戸口から戸口へと靴を持ってはだしで走り、あちこちの暗いくぼみに隠れながら、だんだん城内都市の門に近づいていきました。いよいよ近くまで来たとき、そこに守衛が見張《みは》っているのが見えました。バートが対策《たいさく》を考えつかないうちに、ローチともう一人の兵士がやってきたので、バートは「律儀《りちぎ》なリチャード」の像《ぞう》の後ろに滑《すべ》り込まなければなりませんでした。

「バート・ベアミッシを見たか？」二人が守衛に向かって大声で聞きました。

「え？　パン職人長の息子かね？」と守衛が聞きました。

　ローチは守衛の制服《せいふく》の胸《むな》ぐらをつかんで、猟犬《りょうけん》のテリアがウサギをくわえて揺さぶるように揺さぶりました。「もちろん、パン職人長の息子だ！　この門を通したのか？　答えろ！」

「いいや、通しません」と守衛が答えました。「それで、みなさんは、いったいその子が何をしたから追いかけているのですか？」

「そいつは裏切《うらぎ》り者だ！」ローチが唸りました。「そいつを助けるものは誰でも、わたしが自ら撃《う》つ。わかったか？」

「わかりました」守衛が言いました。ローチは守衛を放し、連れの兵隊と一緒《いっしょ》にまた走り去りました。手にした松明の灯りが、壁《かべ》という壁に点々《てんてん》と揺れる光を映《うつ》しながら、兵隊たちはやがて、もう一度暗闇《くらやみ》へと飲み込まれていきました。

バートは守衛が制服をきちんと直し、頭を振《ふ》るのを見ていました。少し迷《まよ》ってから、これで自分の命がなくなるかもしれないと思いながら、バートは隠れている場所からそっと出ていきました。

バートが土の汚れですっかり周りに溶け込んでいたので、その目の白い部分が月の光で見えるまで、バートがすぐそばにいることに気がつかなかった守衛は、ぎょっとして短い叫び声をあげました。

「お願いです」バートがささやくように言いました。「お願いですから……僕《ぼく》を突《つ》き出さないでください。僕、ここから出ていかないといけないんです」

バートはセーターの下から、父親の重い銀の勲章を引っ張《ぱ》り出し、表面の土を払《はら》って守衛に見せました。

「これをあげます――本物の銀です――この門から出してさえくださるなら。そして、僕を見たことを誰にも言わないでください。僕は裏切り者ではありません」とバートが言いました。「僕は誰をも裏切ってはいません。誓《ちか》います」

守衛はごわごわの白髪《しらが》交じりのあご鬚《ひげ》をはやした、年配の兵士でした。泥《どろ》だらけのバートを少しの間考えながら観察していましたが、やがてこう言いました。

「坊主《ぼうず》、勲章は持っておきなさい」

守衛は、バートがすり抜けられるだけ、細く門を開けました。

「ありがとう！」バートは息をのみました。

「裏道《うらみち》をたどって行きなさい」守衛が忠告《ちゅうこく》しました。「誰も信用してはいけないよ。がんばりなさい」

第44章 ベアミッシ夫人の反撃《はんげき》

バートが城門をすり抜《ぬ》けているころ、ベアミッシ夫人は、スピットルワースの手で牢獄《ろうごく》の独房《どくぼう》に連行され、閉《と》じ込《こ》められていました。どこか近くから、ハンマーをたたく音に合わせて、しゃがれた甲高《かんだか》い声で歌う国歌が聞こえてきました。

「黙《だま》れ！」スピットルワースが壁《かべ》に向かって怒鳴《どな》りました。歌声が止《や》みました。

「閣下《かっか》、この足が完成したときには」しゃがれ声が言いました。「わたしをここから出して、娘《むすめ》に会せてくれますか？」

「ああ、ああ、お前は娘に会えるぞ」バカめとばかりに目をぐりぐりさせながら、スピットルワースが答えました。「さあ、静かにしろ、お前の隣《となり》のやつに話があるのだ！」

「あの、閣下、あなたが話すまえに」とベアミッシ夫人が言いました。「わたしがいくつか、あなたに言いたいことがあります」

スピットルワースとフラプーンは、この小太りで小柄《こがら》な女性《じょせい》をまじまじと見ました。じめじめした冷たい場所に放り込まれて、こんなに誇《ほこ》り高く、不安を見せない人を、二人は見たことがありませんでした。スピットルワースはレディ・エスランダを思い出しました。いまだに図書室に閉じ込められたままで、いまだに自分との結婚《けっこん》を拒《こば》んでいる人です。たかが料理人が、高貴《こうき》なレディと同じに気位高く見えるとは、思ってもみませんでした。

「第一に」とベアミッシ夫人が話し始めました。「わたしを殺《ころ》せば、王様に知られてしまいます。わたしがパンを焼いていないことに、王様はお気づきになります。味の違《ちが》いがおわかりになりますす」

「その通りだ」スピットルワースが残忍《ざんにん》な笑みを浮《う》かべながら言いました。「しかしながら、王様はお前がイッカボッグに殺されたことを信じるだろうから、パンの味が変わっても慣《な》れてしまうのではないか？」

「わたしの家は、お城の壁の影《かげ》に覆《おお》われるくらい城の近くにあります」ベアミッシ夫人が反論《はんろん》しました。「目撃者《もくげきしゃ》になる百人もの目を覚まさずに、イッカボッグの偽《にせ》の襲撃《しゅうげき》をしかけることはできないでしょう」

「それは簡単《かんたん》に解決《かいけつ》する」とスピットルワース。「わたしたちはこう言う。お前が愚《おろ》かにも夜の散歩に出かけて、イッカボッグが水を飲んでいるフルーマ川の岸辺に行った」

「それでうまくいくかもしれません。ただし、」ベアミッシ夫人はとっさに作り話を考えました。「わたしがイッカボッグに殺されたといううわさが広がったら、ある措置《そち》をとるようにと言い置いていなければ、です」

「どんな措置だ？ 誰《だれ》に言い置いた？」フラプーンが聞きました。

「息子《むすこ》だな。たぶん」スピットルワースが言いました。「しかし、息子はまもなくわれらの手に落ちる。フラプーン、いいか――まず息子を殺してからこの料理人を殺すのだ」

「それまでは」ベアミッシ夫人は、バートがスピットルワースの手に落ちたらと思うと、恐怖《きょうふ》で冷たい刃《やいば》で突《つ》き刺《さ》されるように感じたのですが、そんなそぶりを見せずに言いました。「この独房にパン焼き窯《がま》やわたしの普段《ふだん》使っている道具を全部入れてきちんと整え、わたしが王様のためにパンを作り続けられるようにしたほうがよいでしょう」

「ふむ……そうするか？」スピットルワースは考えながら言いました。「ベアミッシ夫人、我々《われわれ》は全員お前の菓子《かし》パンを賞味《しょうみ》しておる。息子が捕《つか》まるまでは、王様のために作り続けることを許《ゆる》す」

「結構《けっこう》ですわ」ベアミッシ夫人が言いました。「ただ、わたしには助手が必要です。お仲間の囚人《しゅうじん》たちを何人か訓練して、少なくとも卵《たまご》の白身を泡立《あわだ》てるとか、パン焼き用のトレイを並《なら》べるとかを教えるのがよいと思います。

そのためには、かわいそうな囚人たちに、もう少し食料を与《あた》えなければならないでしょう。わたしがここに連行されてくる間に気づいたのですが、何人かは骸骨《がいこつ》のようでした。飢《う》えのせいで、わたしのパンの材料をすっかり食べてしまわれては困《こま》ります」

「最後に」ベアミッシ夫人は独房をざっと見まわして言いました。「わたしには快適《かいてき》なベッドと清潔《せい》《けつ》な上掛《うわが》けが要《い》ります。王様の要求なさる品質《ひんしつ》のパンを焼くのに、十分な睡眠《すいみん》をとるためです。それに、もうすぐ王様のお誕生日《たんじょうび》が来ます。きっと特別なものを期待していらっしゃいます」

スピットルワースは、この驚《おどろ》くべき囚《とら》われ人を一瞬《いっしゅん》見つめて言いました。

「マダム、お前も息子もまもなく死ぬことになるのに、恐《おそ》ろしくはないのか？」

「ああ、料理学校で何か一つ学ぶことがあるとすれば」ベアミッシ夫人は肩《かた》をすくめて言いました。「焦《こ》げたパン皮とべたべたのパン種《だね》は最高のパン職人《しょくにん》にだって起こることだ。袖《そで》をまくり上げて、別なことをしなさい、ですよ。どうにもならないことを嘆《なげ》くのはむだです！」

スピットルワースはうまい反論を思いつかず、フラプーンに合図して、二人は独房を出ていき、扉《とびら》がその後ろでジャラジャラと閉《し》まりました。

二人が出ていってしまうと、ベアミッシ夫人は、勇敢《ゆうかん》に見せかけるのを止《や》め、独房にたった一つだけ置かれている硬《かた》いベッドに座《すわ》り込みました。体中がぶるぶる震《ふる》えて、一瞬、ヒステリー症状《しょうじょう》を起こすのではないかと怯《おび》えました。

しかし、世界一のパン作りの街で、王様の厨房責任者《ちゅうぼうせきにんしゃ》に上り詰《つ》めるような女性が、自分の感情《かんじょう》を抑制《よくせい》できないはずはありません。ベアミッシ夫人は深い、規則《きそく》的な呼吸《こきゅう》をしました。すると、隣の独房からまた国歌を歌い始める甲高《かんだか》い声が聞こえ、夫人は壁に耳を押《お》し付けて、どこから自分の独房に音が入ってくるのかを探《さが》し始めました。とうとう天井近くにひびが入っているのを見つけました。ベッドの上に立ち上がって、夫人はそっと話しかけました。「ダン、ダニエル・ダブティルなの？　あなただって、わかっているわ。わたし、バーサよ、バーサ・ベアミッシよ！」

でも、しゃがれた声は歌い続けるばかりでした。ベアミッシ夫人はまたベッドに座り込み、両《りょう》腕《うで》を体に巻《ま》き付けて目を閉じ、心配で痛《いた》む心のすべてを傾《かたむ》けて祈《いの》りました。バートがどこにいようとも、無事でありますように。

第45章　ジェロボアムでのバート

バートは初めのうち、コルヌコピア全土に、バートに気をつけよというスピットルワース卿《きょう》の警告《けいこく》が出ていることを知りませんでした。守衛《しゅえい》の忠告《ちゅうこく》どおり、バートは田舎道《いなかみち》や裏道《うらみち》だけを通りました。これまでジェロボアムのような北の土地まで行ったことがありませんでしたが、フルーマ川の流れにだいたい沿《そ》って行けば、正しい方向に旅することになるのだと、バートにはわかっていました。

もつれた髪《かみ》と泥《どろ》の詰《つ》まった靴《くつ》で、バートは耕《たがや》された畑を横切り、用水路で眠《ねむ》りました。三日目の夜に密《ひそ》かにクルズブルグの町に入り、何か食べるものを探《さが》そうとしましたが、そのとき初めて、チーズ店のショーウィンドウに貼《は》られている「おたずね者」のポスターに描《えが》かれた自分と正面から向き合いました。幸い、人相書のこざっぱりした笑顔の若者《わかもの》は、ポスターの横の窓《まど》ガラスに映《うつ》って自分を見つめている汚《きたな》らしい浮浪者《ふろうしゃ》とは、似《に》ても似つかない顔でした。それでも、自分の首に、生きていても死んでいても、百ダカットの懸賞金《けんしょうきん》がかけられているのを見て、ショックを受けました。

バートは急いで暗い街路に戻《もど》り、やせこけた犬や閉店《へいてん》して窓に板が打ち付けられている店のそばを通り過《す》ぎました。一、二度、同じようにゴミ箱をあさっている、ぼろを着た汚らしい人たちを見かけました。やっとのことで、バートは、まだほかの誰《だれ》も拾《ひろ》い食《ぐ》いしていない固くて少しカビの生えたチーズの塊《かたまり》を手に入れました。廃業《はいぎょう》したチーズ工場の裏《うら》の樽《たる》にたまっていた雨水を飲んでから、バートは急いでクルズブルグの街を離《はな》れ、田舎道に戻りました。

歩いている間中、バートはともするとお母さんのことを考えてしまいました。**あいつらはお母さんを殺《ころ》さない、**とバートは何度も自分に言い聞かせました。**絶対《ぜったい》に殺さない。王様のお気に入りの使用人だもの。そんなことができるはずがない。**母親が死んだかもしれないという考えを、バートは頭から締《し》め出さなければなりませんでした。もしお母さんがいなくなってしまったと思ったら、次に夜を過ごす用水路から立ち上がる力が出ないかもしれないからです。

人に会うのを避《さ》けて、何マイルも裏道を歩いたので、バートの両足にはすぐに水ぶくれができました。次の夜は、果樹園《かじゅえん》に最後に残っていた腐《くさ》りかけのリンゴをいくつか盗《ぬす》み、その次の夜は、誰かのごみ箱から鶏《とり》がらを拾って、まだわずかに付いていた肉をしゃぶりました。暗い灰色《はいいろ》のジェロボアムの輪郭《りんかく》が遠くに見えるころには、鍛冶屋《かじや》の裏庭《うらにわ》から、撚《よ》りひもを少しだけ盗まなければなりませんでした。体重がすっかり減《へ》ってしまい、ズボンがずり落ちてきていたからです。
旅の間中、バートは、母のいとこのハロルドを見つけさえすれば、何もかも大丈夫《だいじょうぶ》だと自分に言い聞かせてきました。心配事を全部大人の足元に投げ出せば、ハロルドがすべて解決《かいけつ》してくれるのだと。ジェロボアム市を囲《かこ》む壁《かべ》の外に潜《ひそ》んで暗くなるまで待ち、それから、水ぶくれでひどく痛《いた》むようになっていた足を引きずって、バートはワイン作りの街に入り、ハロルドの居酒屋《いざかや》に向かいました。

窓には明かりがありません。近づいてみると、なぜなのかがわかりました。ドアにも窓にも板が打ち付けられています。居酒屋はつぶれて、ハロルドと家族はここを離れてしまったようです。

「お願いします」バートは必死になって、通りがかりの女性《じょせい》にたずねました。「この居酒屋の持ち主だった、ハロルドさんたちがどこに行ったのか、教えていただけませんか？」

「ハロルド？」女性が聞き返しました。「ああ、一週間前に南へ行ったわ。シューヴィルに親戚《しんせき》がいるんだって。王様のところで仕事がもらえるかもしれないって言ってたわ」

女の人が夜の街に去っていくのを、バートは茫然《ぼうぜん》と見ていました。冷たい風がバートの周りに吹《ふ》き、近くの街灯の支柱《しちゅう》に貼られたバート自身の「おたずね者」のポスターが、はたはたと風に吹かれているのが、目の端《はし》に入りました。疲《つか》れきって、これからどうしたらいいか何の考えも浮《う》かばず、バートは、戸口の冷たい階段《かいだん》に座《すわ》って、兵隊に見つかるのを待つだけの自分の姿《すがた》を想像《そうぞう》しま

バートは、戸口の冷たい階段に座って、
兵隊に見つかるのを待つだけの自分の姿を想像しました。

鈴木漢大／12歳

した。

そのときです。背中《せなか》に剣《けん》の先を感じ、声が聞こえました。

「捕《つか》まえたぞ」

第46章 ロデリック・ローチの話

その声で、バートが震《ふる》えあがったと思うでしょうね。でも、不思議、その声でバートはほっとしたのです。あのね、バートには、誰《だれ》の声かがわかったのです。ですから、両手を挙げたり命乞《いのちご》いをしたりするのではなく、振《ふ》り返ってその顔を見ると、やはりロデリック・ローチでした。

「何をニヤニヤしてるんだ？」バートの汚《よご》れきった顔をじっと見て、ロデリックが唸《うな》るように言いました。

「ロディ、君は僕《ぼく》を刺《さ》したりしないよ」バートが静かに言いました。

剣《けん》を持っていたのはロデリックでしたが、自分より彼《かれ》のほうがずっと怯《おび》えていることが、バートにはわかりました。ロデリックはパジャマの上にコートを着てがたがた震えていましたし、足には血だらけのぼろ布《ぬの》が何枚《まい》も巻《ま》きつけられていました。

「そんなかっこうでシューヴィルからずっと歩いてきたの？」バートが聞きました。

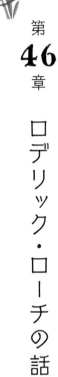

「お前には関係ないだろう！」ロデリックは、歯の根も合わないほど震えているのに、恐《こわ》い顔をしようとしながら、吐《は》き出すように言いました。「裏切者《うらぎりもの》のベアミッシ、僕はお前を突《つ》き出してやるぞ！」

「ううん、そんなこと、君はしない」バートは剣を引っぱってロデリックの手から取り上げました。するとロデリックは、わっと泣きだしました。

「おいでよ」バートは優《やさ》しくそう言いながら、ロデリックの両肩《りょうかた》に片腕《かたうで》を回し、はためいている「おたずね者」のポスターから離《はな》れるように、ロデリックをそばの横丁に連れていきました。

「放せ」ロデリックは、肩《かた》を振ってバートの腕《うで》を払《はら》いのけながらすすり泣きました。「放せよ！　みんなお前のせいだ！」

「何が僕のせいなの？」ワインの空き瓶《びん》でいっぱいのくず入れが並《なら》んでいるところで、二人の少年は立ち止まり、バートが聞きました。

「お前は僕の父さんから逃《に》げた！」ロデリックは袖《そで》で涙《なみだ》をぬぐいながら言いました。

「ああ、もちろん逃げた」バートはもっともな答えをしました。「君のお父さんは僕を殺《ころ》そうとしたんだ」

「だけど、こ、今度は**父さんが**こ、殺されたんだ！」ロデリックはしゃくりあげました。

「ローチ少佐が死んだ？」バートは驚《おどろ》いて聞きました。「どうして？」

「スピ、スピットルワース」ロデリックがしゃくりあげながら言いました。「だ、誰もお前を見つけられなかったとき、あ、あいつが兵隊を連れて家に、や、やってきた。あいつは父さんがお前を捕《つか》まえられなかったって、カンカンになって――そばの兵隊の銃《じゅう》をつかんで――そしてあいつは……」

ロデリックはそばのくず入れの上に座《すわ》り込《こ》んで泣きました。冷たい風が横丁を吹《ふ》き抜《ぬ》けました。これが、とバートは思いました、スピットルワースがどんなに危険《きけん》なやつかのいい証拠《しょうこ》だ。自分の忠実《ちゅうじつ》な近衛《このえ》兵《へい》隊長を撃《う》ち殺すことができるやつなら、もう誰も安全じゃない。

「僕がジェロボアムに来るってことを、どうして知ってたの?」バートが聞きました。

「お城のカ、カンカービィが話してくれた。あいつに五ダカット払った。お前の母親のいとこが居《い》酒屋《ざかや》を持っているって、お前の母さんがそう話してたのを、あいつは覚えていたんだ」

「カンカービィは何人ぐらいに話したと思う?」バートは心配になって聞きました。

「大勢《おおぜい》だ。たぶん」ロデリックはパジャマの袖で顔をぬぐいながら言いました。「あいつは誰にでも金《かね》で情報《じょうほう》を売るやつだ」

「人のこと、言えないだろう」バートは腹《はら》がたちました。「君だって、百ダカットで僕を売るところだった!」

「ぼ、僕は、か、金が欲《ほ》しかったんじゃない」ロデリックが言いました。「僕の、か、母さんと弟たちのためだ。お前を突き出せば、もしかしたらみんなを、か、返してもらえると思って。スピットルワースは、み、みんなを連れていった。僕は寝室《しんしつ》の窓《まど》から逃げた。だからパジャマを着てるんだ」

「僕も寝室の窓から逃げた」バートが言いました。「でも、靴《くつ》を持ってくるぐらいの常識《じょうしき》はあったよ。さあ、ここから出よう」バートはロデリックを引っ張《ぱ》って立たせながら言いました。「どこか途中《とちゅう》で洗濯物《せんたくもの》が干《ほ》してあったら、君がはく靴下《くつした》を盗《ぬす》もう」

しかし、二、三歩も歩かないうちに、二人の後ろから男の声がしました。

「手を挙げろ！　二人とも俺《おれ》と一緒《いっしょ》に来い！」

二人の少年は手を挙げて振り向きました。汚れた意地悪な顔の男が、暗がりから現《あらわ》れて、二人にライフル銃を向けていました。兵隊の制服《せいふく》ではないし、バートもロデリックも見覚えのない顔です。でもデイジィ・ダブテイルなら、この人が誰かを二人に教えることができたでしょうに。「たたきやジョン」――マ・グルンターの助手で、もうすっかり成人した男になっています。

「たたきやジョン」は二人を交互《こうご》に品定めしながら、数歩近づいてきました。「うん」ジョンが言いました。「お前たち二人でいいだろう。その剣をよこしな」

胸《むね》にライフルを突き付けられて、バートは剣を渡《わた》すしかありませんでした。でも、思ったほど怖《こわ》くありませんでした。というのも、フラプーンがバートのことを何と言おうと、バートは実はとても賢《かしこ》い少年だったのです。この汚《きたな》らしい男は、たった今百ダカットの価値《かち》のある逃亡者《とうぼうしゃ》を捕まえたことに気がついていないようでした。バートにはなぜかわかりませんでしたが、この男は誰でもいいから二人の男の子を捜《さが》していたようです。一方ロデリックは、真っ青になりました。スピットルワースが都市という都市にスパイを放っているのを知っていたからです。そして、二人とも首席顧問《こもん》に引き渡され、ロデリック・ローチは、裏切《うらぎ》り者とつるんでいたという理由で、きっと死刑《しけい》にされると思ったのです。

「歩け」不愛想な男は、ライフルで、二人に横丁から出るように指図《さしず》しました。背中《せなか》に銃を突き付けられ、バートとロデリックはジェロボアムの暗い通りを無理やり歩かされ、最後にマ・グルンターの孤児院《こじいん》の戸口に着きました。

第47章 地下牢《ちかろう》で

城の厨房《ちゅうぼう》で働く人たちは、スピットルワースから、ベアミッシ夫人が、自分はほかの使用人よりずっと大切な人間だからと、自分用の別の厨房を要求したと聞いて驚《おどろ》きました。長年知っているベアミッシ夫人は決してお高く留《と》まってはいませんでしたから、事実、何人かはもしやと怪《あや》しみました。しかし、夫人のお菓子《かし》やパンが通常《つうじょう》通り王様の食卓《しょくたく》に出され続けていましたので、どこにいるかはわからなくとも、生きていることだけはわかりました。ですから、ほかの大多数の国民と同じように、使用人たちは質問《しつもん》しないほうが安全だと決め込《こ》みました。

一方、城の牢獄《ろうごく》の生活は様変わりしました。ベアミッシ夫人の独房《どくぼう》にはパン焼き窯《がま》が取り付けられ、厨房から夫人の深鍋《ふかなべ》や平鍋《ひらなべ》が運び込まれて、近くの独房の囚人《しゅうじん》たちは、夫人の仕事の一部をいろいろ手伝う訓練を受けました。夫人を王国一のパン職人《しょくにん》にした、羽根のように軽い菓子《かし》パンを作るための訓練です。夫人は囚人の食事を倍の量に増《ふ》やす要求をしましたし（かき回したり、こねたり、量ったり、篩《ふるい》にかけたり、流し入れたりするのに十分な力が出るようにするためです）、小さな害獣《がいじゅう》を駆除《くじょ》して牢獄を清潔《せいけつ》にするために、ネズミ捕《と》りも要求し、パン作りのいろいろな道具をあちこちの牢格子《ろうごうし》から差し入れるための小間使いも要求しました。

窯《かまど》の熱でじめじめした壁《かべ》が乾《かわ》きました。カビやびしょびしょした水のいやな臭《にお》いにかわって、おいしそうな匂《にお》いが流れました。ベアミッシ夫人は、囚人全員が自分たちの仕事の出来具合を理解《りかい》するために、完成したパン類を試食するべきだと言いはりました。ゆっくりと、牢獄は活気づき、楽しい場所にさえなりました。ベアミッシ夫人が来るまえは弱々《よわよわ》しく飢《う》えていた囚人たちは、だんだん肉がついてきました。こういうやり方で、夫人は忙《いそが》しく過《す》ごし、バートを心配する気持ちを紛《まぎ》らわせました。

囚人たちがパンを焼いている間、夫人の隣《となり》の独房のダブテイルさんは国歌を歌い、イッカボッグの足を彫《ほ》り続けました。歌声と仕事のバンバンいう音が、ベアミッシ夫人が来るまえにはほかの囚人を怒《おこ》らせていましたが、今は夫人が、一緒《いっしょ》に歌うように勧《すす》めていました。囚人全員が国歌を歌う声で、ノミやハンマーの絶《た》え間ない音がかき消されましたし、最高によかったのは、スピットルワースが牢獄に駆《か》け下りてきて、騒《さわ》ぐのを止《や》めろと言ったときのことです。ベアミッシ夫人がけろりとして、国歌を歌うのを止めさせるのは間違《まちが》いなく反逆罪《はんぎゃくざい》ですわね？　と言ったのです。これにはスピットルワースがまぬけ面《づら》になり、囚人が全員大笑いしました。隣の独房からもゼイゼイ声でくすくす笑うのが聞こえたように思い、ベアミッシ夫人はうれしくて心が躍《おど》りました。

　ベアミッシ夫人は狂気《きょうき》のことはあまり詳《くわ》しく知らなかったかもしれませんが、ソースが固まったり、スフレがぺしゃんこになったりして、失敗したように見えるときの救《すく》い方を知っていました。ダブテイルさんの心が折れていても、自分が独《ひと》りではないということがわかり、自分が誰《だれ》なのかがわかりさえすれば、まだ治せると信じていました。ですから、ダブテイルさんのかわいそうな心を、もとの自分を取り戻《もど》せるように揺《ゆ》さぶってみようと、ときどき国歌以外の歌を歌って誘《さそ》いかけました。

　そしてとうとう、驚くようなうれしいことが起こりました。「イッカボッグ酒飲み歌」を、ダブテイルさんが一緒に歌う声が聞こえたのです。怪物《かいぶつ》が実在《じつざい》すると思われていなかったころにも、よく歌われていた歌です。

一本飲んだら　イッカボッグなんか嘘《うそ》っぱちだ
二本飲んだら　イッカボッグのため息を聞いた
三本飲んだら　イッカボッグがこっそり行くのが見えた
イッカボッグが来るぞ　死ぬまえにもっと飲むんだ！

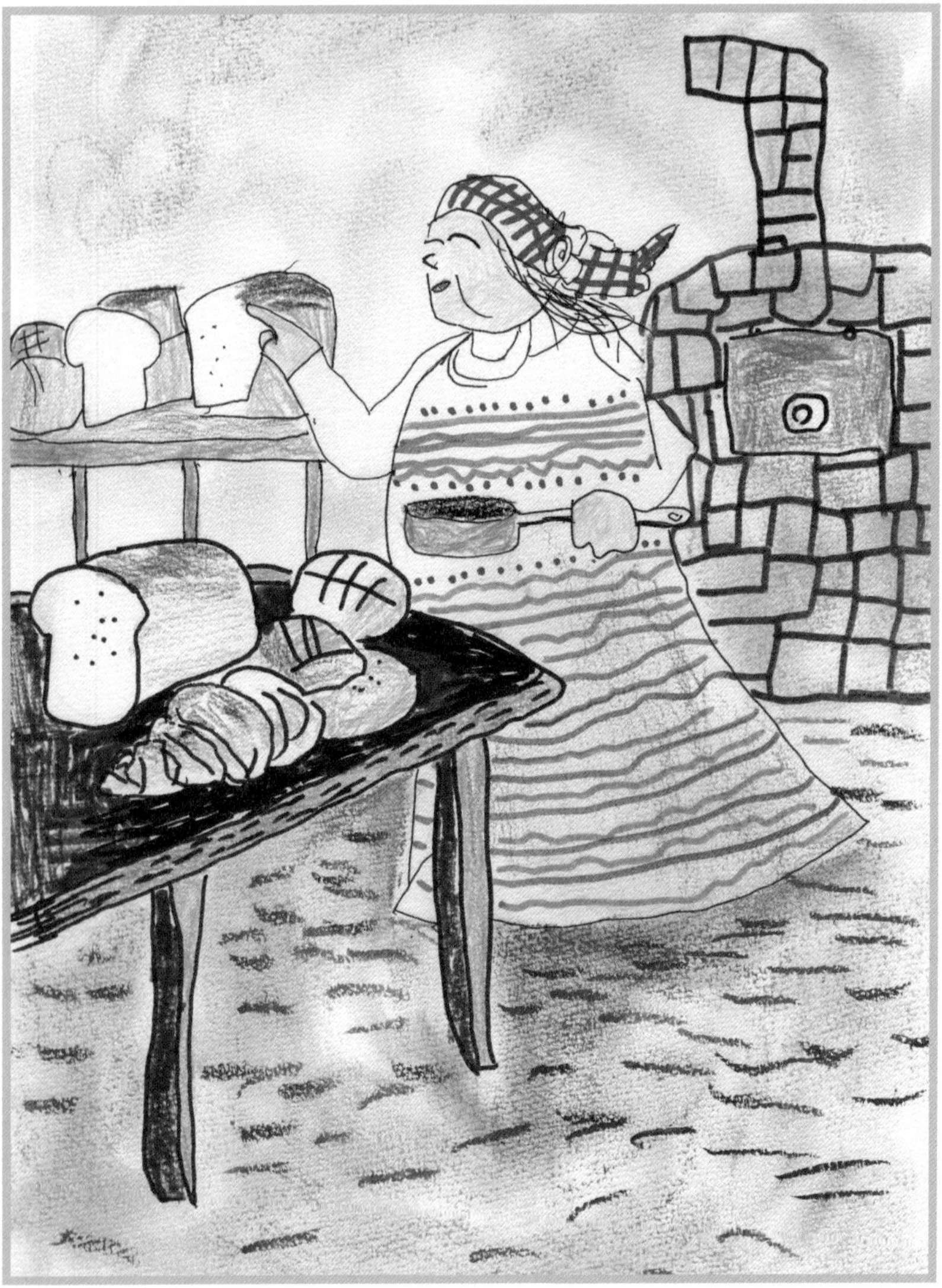

ベアミッシ夫人の独房にはパン焼き窯が取り付けられ、
厨房から夫人の深鍋や平鍋が運び込まれました。

千葉悠木／8歳

パン焼き窯から取り出したばかりの菓子パンのトレイを置き、ベアミッシ夫人はベッドに飛び上がって、壁の上のほうにある割《わ》れ目に向かってそっと話しかけました。

「ダニエル・ダブテイル、あなたがあのばかばかしい歌を歌うのが聞こえたわ。わたし、バーサ・ベアミッシよ、あなたの古いお友だちの。子どもたちが小さかったとき、ずいぶん昔だけど、よくこの歌を一緒に歌ったわね。わたしのパート、あなたのデイジィ。ダン、覚えている？」

夫人は反応《はんのう》を待ちました。少しして、すすり上げる声が聞こえたように思いました。

ベアミッシ夫人は、ダブテイルさんが泣くのを聞いて喜《よろこ》びました。みなさんは、それはおかしいと思うかもしれませんが、涙《なみだ》は笑いと同じように心を癒《いや》すのです。その夜も、それからあと何晩《ばん》も、ベアミッシ夫人は壁の割れ目からそっとダブテイルさんに話しかけました。しばらくすると、ダブテイルさんが返事をするようになりました。ベアミッシ夫人は、ダブテイルさんがイッカボッグについて言ったことを、厨房のメイドに話してしまったのを、どんなに後悔《こうかい》しているかと話しました。ダブテイルさんは、ベアミッシ少佐が馬から落ちたのではないかと言ってしまったことで、あとでどんなにみじめな気持ちになったかを話しました。それから、子どもたちはきっと生きていると、お互《たが》いに力づけあいました。そう信じなければ、二人とも生きていけないからです。

凍《こお》るような寒さが、鉄格子《てつごうし》のはまった、たった一つの高く小さな窓《まど》から忍《しの》び込んできました。囚人たちは、厳《きび》しい冬が近づいていることを知りましたが、でも牢獄は今、希望と癒しの場所になっていました。ベアミッシ夫人は、絶対《ぜったい》にみんなで生き抜《ぬ》いてみせると決意して、助手をつとめる囚人たち全員にもっと毛布《もうふ》を配るように要求しましたし、パン焼き窯の火を毎晩《まいばん》燃《も》やし続けました。

第48章 バートとデイジィの再《さい》会《かい》

冬の寒さは、マ・グルンターの孤児院《こじいん》でもひしひしと感じられました。ぼろを着てキャベツスープしか食べていない子どもたちは、十分に食べている子どものようには風邪《かぜ》や咳《せき》に抵抗力《ていこうりょく》がありません。孤児院の裏庭《うらにわ》の小さな墓地《ぼち》には、食べ物や暖《あたた》かさ、それに愛情《あいじょう》に飢《う》えたジョンとジェーンが絶《た》え間なく送られていきました。誰《だれ》も本当の名前を知らないままに埋《う》められましたが、ほかの子どもたちが哀悼《あいとう》しました。

突然《とつぜん》次々《つぎつぎ》に子どもが死んだことで、頭数を合わせるために、マ・グルンターは「たたきやジョン」をジェロボアムの街に送り出し、ホームレスの子どもをできるだけたくさん見つけて捕《つか》まえさせました。検査官《けんさかん》たちが年に三度はやってきて、養っている子どもの数を偽《いつわ》っていないかどうかを調べるからです。マ・グルンターは、できれば小さな子より頑丈《がんじょう》な、年齢《ねんれい》の高い子を入所させたがりました。

一人頭《ひとりあたま》いくらという金が入るので、孤児院の中のマ・グルンター個人《こじん》の部屋は、コルヌコピアの中でも最も贅沢《ぜいたく》な部類に入りました。暖炉《だんろ》には火があかあかと燃《も》え、深々《ふかぶか》としたビロードの肘掛《ひじか》け椅子《いす》、厚《あつ》いシルクの敷物《しきもの》、ベッドには柔《やわ》らかなウールの上掛《うわが》けが掛《か》かっています。食卓《しょくたく》にはいつも、最高の食べ物とワインが出されます。飢えた子どもたちは、マ・グルンターの部屋に運び込《こ》まれるバロンズタウンのパイやクルズブルグのチーズの、天国のような匂《にお》いを吸《す》い込みました。今では彼女《かのじょ》は、検査官に会うとき以外はめったに部屋を出ず、「たたきやジョン」に子どもたちの管理を任《まか》せていました。

二人の新入りがやってきたとき、デイジィはほとんど注意を払《はら》いませんでした。男の子は二人とも、ほかの新入りと同じく、汚《きたな》らしくてボロボロでしたし、デイジィもマーサも、小さな子どもたちをできるだけ生かしておくことで忙《いそが》しかったのです。二人とも、小さな子に十分食べさせるために、自分たちがひもじい思いをしていましたし、デイジィは、「たたきやジョン」が小さい子を杖《つえ》で打とうとしたときに、しょっちゅう割《わ》って入ったので、傷《きず》だらけでした。二人の男の子についてデイジィが気に留《と》めたことがあったとすれば、ジョンと呼《よ》ばれることをまったく抵抗《ていこう》せずに受け入れたので、軽蔑《けいべつ》したことだけでした。二人にとっては、誰にも本当の名前を知られないほうが好都合だったのですが、デイジィはそれを知るはずがありませんでした。

バートとロデリックが孤児院にやってきてから一週間が過《す》ぎました。デイジィと親友のマーサは、ヘッティ・ホプキンズの双子《ふたご》のために秘密《ひみつ》の誕生《たんじょう》パーティを開きました。小さな子どもたちの多くは、自分の誕生日を知りませんでしたから、デイジィは子どもたちのために日を選んで、必ずお祝いするようにしました。たとえそれが二倍の量のキャベツスープだけであってもです。それに、自分の本当の名前を忘《わす》れないようにと、小さな子どもたちを励《はげ》ましました。ただし、「たたきやジョン」の前ではお互《たが》いにジョン、ジェーンと呼び合うようにと教えました。

デイジィは双子のために特別なご馳走《ちそう》を用意していました。数日前、デイジィは、マ・グルンターに届《とど》けられた本物のシューヴィルのパンを二個《こ》、首尾《しゅび》よく盗《ぬす》んで、パンの匂いで自分が食べたくなる気持ちを抑《おさ》えるのはとても難《むずか》しかったのですが、双子の誕生日のためにしまっておきました。

「ああ、おいしいわ」小さな女の子は、うれし涙《なみだ》を流しながらため息をつきました。

「おいしいね」男の子があいづちをうちました。

「このパンは首都のシューヴィルから来たのよ」デイジィが二人に話しました。デイジィは、途《と》中《ちゅう》で行けなくなってしまった学校で習ったことを、小さい子どもたちに教えようとしました。そして、子どもたちが見たこともない都市のことをよく話して聞かせたのです。マーサもクルズブルグやバロンズタウン、シューヴィルのことを聞くのが好きでした。というのも、マーサはマーシランドとマ・グルンターの孤児院以外には、どこにも行ったことがなかったからです。

双子がパンの最後のかけらを飲み込んだそのとき、「たたきやジョン」が部屋に飛び込んできました。デイジィはまだクリームの跡《あと》が残っている皿を隠《かく》そうとしましたが、「たたきやジョン」はそれを見てしまいました。

「お前は」ジョンはわめきながら、頭の上に杖を振《ふ》り上げてデイジィに近づきました。「また盗んだな、『醜《みにく》いジェーン』！」杖を振り下ろそうとしたとき、突然空中で杖が捕まってしまいました。声を聞きつけたバートが、何事かとやってきたのです。「たたきやジョン」が、継《つ》ぎだらけのオーバーオールを着たやせた女の子を追い詰《つ》めたのを見たバートが、振り下ろされる途中の杖をつかんだのです。

「そんなことをしてみろ」バートが「たたきやジョン」に低い声で唸《うな》りました。デイジィは初めて、新入りの男の子のシューヴィルなまりを聞きました。でもバートは、前より年齢が上になり、顔つきも厳《きび》しくなっていて、かつて知っていたバートとはまったく違《ちが》って見えたので、彼《かれ》だとは気がつきませんでした。バートのほうは、デイジィを、オリーブ色の肌《はだ》で褐色《かっしょく》の髪《かみ》をお下げに編《あ》んだ小さな女の子として覚えていたので、この燃えるような眼《め》をした女の子に会ったことがあるなど、思いもしませんでした。

「たたきやジョン」はバートが握《にぎ》った杖を引っ張《ぱ》って取ろうとしましたが、ロデリックがバートを助けるのにやってきました。小競り合いがあって、子どもたちの覚えているかぎり初めて、「たたきやジョン」が負けました。とうとう、おぼえてろよ、と捨《す》てぜりふを残し、唇《くちびる》が切れたジョンは、部屋を出ていきました。二人の新しい男の子がデイジィと双子を救《すく》った、「たたきやジョン」はバカ面《づら》さげてこそこそ出ていったと、孤児院中にささやきが広がりました。

その晩遅《ばんおそ》く、孤児院の子どもたちが全員ベッドに入るころ、バートとデイジィは上階の踊《おど》り場ですれ違いました。二人は立ち止まり、少しぎごちなく言葉を交わしました。

「さっきは、どうもありがとう」とデイジィが言いました。

「どういたしまして」バートが言いました。「あいつ、しょっちゅうああいうことをするの？」

「かなりしょっちゅう」デイジィはちょっと肩《かた》をすくめました。「でも双子は菓子《かし》パンを食べたわ。ありがたいことに」

バートはデイジィの顔かたちに見覚えのある何かを見て、彼女の声にシューヴィルなまりが残っているのを聞きました。それから、古ぼけて洗《あら》いざらしたオーバーオールを見下ろしました。デイジィが脚《あし》の長さに合わせて縫《ぬ》い足した服です。

「君の名前は？」とバートが聞きました。

デイジィはさっと周りを見て、誰も盗み聞きしていないことを確《たし》かめました。

「デイジィよ。でも、『たたきやジョン』がいるときには、わたしをジェーンと呼ぶのを忘れちゃだめよ」

「デイジィ」バートが息をのみました。「デイジィ――僕《ぼく》だよ！　バート・ベアミッシだよ！」

デイジィの口があんぐり開きました。そして二人は、思わず抱《だ》き合って泣きました。陽《ひ》を浴びた城の中庭での小さな子どもの日々《ひび》に返ったかのように、デイジィのお母さんが死ぬまえで、バートのお父さんが殺《ころ》されるまえ、コルヌコピアが世界一幸福な場所だと思えたころに返ったかのように。

第49章 マ・グルンター孤児院《こじいん》からの脱走《だっそう》

マ・グルンター孤児院の子どもたちは、ふつう、彼女《かのじょ》に放り出されるときまでずっと孤児院にとどまっていました。大人になった子どもたちの面倒《めんどう》をみても、マ・グルンターは金銭《きんせん》をもらえませんでしたが、「たたきやジョン」だけは役に立つのでとどまることを許《ゆる》していました。子どもがまだ金づるであるうちは、マ・グルンターは子どもたちが絶対《ぜったい》逃《に》げられないように、ドアというドアに錠前《じょうまえ》や閂《かんぬき》をかけていました。「たたきやジョン」だけが鍵束《かぎたば》を持っていて、一番最近それを盗《ぬす》もうとした男の子は、傷《きず》が治るのに何か月もかかったくらいです。

デイジィとマーサは、自分たちもまもなく放り出されるときがやってくることを知っていましたが、自分たちのことよりも、自分たちがいなくなったら小さい子どもたちがどうなるだろうと心配でした。バートとロデリックもだいたい同じころに、またはそれより早く出ていかなければならないことを知っていました。バートの人相書のある「おたずね者」のポスターが、まだジェロボアムの壁《かべ》のあちこちに貼《は》られているかどうかを確《たし》かめに行くことはできませんでしたが、はがされているとは考えられません。四人は、マ・グルンターか「たたきやジョン」がこの屋根の下に百ダカットの価値《かち》のある逃亡者《とうぼうしゃ》がいることに気がつきはしないかと、毎日戦々恐々《せんせんきょうきょう》でした。

そんな日々《ひび》、バート、デイジィ、マーサ、ロデリックは、ほかの子どもたちが寝静《ねしず》まってから毎《まい》晩会《ばん》って、それぞれの話をし、コルヌコピアで何が起こっているか、自分たちの知っていることを共有しました。四人は、「たたきやジョン」が絶対に来ない唯一《ゆいいつ》の場所で会合をしました。台所のキャベツ戸棚《とだな》です。

ロデリックはマーシランド人に関する冗談《じょうだん》を言う環境《かんきょう》で育ったので、最初の会合のときにマーサのことばのなまりを笑いましたが、デイジィにこっぴどく叱《しか》られて、それから二度としませんでした。

固くて臭《くさ》いキャベツの山の中で、一本のろうそくがまるで焚火《たきび》であるかのように、その周りに肩《かた》を寄《よ》せ合《あ》って、デイジィは男の子たちに、自分が誘拐《ゆうかい》された話をし、バートは父親が実は何かの事故《じこ》で死んだのではないかという疑《うたが》いを話しました。ロデリックは、「黒い足跡隊《あしあとたい》」がイッカボッグを信じさせるためにあちこちの町にしかけた、偽《にせ》の襲撃《しゅうげき》の手口を説明しました。またロデリックは、郵便馬車《ゆうびんばしゃ》がどのように妨害《ぼうがい》されたか、二人の領主《りょうしゅ》が国のものである金貨を馬車何台分も盗んでいること、何百人という人が殺《ころ》されていること、または、スピットルワースに何らかの利用価値がある人たちならば投獄《とうごく》されたりしていることを話しました。

でも、男の子たちはそれぞれ何かを隠《かく》していました。それが何かをみなさんに教えましょう。

ロデリックは、ベアミッシ少佐が、もう何年も前のことになりますが沼地《ぬまち》で誤《あやま》って撃《う》たれたのではないかと疑《うたが》っていたのですが、友だちのバートに、なぜもっと早く教えなかったかと責《せ》められることを恐《おそ》れて、バートに話していませんでした。

一方バートは、「黒い足跡隊」の使っている巨大《きょだい》な足は、ダブテイルさんが彫《ほ》ったものだと確信《かくしん》がありましたが、そのことをデイジィに言いませんでした。あのね、バートは、ダブテイルさんが足を彫ったあとで殺されてしまったにちがいないと思っていたので、デイジィに父親がまだ生きているというむなしい望みを持たせたくなかったのです。ロデリックは、「黒い足跡隊」の使っている何本もの足が、誰《だれ》の彫ったものか知らなかったので、デイジィは、父親がその襲撃にかかわりがあるとは考えもしませんでした。

「でも、兵隊たちはどうなの?」キャベツ戸棚集会の六日目に、デイジィがロデリックに聞きました。「イッカボッグ防衛隊《ぼうえいたい》や王様の近衛兵《このえへい》は?　みんなそのことを知っているの?」

「少しは知っていると思う」ロデリックが言いました。「だけど、全部を知っているのは一番上の人たちだけで——二人の領主と、僕《ぼく》の——僕の父さんのあとに来た誰かだけ」そしてロデリックはしばらく黙《だま》ってしまいました。

「兵隊たちは、イッカボッグなんていないってことを知ってるはずだ」バートが言いました。

「マーシランドで長いこと過《す》ごしたんだもの」

「でも、イッカボッグはいるわ」マーサが言いました。ロディは笑いませんでした。マーサに会ったばかりだったら笑ったかもしれませんが。デイジィはいつものようにマーサを無視《むし》しましたが、バートは優《やさ》しくこう言いました。「僕も、本当は何が起こっているのかを知るまでは、そう信じていたよ」

四人組は、次の夜も会うことにして、その晩《ばん》は遅《おそ》くに寝室《しんしつ》に行きました。四人とも国を救《すく》うという野心に燃《も》えていましたが、武器《ぶき》がなくてはスピットルワースや大勢《おおぜい》の兵隊と戦うのは無理だという結論《けつろん》に戻《もど》ってしまうのでした。

ところが、女の子たちが七日目の夜にキャベツ戸棚にやってきたときに、バートはその表情《ひょうじょう》から、何かよくないことが起こったと察しました。

「困《こま》ったことになったわ」マーサが戸棚の戸を閉《し》めるとすぐに、デイジィがささやきました。「ベッドに入るまえに、マ・グルンターと『たたきやジョン』が話しているのを聞いたの。孤児院検査官《けんさかん》がこっちに向かっていて、明日の午後に着くらしいわ」

男の子は、とても心配そうに顔を見合わせました。外部の誰かに、二人が逃亡者だと知られてしまうのは最悪です。

「僕たち出ていかなくちゃ」バートがロデリックに言いました。「すぐに、今夜。一緒《いっしょ》にやれば、『たたきやジョン』から鍵束を奪《うば》えるよ」

「やろうぜ」ロデリックがこぶしを握《にぎ》りしめて言いました。

「あのね、マーサもわたしも一緒に行くわ」デイジィが言いました。「わたしたち、計画があるの」

「どんな？」バートが聞きました。

「四人とも北に向かって、マーシランドの兵隊の野営地《やえいち》に行くの」デイジィが言いました。「マーサが道を知ってるから、案内するわ。そこに着いたら、兵隊たちに、ロデリックが話してくれたことを何もかも話すの――イッカボッグが作り話だって――」

「でも本当にいるのよ」とマーサが言いましたが、ほかの三人は無視しました。

「――そして、人が殺されていることや、スピットルワースとフラプーンが国の金貨をごっそり盗んでいるって話すの。わたしたちだけではスピットルワースに歯向かえない。きっと何人かの兵隊はいい人たちで、スピットルワースに従《したが》うのを止《や》めて、わたしたちが国を取り戻すのを助けてくれるわ！」

「いい計画だけど」バートが考えながら言いました。「でも女の子たちは来るべきじゃないと思う。危険《きけん》かもしれない。ロデリックと僕がやる」

「バート、だめ」デイジィの目は熱に浮《う》かされているかのようでした。「四人いれば、あなたたち二人の倍の数の兵隊に話せる。お願いだから反対しないで。何かが変わらない限《かぎ》り、この孤児院の子どもたちのほとんどが、冬の終わるまえに墓地《ぼち》行きになるわ」

バートは二人の女の子が一緒に来ることに賛成《さんせい》するまでに、もう少し反論《はんろん》しました。心の中で、デイジィとマーサが、旅をするには体が弱りすぎていると心配したのです。でもついに賛成しました。

「よし、二人ともベッドから毛布《もうふ》をはがしてきたほうがいい。寒くて長い歩き旅になるから。ロディと僕は『たたきやジョン』を引き受ける」

そして、バートとロデリックは「たたきやジョン」の部屋に忍《しの》んでいきました。荒《あら》っぽい戦いは短い時間で終わりました。マ・グルンターが夕食にワインを二本も飲んだのは幸いで、そうでなければ、バンバンいう音や叫《さけ》び声が彼女を起こしてしまったでしょう。傷だらけで血を流している「たたきやジョン」を残し、ロデリックは彼《かれ》のブーツを盗みました。それから二人は「たたきやジョン」を部屋に閉《と》じ込《こ》め、駆《か》け足で玄関扉《げんかんとびら》の内側で待っている女の子たちと合流しました。錠前を全部外し、鎖《くさり》を全部緩《ゆる》めるのに、まるまる五分かかりました。

扉を開けると、氷のような風が四人に吹《ふ》きつけました。最後にもう一度孤児院を振《ふ》り返り、肩にはすり切れた毛布を掛《か》けて、デイジィ、バート、マーサ、ロデリックはこっそり街路に出て、マーシランドに向かって出発しました。その冬最初の雪がちらつく中を。

第50章　冬の旅

コルヌコピアの歴史上《れきし》、この四人の子どもたちがマーシランドまで行く徒歩での旅ほど、辛《つら》い旅はありませんでした。

王国にとっては、この百年で一番寒く厳《きび》しい冬でした。ジェロボアムの黒い輪郭《りんかく》が四人の後ろで消えるころには、雪が激《はげ》しく降《ふ》り、四人は雪の白さで目がくらみました。薄《うす》い継《つ》ぎだらけの服と破《やぶ》れた毛布《もうふ》では、凍《こお》るような寒さに勝てません。四人の体のあらゆる部分が、鋭《するど》い牙《きば》を持った小さなオオカミたちに噛《か》まれているようでした。

マーサがいなければ、道がわからなかったことでしょう。でも、マーサはジェロボアムより北の土地をよく知っていたので、道しるべが何もかも雪で厚《あつ》く覆《おお》われてしまっていても、昔登った古い木や、昔からその場所にある変な形の岩、かつては近所の人のものだった倒《たお》れかけた羊の小屋などを見分けることができました。それでも、北へと進めば進むほど、誰《だれ》も口に出しては言いませんでしたが、四人の心の中で、旅の途中《とちゅう》で死んでしまうのではないかという思いが強くなっていきました。四人とも、立ち止まってどこか捨《す》てられた納屋《なや》の冷たいわらの上に横になり、もうあきらめろと、体中が自分に訴《うった》えているのを感じました。

三日目の夜、マーサには目的地の近くまで来たことがわかりました。よく知っている沼地《ぬまち》のぬるぬるした泥《どろ》とやや塩気のある水の臭《にお》いがしたからです。四人とも少し希望を取り戻《もど》し、目を凝《こ》らして、兵隊の野営《やえい》の焚火《たきび》や松明《たいまつ》の灯《あか》りを探《さが》しましたし、風の唸《うな》りの中に、人声《ひとごえ》や馬具の触《ふ》れ合うジャラジャラという音が聞こえたようにも思いました。時おり遠くにきらりと光るものが見えたり、物音が聞こえたりしましたが、それはどれも、月の光が凍った水たまりに反射《はんしゃ》する光か、木が激しい風にきしむ音でした。

ついに四人は、岩と沼地と、イグサが擦《す》れ合う広い土地の端《はし》に着きましたが、そこには兵隊などまったくいないことがわかりました。

冬の嵐《あらし》が軍を撤退《てったい》させたのです。イッカボッグなどいないと確信《かくしん》していた司令官は、スピットルワース卿《きょう》を喜《よろこ》ばせるためだけに兵を凍《こご》え死にさせるわけにはいかないと判断《はんだん》したのです。そこで南に下れと命令しました。こんこんと降《ふ》り続く雪が深く積もって、移動《いどう》の跡《あと》をすべて覆い隠《かく》していなければ、四人は、自分たちが向かう方向とは逆《ぎゃく》方向に、兵士《へいし》たちが五日前に付けていった足《あし》跡《あと》を見つけたかもしれません。

「見て」ロデリックが震《ふる》えながら指さして言いました。「みんなたしかにここにいたんだよ……」

雪で動けなくなった馬車の荷台が、置き去りにされていました。兵隊は急いで嵐から逃《のが》れたかったのです。四人組が荷台に近づいてのぞくと、食べ物また食べ物……バートとデイジィ、ロデリックにとっては夢《ゆめ》で思い出すだけの、そしてマーサにとっては今まで見たことのない食べ物ばかりです。とろりとしたクルズブルグのチーズの山、積み上げられたシューヴィルのパン、バロンズタウンのソーセージや鹿肉《しかにく》パイ、マーシランドでは食べ物など手に入らなかったので、野営の司令官と兵隊たちを満足させておくために送られてきたものです。

バートはかじかんだ指でパイをとろうとしましたが、食べ物はもう厚い氷で覆われていて、指が滑《すべ》るばかりでした。

バートは絶望《ぜつぼう》的な顔で、デイジィ、マーサ、ロデリックを見ました。三人とも唇《くちびる》が紫色《むらさきいろ》になっています。誰も何も言いませんでした。イッカボッグの沼地の端で三人とも凍えて死んでしまうだろうとわかっていましたが、みんなもうどうでもよくなっていました。デイジィは寒くてたまらなくなり、永久《えいきゅう》に眠《ねむ》ってしまうのも悪くないと思いました。雪の中にゆっくり倒れ込《こ》んだときに、冷たさが加わるのを感じることもありませんでした。バートは座《すわ》り込んで、デイジィに両腕《りょううで》を回しましたが、バートも眠くて、ぼんやりしていました。マーサはロデリックに寄《よ》りかかり、ロデリックはマーサを自分の毛布の中に入れようとしました。荷台の脇《わき》で体を寄せ合い、四人はまもなく意識《いしき》がなくなりました。月が昇《のぼ》り始め、雪が四人の体を覆っていきました。

そのとき、大きな影《かげ》が四人の上でさざ波のように動きました。沼地の雑草《ざっそう》のような長い緑色の毛に覆われた、二本の巨大《きょだい》な腕《うで》が四人の上におりてきました。まるで赤子を扱《あつか》うようにやすやすと、イッカボッグは四人をすくいあげ、沼地を横切って運んでいきました。

沼地の雑草のような長い緑色の毛に覆われた、
二本の巨大な腕が四人の上におりてきました。

藤田有芽乃／9歳

第51章

洞《ほら》穴《あな》の中

数時間後、デイジィは目を覚ましましたが、しばらくまぶたを閉《と》じたままにしていました。子ども時代以来、こんなにほっこりしたことがあったでしょうか。お母さんが縫《ぬ》ってくれたパッチワークのキルトカバーの下で、冬には毎朝、自分の部屋の暖炉《だんろ》の火のはぜる音で目が覚めたものです。今も火のはぜる音が聞こえましたし、オーブンで鹿肉《しかにく》パイを焼く匂《にお》いがしました。ですから、きっと両親と一緒《いっしょ》に家に戻《もど》っている夢《ゆめ》を見ているのにちがいないのです。

でも、炎《ほのお》の音とパイの匂いがあまりにはっきりしていたので、デイジィは、夢ではなく、天国にいるのかもしれないと思いました。きっと沼地《ぬまち》の端《はし》で凍《こご》え死んでしまったのでは？　体を動かさずに目を開けると、ちらちら燃《も》える火と、とても大きな洞穴のように見える場所の、荒削《あらけず》りの壁《かべ》が見えました。自分も三人の仲間も、紡《つむ》がれていない羊の毛でできた大きな巣に寝《ね》かされていました。

火のそばには巨大《きょだい》な岩があり、緑がかった茶色の長い沼地の雑草《ざっそう》で覆《おお》われていました。デイジィは薄暗《うすくら》がりに目が慣《な》れるまでじっと岩を見つめていました。すると、そのとき初めて、その馬二頭ほど大きい岩が、自分を見つめ返しているのに気がつきました。古い物語では、イッカボッグがドラゴンや蛇《へび》のようだとか、ふわふわ漂《ただよ》う悪霊《あくりょう》のようだとかいわれていましたが、デイジィにはこれこそその本物だとすぐにわかりました。ドキリとして、デイジィはまた目を閉じ、ふかふかした羊の毛を通して手を伸《の》ばし、その手に触《ふ》れた誰《だれ》かの背中《せなか》をつつきました。

「なんだい？」バートがささやきました。

「あれを見た？」目を固く閉じたままで、デイジィがささやきました。

「ああ」バートがひっそりと言いました。「見つめちゃだめだよ」

「見つめてないわ」とデイジィ。

「**そう言ったでしょう**、イッカボッグはいるんだって」マーサの怯《おび》えたささやき声が聞こえました。

「そいつがパイを料理していると思うよ」とロデリックがささやきました。

四人ともじっとして、目を閉じていましたが、鹿肉パイの匂いがあまりにおいしそうなのに圧倒《あっとう》され、四人とも、死んでもいいから飛び起きて、パイをひっつかみ、イッカボッグに殺《ころ》されるまえに一口でも二口でも貪《むさぼ》り食ってやろうと思いました。

そのとき怪物《かいぶつ》が動く気配がしました。長くざらざらした毛がこすれ、重い両足がドシンドシンと大きくぐもった音をたてました。怪物が何か重いものを置いたような、ゴツンという音がして、それから低くとどろくような声がしました。

「食え」

四人とも目を開けました。

みなさんは、イッカボッグが自分たちのことばを話せると知ったら、とんでもないショックを受けるはずだと思うでしょうね。でも、怪物が実在《じつざい》することや、火の起こし方を知っていること、鹿肉パイを料理したことで、みんなもう茫然《ぼうぜん》としていましたから、ことばの点はほとんど考えませんでした。イッカボッグが四人のそばの床《ゆか》に置いたのは、荒削りの木の皿に入ったパイでした。四人は、置き去りにされていた荷台の凍《こお》った食料から、イッカボッグがとってきたのだろうと思いあたりました。

ゆっくりと慎重《しんちょう》に、四人の友だちは起き上がって座《すわ》り、イッカボッグの悲しそうな大きな目を見上げました。その目は、怪物の頭から足までを覆っている、もつれて粗《あら》い緑がかった長い毛の間から、四人をじっと見ていました。だいたいはヒトと同じ姿《すがた》をしていましたが、腹《はら》が巨大にふくれていて、毛むくじゃらの大きな両手には、鋭《するど》い鉤爪《かぎづめ》が一本ずつ生えています。

「僕《ぼく》たちをどうするつもりですか？」バートが勇敢《ゆうかん》にも尋《たず》ねました。

深くとどろく声で、イッカボッグが答えました。

四人の友だちは起き上がって座り、
イッカボッグの悲しそうな大きな目を見上げました。

遠藤愛／12歳

「お前たちを食う。だがまだだ」

イッカボッグは後ろを向いて、木の皮を編《あ》んだバスケットを二つ取り上げ、洞穴の入り口まで歩いていきました。それから、急に思い出したように、イッカボッグは四人のほうを向いて、「吼《ほ》える」と言いました。

本当に吼えたわけではありません。そのことばを言っただけです。四人はイッカボッグをまじまじと見ました。イッカボッグは瞬《まばた》きして、後ろを向き、バスケットを両手に一つずつ持って洞穴から出ていきました。それから、入り口と同じ大きさの大岩がゴロゴロと転がってきて入り口をふさぎ、囚人《しゅうじん》を閉じ込《こ》めました。四人は、イッカボッグが外の雪を踏《ふ》みしめるザックザックという足音と、それが遠ざかっていく音を聞いていました。

第52章　きのこ

マ・グルンターのところで長い間キャベツスープだけだったデイジィとマーサは、今食べているバロンズタウンのパイの味を決して忘《わす》れないでしょう。事実、マーサは最初の一口を食べると泣きだし、食べ物がこんなにおいしいものだとは知らなかったと言いました。食べている間は四人とも、イッカボッグのことは忘れました。パイを食べ終えると、みんな大胆《だいたん》になって立ち上がり、焚《たき》火《び》の灯《あか》りでイッカボッグの洞穴《ほらあな》を調べました。

「見て」デイジィが壁《かべ》に描《か》かれた絵を見つけました。

百人もの毛深いイッカボッグが、手足も体もマッチ棒《ぼう》のような線で描かれた人間に槍《やり》で追われている絵です。

「こっちも見て！」とロデリックが、洞穴の入り口近くに描かれた絵を指さしました。

イッカボッグの焚火の灯りで、四人は、たった一人のイッカボッグが、羽飾《はねかざ》りの兜《かぶと》をつけて剣《けん》を持った一人のマッチ棒人間《ぼうにんげん》と、向かい合って立っている絵を調べました。

「この人、王様みたいに見える」デイジィが絵の人間を指さしてささやきました。「王様はあの晩《ばん》、**本当に**イッカボッグを見たのだと思う?」

ほかの三人はもちろん答えられませんが、私《わたし》は知っています。今こそ本当のことを全部お話ししましょう。もっと早くそうしなかったことを、怒《おこ》らないでくださいね。

フレッドは、あのベアミッシ少佐が撃《う》たれた運命の夜に、沼地《ぬまち》の深い霧《きり》の中で、**本当に**イッカボッグをちらりと見たのです。もう一つお話しすると、翌日《よくじつ》の朝、イッカボッグに飼《か》い犬を食われてしまったと思っていた年老いた羊飼《ひつじか》いは、何かが戸口で鼻を鳴らし、ひっかいている音を聞き、忠実《ちゅうじつ》なパッチが帰ってきたことを知ったのです。もちろん、スピットルワースが、犬の絡《から》まっていたトゲトゲの茂《しげ》みを切って、犬を自由にしたからです。

パッチはイッカボッグに食われたのではなかったと王様に知らせなかったことで、みなさんが、年寄《としよ》りの羊飼いを厳《きび》しく責《せ》めるまえに、思い出してください。羊飼いはシューヴィルへの長旅で疲《つか》れていました。王様はどうせ気にしなかったことでしょう。霧の中で怪物《かいぶつ》を見てしまった以上、フレッドは誰《だれ》が何と言おうとも、イッカボッグが実在《じつざい》しないとは認《みと》めなかったでしょうから。

「どうして」マーサが言いました。「イッカボッグは王様を食ってしまわなかったのかしら?」

「もしかしたら、話のとおり、王様は本当に戦って追い払《はら》ったのかなあ?」ロデリックが疑《うたが》うような口調で言いました。

「あのね、変だわ」デイジィが振《ふ》り返ってイッカボッグの洞穴を見ながら言いました。「イッカボッグが人を食うっていうけど、骨《ほね》が一本もないのよ」

「骨も食うにちがいない」バートの声は震《ふる》えていました。

そこでデイジィは、自分たちが、ベアミッシ少佐は沼地の事故《じこ》で死んだと考えたことを思い出し、もちろんそれは間違《まちが》いだったと思いました。結局、明らかにイッカボッグが殺《ころ》したのです。デイジィはバートの手を取りました。父親を殺したやつの棲《す》み処《か》にいるのがどんなに恐《おそ》ろしいかわかるわ、と知らせるためです。そのとき、また外で重い足音がして、怪物が戻《もど》ってきたのがわかりました。四人は急いで柔《やわ》らかな羊の毛の山に戻って座《すわ》り、一度もそこから動かなかったふりをしました。

イッカボッグがゴロゴロと大きな音をたてて岩戸を開け、冬の寒気が入ってきました。外はまだ激《はげ》しく雪が降《ふ》っていて、イッカボッグの毛には雪がたくさんついていました。バスケットの一つには、きのこがたくさんと薪《まき》が何本か入っていました。もう一つには、シューヴィルの凍《こお》ったパンがいくつか入っています。

四人の十代の子どもたちが見ている前で、イッカボッグはまた焚火を大きく燃《も》やし、その脇《わき》に平らな石を置いて、凍ったパンをいくつか載《の》せました。パンはそこでゆっくり解凍《かいとう》されていきました。それから、デイジィ、バート、マーサ、ロデリックが見守る前で、イッカボッグはきのこを食べ始めました。とても変わった食べ方でした。それぞれの手から突《つ》き出している一本の鉤爪《かぎづめ》に一度に数個《すうこ》のきのこを刺《さ》して、それからきのこを一つずつ繊細《せんさい》に口の中で外し、とてもおいしそうに噛《か》むのです。

しばらくすると、イッカボッグは四人の人間が見ているのに気がつきました。

「吼《ほ》える」とイッカボッグがまた言いました。それからまた四人を無視《むし》し、きのこを全部食べました。それが終わると、暖《あたた》めた岩からシューヴィルのパンをそっと持ち上げ、大きな毛深い手で人間にそれを差し出しました。

「わたしたちを太らせるつもりだわ！」マーサが怯《おび》えたようにささやきました。それでもマーサはやはり「たわいない楽しみ」をつかんで、次の瞬間《しゅんかん》、恍惚《こうこつ》となって目を閉《と》じました。

イッカボッグも人間も食事が終わると、イッカボッグは二つのバスケットをきちんと隅《すみ》に片《かた》づけ、火を掻《か》き起こして洞穴の入り口に移動《いどう》しました。雪は降り続き、太陽が沈《しず》み始めていました。バグパイプの演奏《えんそう》を始めるまえに楽器の袋《ふくろ》をふくらませる音を聞いたことがある人にはわかるはずの不思議な音をたてて、イッカボッグは息を吸《す》い込《こ》み、人間には誰にもわからないことばで歌い始めました。歌は暗くなってきた沼地に響《ひび》き渡《わた》りました。四人の十代の若者《わかもの》はそれを聞きながらすぐに眠《ねむ》くなり、一人また一人と羊の毛の巣に身を沈めて眠り込みました。

デイジィ、バート、マーサ、ロデリックが見守る前で、
イッカボッグはきのこを食べ始めました。

越川あかり／7歳

第53章 怪物《かいぶつ》の謎《なぞ》

しばらくの間、デイジィ、バート、マーサ、ロデリックは、イッカボッグが荷台から持ってくる凍《こお》った食品を食べることと、イッカボッグが自分で採《と》ってきたきのこを食べるのを見ること以外に何もしませんでしたが、数日後にやっと、何かしようという勇気を奮《ふる》い起こしました。イッカボッグが出かけたときは（いつも巨大《きょだい》な岩を転がして洞穴《ほらあな》の入り口をふさぎ、四人が逃《に》げられないようにしていったのですが）、四人はイッカボッグの不思議なやり方について、大岩の向こうにそれが隠《かく》れているかもしれないので、声をひそめて話し合いました。

話題の一つはイッカボッグが男か女かということでした。デイジィ、バート、ロデリックは男にちがいないと思いました。低く響《ひび》く声だからです。でも、家族が飢《う》え死にするまでは羊を世話していたマーサは、メスの羊のお腹《なか》がふくらむのを見ていたので、イッカボッグは女だと思いました。

「お腹がふくらんでいるわ」とマーサが説明しました。「赤ちゃんが生まれると思うわよ」

もう一つ四人が話し合ったのは、もちろん、イッカボッグが正確《せいかく》にいつ四人を食べるつもりか、そのときがきたら、四人は戦って止《や》めさせられるだろうか、ということでした。

「まだ少し時間があると思うよ」バートがデイジィとマーサを見て言いました。二人とも孤児院《こじいん》で過《す》ごしていたために、まだとてもやせていました。「二人ともたいしたごちそうにはならないから」

「もし僕《ぼく》があいつの後ろから首を締《し》めて」とロデリックがその動作をしながら言いました。「そしてバートがあいつの腹《はら》を強くたたいたら――」

「わたしたちじゃイッカボッグをやっつけられないわ」とデイジィが言いました。「あんなに大きな岩を動かせるんだもの。わたしたちの力じゃ到底《とうてい》かなわない」

「武器《ぶき》があったらなあ」バートが立ち上がって、洞穴の中の小石を蹴《け》り飛ばしながら言いました。

「変だと思わない？」とデイジィが言いました。「わたしたち、イッカボッグがきのこを食べるところしか見たことがないわ。本当の自分よりもっと恐《こわ》く見せようとしていると思わない？」

「羊を食べるわ」とマーサ。「そうじゃなければ、これだけの羊の毛はどこから来たの？」

「たぶん、とげとげした茂《しげ》みに引っかかっている毛の切れ端《はし》を集めたんじゃないかしら」デイジィが白く柔《やわ》らかな毛玉をつまみながら言いました。「生き物を食べるのが習慣《しゅうかん》なら、どうしてここには一本も骨《ほね》がないのか、わたしにはまだわからない」

「それに、毎晩《まいばん》歌う歌はどうなんだ？」バートが言いました。「背筋《せすじ》が寒くなるよ。僕に言わせれば、あれは戦いの歌だね」

「わたしもゾッとするわ」とマーサが賛成《さんせい》しました。

「わたし、どういう意味なのか、知りたいわ」とデイジィ。

それから数分後、洞穴の巨大な岩がまた動き、イッカボッグがバスケットを二つ持って帰ってきました。一つはいつものようにきのこがいっぱいで、もう一つにはクルズブルグの凍ったチーズが詰《つ》まっていました。

いつものように、みんな黙《だま》って食べ、イッカボッグはバスケットを片《かた》づけて火を掻《か》き起こし、日が沈《しず》んでいくときに、洞穴の入り口に移動《いどう》して、人間の理解《りかい》できないことばで不思議な歌を歌う準備《じゅんび》をしました。

デイジィが立ち上がりました。

「何するつもり？」バートがデイジィの足首をつかみました。「座《すわ》れよ！」

「ううん」デイジィが足を振《ふ》りほどきました。「わたし、あれと話をするの」

そして、デイジィは大胆《だいたん》にも洞穴の入り口に歩いていき、イッカボッグのそばに座りました。

第54章 イッカボッグの歌

イッカボッグは、いつものようにバグパイプをふくらませるときのような音を出して、息を吸《す》い込《こ》みました。そのときデイジィが言いました。

「何のことばで歌うの、イッカボッグ？」

イッカボッグは下を見て、デイジィがあまりにも近くにいるので驚《おどろ》きました。はじめデイジィは、イッカボッグが答えないだろうと思いましたが、しばらくして、深い声でゆっくりとイッカボッグが言いました。

「イッカ語」

「それで、何の歌なの」

「イッカボッグの物語——お前たちの物語でもある」

「人間のっていう意味？」デイジィが聞きました。

「人間。そうだ」イッカボッグが言いました。「二つの物語は一つの物語だ。なぜなら人間はイッカボッグから『生まれ継《つ》いだ』のだから」

イッカボッグはまた息を吸い込んで歌おうとしましたが、デイジィがまた聞きました。「『生まれ継ぐ』ってどういう意味？　『生まれる』と同じ意味なの？」

「違《ちが》う」デイジィを見下ろして、イッカボッグが言いました。「『生まれ継ぐ』というのは、『生まれる』のとはまるで違う。新しいイッカボッグは『生まれ継ぎ』で出てくる」

デイジィは、イッカボッグがとても巨大《きょだい》なのを見て、失礼にならないようにしなければと、慎《しん》重《ちょう》に聞きました。

「それはすこーし『生まれる』のに似《に》ているみたい」

「いいや、違う」イッカボッグは深い声で言いました。「『生まれる』のと『生まれ継ぐ』のとはまったく違っている。赤ん坊《ぼう》が『生まれ継ぐ』とき、その赤ん坊を『生み継いだ』ものは死ぬ」

「必ず？」デイジィは、イッカボッグが話しながら、無意識《むいしき》にお腹《なか》をさするのに気がつきました。

「必ず」イッカボッグが言いました。「それがイッカボッグのやり方だ。自分の子どもたちと一緒《いっしょ》に暮《く》らすのは、人間のおかしなところの一つだ」

「でも、それってとっても悲しいわ」デイジィが考えながら言いました。「自分の子どもが生まれたときに死ぬなんて」

「少しも悲しくない」とイッカボッグが言いました。「『生まれ継ぐ』のは輝《かがや》かしいことだ！　我々《われわれ》の生はすべて、『生まれ継ぐ』ときにつながっている。『生み継ぐ』瞬間《しゅんかん》に我々のしていることや感じていることが、子どもたちに性格《せいかく》を与《あた》える。良い『生まれ継ぎ』をすることは、とても大切だ」

「よくわからないわ」

「もしわたしが悲しく、望みを失って死ぬなら」イッカボッグが説明しました。「わたしの赤ん坊は生きられない。仲間のイッカボッグが一人また一人と、絶望《ぜつぼう》して死ぬのを、わたしは見てきた。赤ん坊はほんの数秒しか生きなかった。イッカボッグは望みがなければ生きられない。わたしはイッカボッグの最後の一人だ。わたしの『生み継ぎ』は『生まれ継ぎ』の歴史《れきし》の中で一番大切なのだ。なぜなら、わたしの『生まれ継ぎ』がうまくいけば、わたしの種族は生き残るだろう。もしそうでなければ、イッカボッグは永遠《えいえん》にいなくなる……

いいか、我々のすべての問題は、悪い『生まれ継ぎ』から始まったのだ」

「それがあなたの歌っていることなの？」デイジィが聞きました「悪い『生まれ継ぎ』のこと？」

イッカボッグは、暗くなってきた雪の沼地《ぬまち》をじっと見つめたままうなずきました。そしてもう一度深くバグパイプのように息を吸い込み、歌いだしました。今度は人間のわかることばで歌いました。

時の夜明けに　イッカボッグだけがいた
石のようなヒトは　いなかった
冷たく堅《かた》い心のヒトは　いなかった
世界は完全で
明るい天の光のようだった
誰《だれ》もわれらを狩《か》らず
誰もわれらを傷《きず》つけず
そんな古き良き日々《ひび》は　なくなった

おお、イッカボッグたちよ　『生まれ継ぎ』して戻《もど》れ
わがイッカボッグ族よ　『生まれ継ぎ』して戻れ
おお、イッカボッグたちよ　『生まれ継ぎ』して戻れ
『生まれ継ぎ』して戻れ　わが子よ

それから嵐《あらし》の夜に　悲劇《ひげき》が起きた！
「恐怖《きょうふ》」が『生まれ継ぎ』して「苦痛《くつう》」が出てきた

そして「苦痛」は　がっしりとして背《せ》が高く
ほかの仲間とは　異《こと》なった
その声は荒《あら》く　ふるまいは卑《いや》しく
そんな仲間は　それまでいなかった
だからみんなは　追い出した
怒声《どせい》を上げて　たたき出した

おお、イッカボッグたちよ　賢《かしこ》く『生まれ継ぎ』せよ
わがイッカボッグ族よ　賢く『生まれ継ぎ』せよ
おお、イッカボッグたちよ　賢く『生まれ継ぎ』せよ
賢く『生まれ継ぎ』せよ　わが子よ

一千マイルも　故郷《こきょう》を離《はな》れ
「苦痛」の『生まれ継ぎ』の時がきた
ただ一人暗闇《くらやみ》で「苦痛」は息絶《た》えた
そして「憎《にく》しみ」が出てきた

この最後の　イッカボッグは毛のない獣《けもの》
獣は誓《ちか》った　過去《かこ》への仕返しを
獣は血に飢《う》え　奮《ふる》い立った
邪悪《じゃあく》な目を　遠くに向けて

おお、イッカボッグたちよ　優《やさ》しく『生まれ継ぎ』せよ
わがイッカボッグ族よ　優しく『生まれ継ぎ』せよ
おお、イッカボッグたちよ　優しく『生まれ継ぎ』せよ
優しく『生まれ継ぎ』せよ　わが子よ

「憎しみ」がヒト族を作り出した
ヒトはわれらから始まった
「苦痛」と「憎しみ」から　ヒトはどんどん増《ふ》えた
われらを滅《ほろ》ぼすために　軍隊を育て
何百と　イッカボッグたちは殺《ころ》された
われらが血は　雨のように地に降《ふ》った

時の夜明けに　イッカボッグだけがいた　石のようなヒトは　いなかった・・

鶴明咲／8歳

われらが祖先《そせん》は　木のように倒《たお》された
それでもなお　ヒトはわれらと戦った

おお、イッカボッグたちよ　勇ましく『生まれ継ぎ』せよ
わがイッカボッグ族よ　勇ましく『生まれ継ぎ』せよ
おお、イッカボッグたちよ　勇ましく『生まれ継ぎ』せよ
勇ましく『生まれ継ぎ』せよ　わが子よ

ヒトはわれらを　陽光の地から追い
草地から追って　泥《どろ》と石の地へ
絶え間ない霧《きり》と雨の地へと　追いたてた
われらはここにとどまって　だんだん数が減《へ》ってきた
わが種族は　ひとりだけ
槍《やり》と銃《じゅう》から　生き残り
その子どもたちは　やりなおす
憎しみと怒《いか》りに　火をともして

おお、イッカボッグたちよ　さあ殺せ　ヒトを
わがイッカボッグ族よ　さあ殺せ　ヒトを
おお、イッカボッグたちよ　さあ殺せ　ヒトを
さあ殺せ　ヒトを　わが子よ

デイジィとイッカボッグは、歌が終わってからしばらく黙《だま》って座《すわ》っていました。もう星が出ています。デイジィは月をじっと見ながらこう言いました。

「これまで何人、ヒトを食べたの、イッカボッグ？」

イッカボッグはため息をつきました。

「一人《ひとり》も。これまでは。イッカボッグたちはきのこが好物」

「あなたの『生まれ継ぎ』の時が来たら、わたしたちを食べるつもりなの？」とデイジィが聞きました。「あなたの赤ん坊たちが生まれるときに、イッカボッグ族はヒトを食べるって信じるように？あなたは子どもたちがヒトを殺すようにしたいのね。そうでしょう？　あなたたちの土地を取り戻《もど》すために？」

イッカボッグはデイジィを見下ろしました。答えたくないように見えました。でも、とうとう、

もじゃもじゃの大きな頭でうなずきました。デイジィとイッカボッグの背後《はいご》で、バート、マーサ、ロデリックが消えかかった焚火《たきび》の光を受けて、怯《おび》えた目を見かわしました。

「一番愛する人たちを失うのがどんな気持ちか、わかるわ」デイジィが静かに言いました。「わたしのお母さんは死んでしまったし、お父さんは行方《ゆくえ》がわからない。お父さんがいなくなってから長い間、わたしはお父さんが生きているって、自分に信じ込ませていたの。だって、そうしなければならなかった。そうでなかったら、わたしも死んでしまっただろうと思うわ」

デイジィは立ち上がって、イッカボッグの悲しげな目を見つめました。

「ヒトもイッカボッグたちと同じくらい、希望が必要だと思うわ。でも」デイジィは自分の手を心《しん》臓《ぞう》の上に置いて言いました。「わたしのお母さんもお父さんも、まだここにいるの。いつでもここにいるわ。だから、イッカボッグ、あなたがわたしを食べるとき、心臓は最後にしてね。両親にはできるだけ長く生きていてほしいから」

デイジィは洞穴《ほらあな》の奥《おく》に戻り、四人はまた、火のそばの羊の毛の山に横になりました。

しばらくして、うとうとしながら、デイジィはイッカボッグがすすり上げるのを聞いたように思いました。

第55章 スピットルワース、王様を怒《おこ》らせる

郵便《ゆうびん》馬車暴走《ぼうそう》の大惨事《だいさんじ》のあと、スピットルワースは二度とそのようなことが起こらないように手を打ちました。王様の知らないうちに、新しいおふれ書が出され、反逆罪《はんぎゃくざい》のしるしをチェックするために、首席顧問《こもん》が手紙を開封《かいふう》することを許《ゆる》す内容《ないよう》です。おふれ書には、ご親切にも、コルヌコピアでその時点で反逆罪とされる事柄《ことがら》が全部書き連ねてありました。イッカボッグが実在《じつざい》しないと言ったり、フレッドが良い王様でないと言ったりするのは、それまで通り反逆罪です。スピットルワース卿《きょう》とフラプーン卿を批判《ひはん》するのも反逆罪、イッカボッグ税《ぜい》が高すぎると言うのも反逆罪。それに新しく加わったのが、コルヌコピアが以前ほど幸せではないとか、以前のように食べ物が豊《ゆた》かではないと言うのも反逆罪です。

今では、誰《だれ》もが手紙で本当のことを言うのを恐《おそ》れるようになり、首都への手紙も、旅人でさえもほとんど来なくなりました。それこそスピットルワースのねらいでした。そこでスピットルワース

は、計画の第二段階《だんかい》を始めました。ファンレターをたくさんフレッドに送ることです。全部同じ筆跡《ひっせき》にはできませんから、スピットルワースは数人の兵士《へいし》を部屋に閉《と》じ込《こ》め、紙を積み上げ、羽根ペンをたくさん部屋に入れて、手紙に書くべきことを兵士たちに伝えました。

「もちろん王様を誉《ほ》めるのだ」スピットルワースは、首席顧問のローブを着て兵士たちの前を威《い》張《ば》って往《い》ったり来たりしながら言いました。「我《わ》が国始まって以来の最高の王様だと書くのだ。わたしのことも誉めるのだ。スピットルワース卿がいなければ、コルヌコピアはどうなるかわからない、と書け。それから、イッカボッグ防衛隊《ぼうえいたい》がいなかったら、イッカボッグはきっともっとたくさんの人を殺《ころ》したでしょうとか、コルヌコピアは前よりずっと豊かです、と言え」

こうしてフレッド王は、いかに自分がすばらしいか、とか、国がこれほど幸せだったことはない、とか、イッカボッグに対する戦いが実にうまくいっているなどという手紙を受け取り始めました。

「うーむ、何もかもがすばらしくうまくいっているようだな！」二人の領主《りょうしゅ》との昼食の席で、そういう手紙を一通ひらひらさせながら、フレッド王はにっこりしました。偽《にせ》手紙が届《とど》き始めてから、王様は前よりずっと楽しそうでした。厳《きび》しい冬が地面を凍《こお》らせ、狩《かり》に行くのは危険《きけん》になっていましたが、フレッドは、トパーズのボタンの付いた濃《こ》いオレンジ色の豪華《ごうか》な新しいシルクの服を着て、今日は特にハンサムになった気分だったのです。ですから一層《いっそう》ご機嫌《きげん》でした。窓《まど》の外にしんしんと降《ふ》る雪を眺《なが》めながら、部屋にはあかあかと燃《も》える火があり、いつものように高価《こうか》な食べ物が山と積まれた食卓《しょくたく》に着いているのは、とても楽しいことでした。

「スピットルワース、余《よ》はこれほど多くのイッカボッグたちが殺されたことを知らなかった！　事実――そういえば――あの一頭以外にもイッカボッグがいたことさえ知らなかった！」

「あー、はい、陛下《へいか》」スピットルワースは、ことさらおいしいクリームチーズを口に詰《つ》め込んでいるフラプーンに、ちらりと怒《いか》りの目線を送りました。スピットルワースはやることがたくさんあったので、王様に送るまえに偽手紙を全部チェックする仕事を、フラプーンに任《まか》せていたのです。

「陛下を驚《おどろ》かせたくはなかったものですから。でも少し前に気づいたのですが、怪物《かいぶつ》は、あー」

スピットルワースは微妙《びみょう》な咳《せき》をしました。

「――繁殖《はんしょく》しました」

「なるほど」フレッドが言いました。「うむ、そちたちがこんなに急速に連中を根絶《ねだ》やしにしているのは、大変良い知らせだ。どうかね、一頭をはく製《せい》にして、国民のために展示《てんじ》しては！」

「あー……はい、陛下。すばらしいお考えです」スピットルワースは歯噛《はが》みしながらそう言いました。

「ただ、一つ解《げ》せんのは」フレッドが手紙を見て顔をしかめながら言いました。「フローディシャム教授《きょうじゅ》が、イッカボッグが一頭死ぬと、そのかわりに二頭が育つと言わなかったかね？　こんなに殺したからには、実は数を二倍に増《ふ》やしているのではないか？」

「ああ……いいえ、陛下、そうはなりません」スピットルワースはずるがしこい頭を、激《はげ》しく回転させながら答えました。「実はそういうことが起こらないようにする方法を見つけました。それは――えー――それは」

「まず頭を強打すること」フラプーンが案を出しました。

「まず頭を強打すること」スピットルワースがうなずきながら繰《く》り返しました。「そうなのです。やつらに十分近づいて、ノックアウトしてから殺せば、陛下、倍々《ばいばい》になる過程《かてい》は、どうやら……どうやら停止《ていし》するようです」

「だが、スピットルワースよ、そんなすばらしい発見を、なぜ余に教えてくれなかったのだ？」フレッドが叫《さけ》びました。「これで何もかもが違《ちが》ってくる――まもなくコルヌコピアからイッカボッグたちを一掃《いっそう》できるかもしれぬ！」

「はい、陛下、たしかに良い知らせであります」スピットルワースは、フラプーンの顔を張《は》り飛ばして、笑顔を吹《ふ》っ飛ばしてやりたいと思いながら言いました。「しかしながら、まだ相当数のイッカボッグが残っていますので……」

「同じことだ。ついに終わりが見えてきたのだ！」フレッドは上機嫌で、手紙を脇《わき》に置き、またフォークとナイフを取り上げました。「ローチ少佐が、怪物との闘《たたか》いの形勢《けいせい》が逆転《ぎゃくてん》し始める直前に、イッカボッグに殺されたのは、悲しいことだ！」

「陛下、まことに悲しいことです」スピットルワースがあいづちをうちました。もちろん、王様には、ローチ少佐が突然《とつぜん》消えたことの説明に、マーシランドでイッカボッグが南に来るのを防《ふせ》ごうとして落命したと言ってあったのです。

「うむ、これで余が不思議に思っていたことの説明がつく」フレッドが言いました。「召使《めしつかい》たちが絶《た》え間なしに国歌を歌っているのを聞いたか？　気持ちが高揚《こうよう》するのはたしかだが、少し**聞き飽《あ》きる**。だが、理由がわかった――イッカボッグに対する我々《われわれ》の勝利を祝っているのだ。そうであろう？」

「そうにちがいありません、陛下」スピットルワースが言いました。

実は歌声は召使たちではなく、牢獄《ろうごく》の囚人《しゅうじん》たちのものだったのですが、フレッドは自分の足元の地下牢《ちかろう》に、五十人ほどの人々《ひとびと》が囚《とら》われていることを知りませんでした。

「お祝いの舞踏会《ぶとうかい》を催《もよお》すべきだ」フレッドが言いました。「長いこと舞踏会を催していない。レディ・エスランダと踊《おど》ったのはもう大昔のことのようだ」

「尼《あま》は踊りません」スピットルワースが不機嫌に言いました。そして急に立ち上がり、「フラプーン、ちょっと」と言いました。二人の領主がドアまで半分ほど行ったときに、王様が呼《よ》び止めました。

「待て」

二人が振《ふ》り返ると、フレッド王は突然ご機嫌斜《なな》めに見えました。

「そちたちは、王の食卓を離《はな》れるのに、許可《きょか》を求めなかった」

二人の領主は顔を見合わせ、スピットルワースがお辞儀《じぎ》をして、フラプーンがそれにならいました。

「陛下のお許しを乞《こ》い願い奉《たてまつ》ります」スピットルワースが言いました。「我々はただ、陛下のすばらしいお考えであるイッカボッグのはく製を作るとなれば、陛下、急ぎ行動せねばならないのです。さもないと、アー、腐《くさ》ってしまいます」

「それでも同じこと」フレッドは首に掛《か》けた金の勲章《くんしょう》をいじりながら言いました。勲章には、王様がドラゴンのような怪物と戦っている絵が浮《う》き彫《ぼ》りになっていました。「余は王だ、スピットルワース。**そちの**王だ」

「もちろんでございます、陛下」スピットルワースは再《ふたた》び深々《ふかぶか》とお辞儀しました。「わたくしはあなた様にお仕えするためにのみ生きております」

「フムム」フレッドが言いました。「まあ、それをしかと覚えているように。イッカボッグのはく製を急げ。みなのものに見せてやりたい。そのあとで祝いの舞踏会の相談をしよう」

フレッド王は突然ご機嫌斜めに見えました。
「そちたちは、王の食卓を離れるのに、許可を求めなかった」

小林歩夢／12歳

第56章　牢《ろう》獄《ごく》のはかりごと

　王様に聞こえないところまで来るとすぐ、スピットルワースはフラプーンを振《ふ》り返って言いました。

「王様に渡《わた》すまえに、君が手紙を全部チェックするはずだった！　いったいどこで、はく製《せい》にする死んだイッカボッグを見つけろと言うのだ？」

「縫《ぬ》えばいい」フラプーンが肩《かた》をすくめながら言いました。

「縫えばいい？　**縫えばいい**だと？」

「ああ、君にはほかに何かできるのか？」フラプーンは、王様の食卓《しょくたく》からくすねてきた「公爵《こうしゃく》の好み」にかぶりつきながら言いました。

「**わたしに**何かできるかだって？」スピットルワースが激怒《げきど》しました。「君は何もかも**わたしの**問題だと思っているのか？」

「イッカボッグを考え出したのは君だ」フラプーンはパンを噛《か》みながら、もぐもぐと言いました。スピットルワースが自分に対して怒鳴《どな》ったり、あれこれ命令したりするのに、いいかげんうんざりしていたのです。

「そして、ベアミッシを殺《ころ》したのは君だ！」スピットルワースが唸《うな》りました。「わたしが怪物《かいぶつ》のせいにしなかったら、今ごろ君はどうなっていたと思うのだ？」

フラプーンの答えを待たずに、スピットルワースは向きを変え、地下牢《ちかろう》に下りていきました。少なくとも、囚人《しゅうじん》たちが大声で国歌を歌うのを止《や》めさせることはできる。そうすれば王様は、イッカボッグとの戦いがまた苦戦になったと思うだろう。

「静かにしろ——**静かにしろ！**」牢獄に入るなり、スピットルワースが怒鳴りました。牢獄中に騒音《そうおん》が響《ひび》いていたからです。歌や笑い声が響き、召使《めしつかい》のカンカービィが調理道具を集めたり、あちこちの囚人に運んだりして走りまわる音、そして、ベアミッシ夫人のパン焼き窯《がま》から出てきた焼きたての「乙女《おとめ》の夢《ゆめ》」の匂《にお》いが、暖《あたた》かい空気を満たしていました。囚人たちは、スピットルワースが最後に牢獄に来たときより、ずっと肉付きがよいように見えました。スピットルワースは気に入りません。まったく気に入りませんでした。特にグッドフェロー大尉《たいい》が、かつてと同じくらい健康で強そうに見えるのが気に入りません。自分の敵《てき》は、弱くて絶望《ぜつぼう》していてほしいのです。ダブテイルさんでさえ、白く長いあご鬚《ひげ》を短く整えたようでした。

「ちゃんと管理しているのだろうな？」スピットルワースは息を切らしているカンカービィに尋《たず》ねました。「鍋《なべ》やら包丁やら、お前が手渡《てわた》している何もかも？」

「も、もちろんです、閣下《かっか》」召使は、あえぎながら答えました。ベアミッシ夫人の注文が多すぎて混乱《こんらん》していることも、どの囚人が何を持っているかがさっぱりわからないことも、認《みと》めたくありませんでした。スプーン、泡《あわ》だて器、しゃくし、ソースパン、パン焼き用トレイなどが牢格子《ろうごうし》を通して渡されていましたが、ベアミッシ夫人のパン作りの要求に追いつくのが大変で、カンカービィは一度か二度、ダブテイルさんのノミを、うっかりほかの囚人に渡してしまったことがありました。カンカービィは毎晩《まいばん》全部を回収《かいしゅう》したと**思っていた**のですが、いったいどうやったらそうだと確信《かくしん》がもてたでしょう？　それに、牢の看守《かんしゅ》がワイン好きなので、ろうそくが消されたあとで、もし囚人たちが何かはかりごとを企《くわだ》てようとしたら、お互《たが》いにひそひそ話しているのが看守には聞こえないのではないかと、カンカービィはときどき心配していました。しかしカンカービィは、スピットルワースが問題を持ち込《こ》まれるのをよしとするムードではないと感づきましたので、何も言いませんでした。

「歌は禁止《きんし》にする！」とスピットルワースが大声で言いました。その声は牢獄中に反響《はんきょう》しました。

「王様は頭が痛《いた》い！」

実は、ずきずきし始めたのはスピットルワースの頭でした。牢獄に背《せ》を向けたとたんに、スピットルワースは囚人たちのことを忘《わす》れ、いったいどうしたらそれらしいイッカボッグのはく製が作れるかをまた考え始めました。もしかしたらフラプーンの考えも悪くないのでは？ 雄牛《おうし》の骨格《こっかく》でも使い、裁縫婦《さいほうふ》をさらってきて、骨組《ほねぐ》みの上にドラゴンのようなカバーを縫い付けさせ、中におがくずでも詰《つ》めたらどうだろう？

嘘《うそ》の上塗《うわぬ》り。いったん嘘をつき始めたら、つき続けなければなりません。まるで沈《しず》みつつある船の船長のように、沈まないように、常《つね》にあちこちの穴《あな》に栓《せん》をしなければなりません。骨組みとおがくずの考えに没頭《ぼっとう》していて、スピットルワースは、彼《かれ》にとってはきっと最悪の問題になるであろうことに、たった今背を向けてきたということに、まったく気がつきませんでした――監獄《かんごく》は、はかりごとを巡《めぐ》らしている囚人たちでいっぱいで、それぞれが、毛布《もうふ》の下や壁《かべ》のレンガの緩《ゆる》んだところに包丁やノミを隠《かく》していたのです。

第57章　デイジィの計画

雪が厚《あつ》く積もったマーシランドでは、イッカボッグがバスケットを持って出かけるときに、洞穴《ほらあな》の入り口を大きな岩でふさがなくなっていました。そのかわり、デイジィ、バート、マーサ、ロデリックは、イッカボッグの好物の、沼地《ぬまち》の小さなきのこを集めるのを手伝っていました。そうした外出のときに、四人は棄《す》てられた荷台から凍《こお》った食べ物をはがし取り、自分たちのために洞穴に持って帰りました。

四人の人間は日増《ひま》しに強く、健康になっていきました。イッカボッグもどんどん太っていきましたが、これは『生まれ継《つ》ぎ』の日が近づいてきたからです。その日に四人の人間を食べるつもりだとイッカボッグが言ったので、バート、マーサ、ロデリックは、イッカボッグのお腹《なか》が大きくなっていくのはうれしくありませんでした。特にバートは、イッカボッグが四人を殺《ころ》そうとしていると確信《かくしん》していました。今では、お父さんが事故《じこ》にあったと考えたのは間違《まちが》いだった、イッカボッグは実在《じつざい》する、だから当然、ベアミッシ少佐を殺したのはイッカボッグだった、と考えていました。

きのこ狩《が》りの外出のとき、イッカボッグとデイジィは、よくみんなから少し離《はな》れて先に行き、二人だけの会話をしました。

「二人で何を話していると思う?」イッカボッグの大好物の小さな白いきのこを沼地で探《さが》しながら、マーサが二人の男の子にささやきました。

「友だちになろうとしているんだと思う」とバート。

「え?　あいつが、デイジィでなく僕《ぼく》たちを食うようにか?」とロデリック。

「そんなこと言うなんてひどいわ」マーサがきつく言いました。「デイジィは孤児院《こじいん》で、ほかのみんなの面倒《めんどう》をみたわ。ときにはほかの子のかわりに罰《ばつ》まで受けたわ」

ロデリックはぎょっとしました。お父さんから教わったのは、他人を見たら悪人と思え、人生を生き抜《ぬ》く唯一《ゆいいつ》の方法は、グループの中で一番大きく、一番強く、一番意地悪になることだ、という考えでした。小さいときに教えられた習慣《しゅうかん》はなかなか抜けないものです。でも父親が死んで、母親も兄弟も間違いなく投獄《とうごく》されていますから、ロデリックは二人の新しい友人に嫌《きら》われたくありませんでした。

「ごめんよ」ロデリックがぼそぼそと謝《あやま》ると、マーサが笑顔を向けました。

ところで、バートがまさに正しかったのです。デイジィは本当にイッカボッグと友だちになろうとしていました。でも、デイジィの計画は、自分だけのためではなく、三人の友だちを救《すく》うためだけのものでもありませんでした。コルヌコピアの国全体を救うための計画でした。

　今朝、ほかの三人より先に、怪物《かいぶつ》と沼地を歩きながら、デイジィは溶《と》けかかった氷を割《わ》ってマツユキソウが顔をのぞかせているのを見つけました。春が近づいていたのです。まもなく兵隊たちが沼地の端《はし》に戻《もど》ってくるでしょう。デイジィはこれから言おうとしていることを、間違いなく言うのがどんなに大事かを思い、胃袋《いぶくろ》に船酔《ふなよ》いしたような揺《ゆ》れを感じながら、こう言いました。

「イッカボッグ、あなたが毎晩《まいばん》歌っている歌を知っているわよね？」

　丸木を持ち上げて、その下にきのこが隠《かく》れていないかどうかを見ながら、イッカボッグが答えました。

「知らなかったら歌えない。そうだろう？」

　イッカボッグは、息もれしたようなクスクス笑いを漏《も》らしました。

「そうだけど、あなたの歌は、子どもたちが優《やさ》しくて、賢《かしこ》くて、勇気があるようにって歌っているわよね？」

「そうだ」と認《みと》めながら、イッカボッグは小さな銀色のきのこを摘《つ》んで、デイジィに見せました。

「これはうまいきのこだ。沼地には銀色のやつはそうたくさんはない」

「いいわね」デイジィは、イッカボッグがバスケットにそのきのこをぽいと入れるのを見ながら言いました。「それで、歌の最後のリフレインのところで、あなたは自分の赤ちゃんたちがヒトを殺すようにって願っているわね」デイジィが言いました。

「そうだ」とまたイッカボッグが認めました。そして、手を伸《の》ばして、朽《く》ちた木から小さな黄色っぽいきのこを引き抜き、デイジィに見せながら言いました。「これは毒《どく》きのこだ。決して食べるな」

「食べないわ」そしてデイジィは深く息を吸《す》い込《こ》みました。「でも、優しくて賢くて勇敢《ゆうかん》なイッカボッグがヒトを食べるって、本当にそう思う？」

イッカボッグはまた銀色のきのこを採《と》ろうとして、屈《かが》む途中《とちゅう》で止まり、デイジィをじっと見下ろしました。

「お前を食《く》いたくはない。しかし、そうしなければならない。でないと、わたしの子どもたちは死ぬことになる」

「あなたは希望が必要だって言ったわ」デイジィが言いました。「『生まれ継ぎ』の時が来たら、そのときに、もし子どもたちのお母さんが――お父さんが――ごめんなさい、どちらかわからないの――」

「わたしは子どもたちのイッカーだ」イッカボッグが言いました。「そして子どもたちはわたしのイッカボッグルだ」

「そう、それじゃ、もしあなたの――あなたのイッカボッグルたちが、自分たちのイッカーを好いているヒトたちに囲《かこ》まれていて、イッカーの幸せを望み、イッカボッグの友だちとして暮《く》らしたいと思っているヒトたちに囲まれているのを見たら、すばらしいことじゃないかしら？　それがあなたの赤ちゃんたちを、何よりも大きな希望で満たすのじゃないかしら？」

イッカボッグは倒《たお》れた木の幹《みき》に腰《こし》をおろし、しばらく何も言いませんでした。バート、マーサ、ロデリックは立ったまま遠くから見ていました。何かとても大切なことが、デイジィとイッカボッグの間で起こっているのはわかるのですが、そして何が起こっているかにとても関心があるのですが、とても近づく気になれませんでした。

とうとうイッカボッグがこう言いました。

「たぶん……たぶんお前を食わないほうがいいのかもしれない、デイジィ」

イッカボッグがデイジィを名前で呼《よ》んだのは初めてでした。デイジィは手を差し出して、イッカボッグの掌《たなごころ》の中に置きました。そして二人は笑顔でしばらく見つめあいました。それからイッカボッグが言いました。

「わたしの『生まれ継ぎ』の時が来たら、お前とお前の友だちがわたしを囲んで、イッカボッグルたちは、お前たちがわたしのイッカボッグルの友だちでもあることを知って『生まれ継ぎ』する。そしてそのあと、お前たちは、わたしのイッカボッグルたちと一緒《いっしょ》に、いつまでもこの沼地にとどまらなければならない」

「ええ……それには問題があるの」デイジィはイッカボッグの手を握《にぎ》ったままで言いました。「荷台の食べ物はもうすぐなくなるわ。それに、ここにはわたしたち四人とあなたのイッカボッグルたちを養うのに十分なきのこがあるとは思えない」

デイジィは、このイッカボッグがもう生きてはいないときのことを、こんなふうに話すのを奇《き》妙《みょう》に感じましたが、イッカボッグは気にしないようでした。

「それではどうしたらいい？」と心配そうな大きな目で、イッカボッグがデイジィに聞きました。

「イッカボッグ」デイジィは慎重《しんちょう》に言いました。「コルヌコピアの国中で、人が死んでいるの。餓《が》死《し》したり、殺されたりして。それもこれも、何人かの邪悪《じゃあく》な人間が、あなたが人を殺したがっているとみんなに信じさせたからなの」

「わたしは人間を**殺したい**と思っていた。お前たち四人に会うまでは」イッカボッグが言いました。

「でも、あなたはもう変わった」デイジィが言いました。デイジィは立ち上がってイッカボッグに向き合い、その両手をとりました。「今ではあなたは、人間が――とにかく大多数の人間が――残《ざん》忍《にん》でもなければ邪悪でもないことを理解《りかい》したわ。人間は大多数が悲しくて疲《つか》れているのよ、イッカボッグ。それで、みんながあなたを知ったら――あなたがどんなに親切で、優しくて、きのこしか食べないって知ったら、あなたを怖《こわ》がるのがどんなに愚《おろ》かなことかって、理解するでしょう。みんなは、あなたもイッカボッグルたちも沼地を離れて、あなたの祖先《そせん》が住んでいた緑の草地に戻ることを、きっと望むわ。そこにはもっと大きくて、もっといいきのこがあって、あなたの子孫はわたしたちと一緒に、友だちとして暮らすの」

「わたしに沼地を離れさせたいのか？」イッカボッグが言いました。「人間のいるところに行ってほしいのか？　銃《じゅう》や槍《やり》を持った人間のところに？」

「イッカボッグ、お願い、聞いて」デイジィは必死でした。「もしあなたのイッカボッグルたちが『生まれ継ぎ』したとき、イッカボッグルを愛し、守りたいという何百人もの人たちに囲まれて『生まれ継ぎ』したら、あなたのイッカボッグルは、歴史上《れきし》どのイッカボッグルよりもたくさんの望みを持つのではないかしら？　反対に、もしわたしたち四人が沼地にとどまって、餓死してしまったら、あなたのイッカボッグルたちにはどんな希望が残されると思う？」

怪物はデイジィをじっと見ました。バート、マーサ、ロデリックは、いったい何が起こっているのかといぶかりながら見つめていました。やがて、イッカボッグの目に、ガラスのリンゴのような大粒《おおつぶ》の涙《なみだ》が一粒《つぶ》浮かびました。

「わたしは人間のところに行くのが恐《おそ》ろしい。人間がわたしを殺し、わたしのイッカボッグルたちを殺すのではないかと心配だ」

「そうはならないわ」デイジィはイッカボッグの手を放し、かわりにその大きな毛深い顔を両手で挟《はさ》みました。デイジィの指は、長い雑草《ざっそう》のような毛の中に埋《う》まってしまいました。「イッカボッグ、

やがて、イッカボッグの目に、
ガラスのリンゴのような大粒の涙が一粒浮かびました。

増田琴乃／12歳

誓《ちか》います。わたしたちがあなたを護《まも》ります。あなたの『生まれ継ぎ』はきっと歴史上最も大切なものになります。わたしたちはイッカボックたちを復活《ふっかつ》させます……そしてコルヌコピアをも」

第58章 ヘッティ・ホプキンズ

デイジィがほかの三人にこの計画を初めて話したとき、バートは加わらないと言いました。

「あの怪物《かいぶつ》を護《まも》る？　僕《ぼく》はいやだ」バートが激《はげ》しい口調で言いました。「僕はね、デイジィ、あいつを殺《ころ》すと誓《ちか》ったんだ。イッカボッグは僕の父さんを殺した！」

「バート、殺していないわ」デイジィが言いました。「イッカボッグは誰《だれ》も殺してはいない。お願いだから、イッカボッグの話を聞いて！」

そこでその夜、洞穴《ほらあな》で、バート、マーサ、ロデリックは初めてイッカボッグに近づきました。それまでは怖《こわ》くてできなかったことです。そしてイッカボッグは四人の人間に、何年も前のある夜、霧《きり》の中で一人の男に出くわした話をしました。

「……顔に黄色い毛があった」とイッカボッグは自分の上唇《うわくちびる》を指しました。

「口髭《くちひげ》のことかしら？」デイジィが示唆《しさ》しました。

「それにぴかぴかする剣《けん》」

「宝石《ほうせき》が付いていた」とデイジィ。「王様にちがいないわ」

「それで、ほかには誰かに会った？」とバート。

「誰にも」とイッカボッグが言いました。「わたしは逃《に》げて大岩の陰《かげ》に隠《かく》れた。人間はわたしの祖《そ》先《せん》を全部殺した。わたしは怖かった」

「それなら、僕の父さんはどうやって死んだんだ？」バートが問い詰《つ》めました。

「お前のイッカーは、大きな銃《じゅう》で撃《う》たれた人か？」とイッカボッグが聞きました。

「撃たれた？」バートが青くなって聞き返しました。「逃げたのなら、どうしてそれを知っているの？」

「わたしは大岩の陰からのぞいて見ていた」イッカボッグが言いました。「イッカボッグたちは霧の中でもよく見える。わたしは怯《おび》えていた。人間が沼地《ぬまち》で何をしているかを見たかった。一人の男がほかの男に撃たれた」

「フラプーンだ！」ロデリックがとうとうはじけるように言いました。それまではバートに言ったらどうなるかと心配だったのですが、これ以上我慢《がまん》ができなくなったのです。「バート、僕の父さんが母さんに言うのを聞いたことがあるんだ。自分が昇進《しょうしん》したのはフラプーン卿《きょう》と彼《かれ》のラッパ銃のおかげだって。僕は本当に小さかったから……そのときは父さんの言った意味がわからなかった……君に言わなくてごめんよ……君が何と言うだろうかと心配だったんだ」

バートは数分間無言でした。「青の間」でのあの恐《おそ》ろしい夜のことを思い出していたのです。バートが死んだ父親の冷たい手を探《さぐ》って、コルヌコピアの国旗の下から手を引っ張《ぱ》り出し、母親がその手にキスしたことを。スピットルワースが、父親の遺体《いたい》を見せることはできないと二人に言ったこと、そしてフラプーン卿が、バートと母親に、前からベアミッシ少佐を気に入っていたと言いながら、パイの屑《くず》をまき散らしたことを、バートは覚えていました。バートは胸《むね》に手をやって、そこに掛《か》かっている父親の勲章《くんしょう》を肌《はだ》に感じながらデイジィのほうを向き、低い声で言いました。

「わかった。僕も加わる」

そこで四人の人間とイッカボッグは、デイジィの計画を急いで実行に移《うつ》しました。なぜなら、雪が急速に溶《と》けていたので、兵隊たちがマーシランドに戻《もど》ってくることを恐れたからです。

まず初めに、これまでみんなが食べるチーズやパイ、パンなどを載《の》せていた巨大《きょだい》な木の皿を何枚《まい》か空っぽにして、デイジィがその板にことばを彫《ほ》りました。次にイッカボッグが二人の少年を助けて、荷台を泥《どろ》から引っ張り上げました。一方マーサは、イッカボッグが南への旅をする間《あいだ》十分に食べられるように、できるだけたくさんきのこを集めました。

それから三日目の明け方、一行は出発しました。計画はとても注意深く立てられていました。最後に残っていた凍《こお》った食料と、きのこの入ったバスケットをいくつも積んだ荷台を、イッカボッグが曳《ひ》きます。イッカボッグの前をバートとロデリックが歩きます。二人とも木の皿で作ったプラカードを掲《かか》げています。バートのに書かれたことばは、「**イッカボッグは無害です**」。ロデリックのには、「**スピットルワースはみなさんに嘘《うそ》をついていました**」。デイジィはイッカボッグの肩に乗りました。そのプラカードに書かれたことばは「**イッカボッグはきのこしか食べません**」。マーサは、食べ物とマツユキソウの大きな花束と一緒《いっしょ》に荷台に乗っています。マツユキソウはデイジィの計画の一部でした。マーサのプラカードには、「**イッカボッグを助けろ！　スピットルワースをやっつけろ！**」と書いてあります。

誰にも会わずに何マイルも歩きましたが、お昼ごろに、一匹《ぴき》のとてもやせた羊を連れた、みすぼらしいなりの二人に出会いました。疲《つか》れてお腹《なか》を空かせたこの二人は、なんと、ヘッティ・ホプキンズの夫婦《ふうふ》でした。マ・グルンターに子どもたちを預《あず》けなければならなかった、城のメイドのヘッティとその夫です。仕事を探して国中を歩きまわっていましたが、誰も雇《やと》ってはくれませんでした。道端《みちばた》で飢《う》えた羊を見つけて、一緒に連れてきたのです。羊の毛はあまりに薄《うす》くてよれよれで、お金にはなりませんでした。

夫のホプキンズさんはイッカボッグを見たとたん、ショックで膝《ひざ》をついてしまいましたし、ヘッティは口をぽかんと開けてその場に棒立《ぼうだ》ちになりました。奇妙《きみょう》な一行が、プラカードの文字が全部読めるほど近づいてきたとき、ホプキンズ夫妻《ふさい》は自分たちの頭がおかしくなったにちがいないと思いました。

そういう反応《はんのう》を予想していたデイジィは、上のほうから一人に呼《よ》びかけました。

「夢《ゆめ》じゃありません！　これがイッカボッグで、優《やさ》しくて平和的です！　これまで誰も殺したことはありません。それどころか、わたしたちの命を救《すく》ってくれました」

イッカボッグはデイジィを肩《かた》から落とさないようにそっと体を曲げて、やせた羊の頭をなでました。羊は逃げるどころか、まったく怖がらずに**メエエエ**と鳴いて、また、まばらな枯《か》れた草を食べ始めました。

「ね？　あなたたちの羊はイッカボッグが無害だって知っているわ！　わたしたちと一緒に来てください――荷台に乗っていいですよ！」

ホプキンズ夫妻はイッカボッグがまだとても怖かったのですが、とても疲れて空腹《くうふく》だったので、荷台によじ登ってマーサのそばに座《すわ》り、羊も一緒に乗せました。そしてイッカボッグと六人の人間と羊は、ジェロボアムを目指してゴロゴロと進みました。

第59章 ジェロボアムに戻《もど》る

ジェロボアムの暗い灰色《はいいろ》の輪郭《りんかく》が見えてきたのは、たそがれ時でした。イッカボッグ一行は、街を見下ろす丘《おか》の上で一休みしました。マーサがイッカボッグにマツユキソウの大きな花束を渡《わた》しました。それから、それぞれがプラカードの上下を間違《まちが》えていないかどうかを確認《かくにん》し、四人の友人たちはお互《たが》いの手を握《にぎ》って励《はげ》まし合いました。というのは、四人がお互い同士《どうし》とイッカボッグにたてた誓《ちか》いは、イッカボッグを護《まも》り、たとえ人々《ひとびと》に銃《じゅう》で脅《おど》されても決してイッカボッグのそばを離《はな》れない、ということだったからです。

こうして、イッカボッグの一行は丘を下りてワイン作りの町へと行進し、町の門の守衛《しゅえい》たちは一行がやってくるのを見ました。守衛は銃を発射《はっしゃ》しようと構《かま》えましたが、デイジィはイッカボッグの肩《かた》の上に立ち上がって、両腕《りょううで》を振《ふ》りましたし、バートとロデリックはプラカードを高々《たかだか》と掲《かか》げました。守衛たちは、怪物《かいぶつ》がだんだんと近づいてくるのを、手にしたライフル銃が震《ふる》えるほど怯《おび》えなから見守りました。

「イッカボッグは誰《だれ》も殺《ころ》したことはありません！」とデイジィが叫《さけ》びました。

「みなさんは嘘《うそ》を聞かされていたのです！」とバートが叫びました。

守衛たちは四人の少年少女を撃《う》ちたくなかったので、どうしたらよいかわかりませんでした。

イッカボッグはぎこちない足取りでもっと近づいてきました。その大きいこと、異様《いよう》なことは、恐《おそ》ろしいばかりです。でも、その大きな目は優《やさ》しそうで、大きな手にはマツユキソウを持っています。ついに守衛のところまで来ると、イッカボッグは立ち止まって屈《かが》み込《こ》み、守衛の一人一人にマツユキソウを渡しました。

受け取らないとどうなるかが怖《こわ》かったので、守衛たちは花を受け取りました。イッカボッグは、羊に対してしたように、それぞれの頭を優しくなで、それからジェロボアムの街に入りました。

あっちでもこっちでも叫び声があがり、人々はイッカボッグの前から逃《に》げたり、急いで武器《ぶき》を探《さが》しに行ったりしました。でも、バートとロデリックはプラカードを掲げて、イッカボッグの前を決然として行進しましたし、イッカボッグは道端《みちばた》の人たちにマツユキソウを差し出し続けました。とうとう若《わか》い女性《じょせい》が、勇敢《ゆうかん》にも花を受け取りました。イッカボッグはうれしさのあまり、大きく響《ひび》く声でお礼を言いました。その声でもっと多くの人たちが叫び声をあげましたが、何人かがイッカボッグにそろそろと近づき、まもなく怪物の周りには、ちょっとした人だかりができて、手からマ

「これがイッカボッグで、優しくて平和的です！
これまで誰も殺したことはありません」

丸山咲佳／12歳

ツユキソウを受け取ったり、笑ったりしました。そしてイッカボッグもにっこりし始めました。イッカボッグは、人間から応援《おうえん》されたり、感謝《かんしゃ》されたりするとはこれまで思ってみたこともなかったのです。

「あなたのことを知ったら、みんなあなたを好きになるって、言ったでしょう！」デイジィがイッカボッグの耳にささやきました。

「僕《ぼく》たちと一緒《いっしょ》に来てください！」バートが群衆《ぐんしゅう》に向かって叫びました。「僕たちは南に行進して、王様に会うのです！」

　そして、スピットルワースの統治《とうち》のもとでさんざん苦しんできたジェロボアム市民たちは、いまや家に駆《か》け戻って松明《たいまつ》や干《ほ》し草用の熊手や銃をとってきました。イッカボッグを傷《きず》つけるためでなく、守るためにです。これまで聞かされてきた嘘にカンカンになった人々が、怪物の周りに集まり、暗さの増《ま》してきた街を行進し始めましたが、一か所だけ寄《よ》り道をしました。

　デイジィがどうしても孤児院《こじいん》に立ち寄ると言ったのです。扉《とびら》はしっかり施錠《せじょう》され、閂《かんぬき》がかかっていましたが、イッカボッグの一蹴《ひとけ》りで十分でした。イッカボッグはデイジィをそっと下ろし、デイジィは、子どもたちを全員連れていくために中に駆け込みました。小さな子どもたちは、われもわれもと荷台に上がり、ホプキンズの双子《ふたご》は両親の腕《うで》の中に飛び込みました。大きな子どもたちは歩いて行進に加わりました。マ・グルンターは、子どもたちを呼《よ》び戻そうと叫んだりわめいたりしましたが、イッカボッグの巨大《きょだい》な毛深い顔が窓《まど》から自分をのぞいているのを見て、なんとうれしいことにマ・グルンターは気絶《きぜつ》して床《ゆか》に倒《たお》れました。

イッカボッグは、うれしそうにジェロボアムの大通りを行進し続け、行く先々《さきざき》でますます多くの人が集まってきましたが、群衆が通り過《す》ぎていく街角で、「たたきやジョン」が見ていることに、誰も気がつきません。街の居酒屋《いざかや》で飲んでいた「たたきやジョン」は、二人の少年に鍵束《かぎたば》を奪《うば》われた夜に、ロデリック・ローチにやられて鼻血だらけになったことを忘《わす》れてはいませんでした。育ちすぎの沼地《ぬまち》の怪物を連れた人騒《ひとさわ》がせな一行が首都に到着《とうちゃく》したら、イッカボッグが危険《きけん》だという伝説で金儲《かねもう》けをしていた人たちが困《こま》るだろうと、彼《かれ》はすぐに見抜《みぬ》きました。そこで「たたきやジョン」は孤児院には戻らず、居酒屋の前につないであった誰かほかの酒飲みの馬を盗《ぬす》みました。

ゆっくり動いていくイッカボッグとは違《ちが》い「たたきやジョン」は、南に向かって馬を走らせました。シューヴィルに向かっていく危険な行進のことを、スピットルワース卿《きょう》に知らせるために。

第60章 反《はん》乱《らん》

　ときには——どうやるのかわたしにはわかりませんが——お互《たが》いに何マイルも離《はな》れたところにいる人たちが、行動するときが来たと同時に気づくことがあるようです。たぶん人の考えは、風に乗った花粉《かふん》のように広がるのでしょう。とにかく、城の地下牢《ちかろう》では、包丁やノミ、重いソースパン、のし棒《ぼう》などをベッドのマットレスの下や牢屋《ろうや》の壁《かべ》の石の下に隠《かく》していた囚人《しゅうじん》たちが、ついに立ち上がる準備《じゅんび》ができていました。イッカボッグがクルズブルグに近づいていたその日の明け方、向かい合った牢屋にいたグッドフェロー大尉《たいい》とダブテイルさんは、もう目覚めていて、緊張《きんちょう》で少し青ざめながら、ベッドの端《はし》に腰《こし》かけていました。その日は、逃亡《とうぼう》か、さもなくば死あるのみ、と誓《ちか》い合ったその当日でした。

　そこから数階上では、スピットルワース卿《きょう》も早々《はやばや》と目覚めました。足元で牢獄破《ろうごくやぶ》りが起こりかけていることにも、生きた本物のイッカボッグが、どんどん膨《ふく》れ上がるコルヌコピアの群衆《ぐんしゅう》に囲《かこ》まれて、まさにその瞬間《しゅんかん》シューヴィルに向かっていることにも、まったく気づかず、スピットルワース卿は顔を洗《あら》い、首席顧問《こもん》のローブを着て、厩《うまや》の施錠《せじょう》された一角に向かいました。そこは一週間前から鍵《かぎ》がかけられ、護衛兵《ごえいへい》に守られていました。

「退《ど》け」スピットルワースは護衛《ごえい》の兵隊たちにそう言い、ドアの鍵を開けました。

疲《つか》れ切った裁縫婦《さいほうふ》、裁縫師《し》たちのチームが、厩の中の怪物《かいぶつ》の模型《もけい》のそばで待っていました。模型は雄牛《おうし》ほどの大きさで、なめし革《がわ》の膚《はだ》は尖《とが》ったトゲで覆《おお》われています。彫《ほ》り物の両足には恐《おそ》ろしげな鉤爪《かぎづめ》があり、口には牙《きば》がずらりと並《なら》んでいて、琥珀色《こはくいろ》に光る目は怒《いか》っています。

　スピットルワースがゆっくりとその周りを歩くのを、裁縫婦も裁縫師も恐る恐る見ていました。近くで見れば、縫《ぬ》い目が見えますし、目はガラス玉だとわかります。皮膚《ひふ》から突《つ》き出ている鋭《するど》いものは、実は大釘《おおくぎ》をなめし革の裏《うら》から突き通しており、鉤爪や牙は木に色を塗《ぬ》っただけのものです。怪物をつつけば、縫い目からおがくずがこぼれ落ちました。しかし厩の薄暗《うすぐら》い灯《あか》りでは、もっともらしく見えます。裁縫婦も裁縫師も、スピットルワースが笑いを浮《う》かべるのを見て、やれ、ありがたいと思いました。

「これでよいだろう。少なくともろうそくの灯りの下《もと》ならば」とスピットルワースが言いました。「親愛なる王様が見るときには、ずっと下がって立つように言えばよい。皮膚のトゲも牙もまだ毒《どく》があると言おう」

働き手たちは、ほっとした顔を見合わせました。一週間もの間、夜も昼も働いたのです。これでやっと家に帰り、家族に会えるはずです。

「兵士《へいし》たち」スピットルワースが中庭で待機している護衛兵たちに振《ふ》り向きました。「この連中を連れていけ。もし叫《さけ》び声をあげたら」と、スピットルワースが、まさに口を開けて叫びそうになった一番若《わか》い裁縫婦を見て、面倒《めんどう》くさそうに言いました。「撃《う》ち殺《ころ》されるぞ」

イッカボッグの偽《にせ》のはく製《せい》を作ったチームが兵隊に引っ張《ぱ》られていく間、スピットルワースは口笛を吹《ふ》きながら、上階の王様の私邸《してい》に向かいました。そこには、パジャマを着て口髭《くちひげ》にヘアネットをかぶせた姿《すがた》のフレッド王と、三重顎《あご》の下にナプキンを押《お》し込《こ》んだフラプーンがいました。

「陛下《へいか》、おはようございます！」スピットルワースがお辞儀《じぎ》をしました。「よくお休みになれましたでしょうか？　今日は陛下を驚《おどろ》かせることがございます。イッカボッグを一頭、はく製にすることに成功しました。陛下はきっと早くご覧《らん》になりたいことと拝察《はいさつ》いたします」

「それはすばらしい、スピットルワース！」王様が言いました。「そしてそのあとは、それを国中に巡回《じゅんかい》させる、というのはどうかね？　我々《われわれ》が何と戦っているかを国民に見せるためだが？」

「陛下、それはなさらないほうがよろしいでしょう」スピットルワースは、イッカボッグを日中の光で見た人には、きっと偽物《にせもの》だとばれてしまうと心配して、そう答えました。「庶民《しょみん》がパニックを起こすことは望みません。陛下は勇敢《ゆうかん》ですから、ご覧になっても大丈夫《だいじょうぶ》だと――」

スピットルワースが言い終えるまえに、王様の私邸のドアがぱっと開き、ひどく興奮《こうふん》して汗《あせ》びっしょりの「たたきやジョン」が駆《か》け込んできました。ジョンは一度ならず二度も追いはぎにであって到着《とうちゃく》が遅《おく》れたのです。森では何度か迷《まよ》い、溝《みぞ》を飛び越《こ》えるときに落馬し、その馬が捕《つか》まらず、「たたきやジョン」はイッカボッグよりずっと早く城に到着することはできませんでした。大慌《おおあわ》てのジョンは、城の流し場の窓《まど》から押し入り、二人の護衛兵に追いかけられていました。二人とも剣《けん》でジョンを串刺《くしざ》しにするつもりの様子でした。

フレッドは悲鳴をあげてフラプーンの陰《かげ》に隠れました。スピットルワースは短剣《たんけん》を引き抜《ぬ》いてさっと立ち上がりました。

「イッカ――ボッグが――います」「たたきやジョン」ががっくり膝《ひざ》を折り、あえぎながら言いました。「本物の――生きた――イッカボッグが。ここにやってきます――何千人もの人と一緒《いっしょ》に――イッカボッグは――実在《じつざい》しています」

当然ながら、スピットルワースはこの話をまるで信じませんでした。

「こいつを牢獄に連れていけ！」スピットルワースは護衛に向かって唸《うな》りました。護衛兵はじたばたする「たたきやジョン」を部屋から連れ出し、ドアを閉《し》めました。「申し訳《わけ》ございません、陛下」スピットルワースの手にはまだ短剣が握《にぎ》られていました。「あの男はむち打ちの刑《けい》に処《しょ》し、あいつを城に侵入《しんにゅう》させてしまった護衛兵も同じく――」

城の地下牢では、囚人たちが、
ついに立ち上がる準備ができていました。

有廣祐誠／10歳

しかし、言い終わらないうちに、またまた二人の男が王様の私邸に飛び込んできました。スピットルワースのシューヴィルのスパイで、北のほうからイッカボッグが近づいてくるという知らせを受けた者たちでした。しかし王様は、この者たちを目にしたことがありませんでしたから、また怯《おび》えて悲鳴をあげました。

「か、閣下《かっか》」一人目のスパイがスピットルワースにお辞儀し、息を切らして言いました。「イッカボッグが――一頭――こちらに――向かって――やってきます！」

「しかも――一緒に――群衆が」二人目のスパイがあえぎながら言いました。「怪物は**実在**しています！」

「ああ、それは、もちろんイッカボッグは実在する」王様の前では、ほかに言いようもなく、スピットルワースが言いました。「イッカボッグ防衛隊《ぼうえいたい》に知らせよ――わたしはすぐに中庭で隊と合流する。獣《けもの》を殺すのだ！」

スピットルワースはスパイたちをドアのところに連れていき、廊下《ろうか》に押し出して、「閣下、本物です。しかも人々《ひとびと》はそいつを好いています！」とか、「閣下、わたしは見ました。わたしのこの二つの目で」とかいう二人のささやき声が聞こえないようにしようとしました。

「その怪物も、ほかのやつらと同じに殺してやろう」とスピットルワースは王様に聞こえるように大声で言いました。それから小声で二人に、「**失《う》せろ！**」と言いました。

スピットルワースはスパイたちの後ろでドアをしっかり閉め、動揺《どうよう》して、しかしそれを表に出さないようにして、食卓《しょくたく》に戻《もど》りました。フラプーンはまだバロンズタウンのハムにかぶりついていました。走り込んできて生きたイッカボッグの話をした連中の陰には、どうせスピットルワースがいるのだろうと漠然《ばくぜん》と考えていたフラプーンは、ちっとも怖《こわ》くはありませんでした。一方フレッドは、頭のてっぺんから足のつま先まで震《ふる》えていました。

「スピットルワース、怪物が白昼堂々《どうどう》姿を現《あらわ》すとは、なんとしたこと！」王様はヒーヒーと泣き声で言いました。「余《よ》は夜にしか出てこないものだと思っていた！」

「さようでございますな、陛下。大胆《だいたん》になりすぎてきたようではありませんか？」スピットルワースが言いました。本物のイッカボッグとかいうものが一体何なのか、まったく見当がつきません。考えられることはただ一つ、そこらへんの誰《だれ》かが怪物をでっち上げて、食料を盗《ぬす》むとか、近所の人間から金貨を巻《ま》き上げるつもりなのではないか――その場合ももちろん阻止《そし》しなければならないが。真のイッカボッグは一つしかないし、それはこのスピットルワースがでっち上げたものだ。

「フラプーン、来い――我々は怪物がシューヴィルに入るのを止めなければならない！」

「そちはなんと勇敢な、スピットルワース」フレッド王はめそめそ声で言いました。

「何をおっしゃいます、陛下」スピットルワースが言いました。「わたくしはコルヌコピアのために命を投げ出す覚悟《かくご》です。そのことはもうおわかりでしょうに！」

スピットルワースがドアの取っ手に手をかけたとき、またしても廊下を走る音がして、今度は叫ぶ声や金属《きんぞく》の触《ふ》れ合う音が平和を破りました。スピットルワースは度肝《どぎも》を抜かれて、ドアを開け、何が起こっているのかを見ようとしました。

ぼろを着た囚人たちの一団《いちだん》がこちらに向かって走ってきます。先頭は斧《おの》をもった白髪《はくはつ》のダブティルさんと屈強《くっきょう》なグッドフェロー大尉で、大尉は、明らかに城の護衛兵《ごえいへい》と争って奪《うば》った銃《じゅう》を持っています。そのすぐあとに続くのは、ベアミッシ夫人で、巨大《きょだい》なソースパンを振りまわし、髪《かみ》をなびかせています。そのすぐ後ろはレディ・エスランダのメイドのミリセントで、のし棒を持っています。

スピットルワースは間一髪《かんいっぱつ》でドアをバタンと閉め、閂《かんぬき》をかけました。数秒後に、ダブティルさんの斧がドアを破りました。

「フラプーン、来い！」スピットルワースが叫び、二人の領主《りょうしゅ》は部屋の反対側まで走り、中庭に下りる階段《かいだん》のある別のドアに行きました。

フレッドは何が起こっているのかわからず、それに城の牢《ろう》に五十人もの人が囚《とら》われていることなどまったく知らなかったので、反応《はんのう》が遅《おそ》くなりました。ダブティルさんが斧で打ち破ったドアの穴《あな》から、怒りに燃《も》えた囚人たちの顔が現れたのを見て、王様は飛び上がって二人の領主のあとを追いました。しかし領主たちは自分たちが無事に逃《に》げることしか考えていなかったので、ドアの外側から門をかけていました。フレッド王はパジャマ姿で壁に張《は》り付いて立ち、牢を破った囚人たちがドアを壊《こわ》して自分の部屋に入ってくるのを見つめていました。

第61章 フラプーン、再《ふたた》び発砲《はっぽう》

二人の領主《りょうしゅ》が全速力で中庭に駆《か》け下りると、すでに「イッカボッグ防衛隊《ぼうえいたい》」が、スピットルワースの命令どおり、馬に乗り武装《ぶそう》して待機していました。しかしプロッド少佐は、（何年か前にデイジィをさらった人で、ローチ少佐がスピットルワースに撃《う》たれたあとに昇進《しょうしん》したのですが）落ち着かない様子でした。

「閣下《かっか》」プロッドが、あたふたと自分の馬にまたがったスピットルワースに言いました。「城の中で何かが起こっています――騒乱《そうらん》の音が聞こえました――」

「今はそのことを気にするな」スピットルワースが噛《か》みつくように言いました。

ガラスが砕《くだ》ける音がして、兵士《へいし》たちは上を見上げました。

「王様の寝室《しんしつ》に人がいる！」プロッドが叫《さけ》びました。「王様をお助けすべきでは？」

「王のことは放っておけ！」スピットルワースが怒鳴《どな》りました。

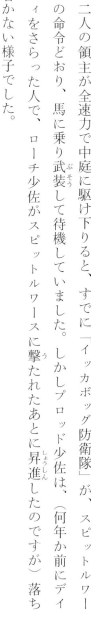

グッドフェロー大尉《たいい》が王様の寝室の窓《まど》から現《あらわ》れ、下を見て大声で言いました。

「逃《に》げられないぞ、スピットルワース！」

「おお、そうかね？」スピットルワース卿《きょう》は唸《うな》るようにそう言うなり、やせた黄色の馬に蹴《け》りを入れて疾走《しっそう》させ、城の門から姿《すがた》を消しました。プロッド少佐はスピットルワースについていかないとどうなるかが怖《こわ》くて、「イッカボッグ防衛隊」を引き連れてスピットルワース卿のあとを追いました。フラプーンはスピットルワースが駆けだすころになってなんとか馬にまたがったところで、隊の一番後ろから、馬のたてがみにしがみついて命からがら逃げ出したのですが、馬のあぶみが見つからずに、足でさぐりながらででした。

牢《ろう》を破《やぶ》った囚人《しゅうじん》たちが城を乗っ取り、「偽《にせ》の」イッカボッグが大勢《おおぜい》の人を惹《ひ》きつけながら首都に向かって国を行進していると聞いたら、大抵《たいてい》の人は、自分たちの負けだと考えるでしょう。しかし、スピットルワースは違《ちが》いました。彼《かれ》にはまだ、自分の後ろについてくる、よく訓練された、武装の整った兵隊があり、領地《りょうち》の館《やかた》には金の山が隠《かく》されています。それに、ずるがしこい頭脳《ずのう》が、すでに計画を練りつつありました。まずその偽物《にせもの》のイッカボッグを創《つく》りだした人間たちを撃つ。そして群衆《ぐんしゅう》を震《ふる》え上がらせて従順《じゅうじゅん》にさせる。それからプロッド少佐と兵隊を城に戻《もど》して、脱獄《だつごく》した囚人を皆殺《みなごろ》しにする。もちろん囚人たちは、それまでに王様を殺しているかもしれないが、本当のところ、フレッドがいないほうが国を治めやすいかもしれない。疾走しながら、スピットルワースが苦い思いで考えていたのは、王様に嘘《うそ》をつくのにあれほど努力しなければ、自分のおかしたいくつかのミスは避《さ》けられたかもしれない――たとえばあのいまいましいパン職人長《しょくにんちょう》に包丁やソースパンを渡《わた》すようなミスを。それに、もっとスパイを雇《やと》っておかなかったことを後悔《こうかい》しました。雇っていれば、誰《だれ》かが偽物のイッカボッグを創り上げているのを見つけられたかもしれません――偽物といっても、どうやら話に聞くだけだと、自分が今朝厩《うまや》で見たものよりもっと本物らしい偽物です。

こうしてイッカボッグ防衛隊は、驚《おどろ》くほどがらんとしたシューヴィルの街の石畳《いしだたみ》の通りを突進《とっしん》し、クルズブルグに続く郊外《こうがい》の道に出ました。シューヴィルの街がなぜ空っぽだったかがそこでわかり、スピットルワースはカンカンになりました。本物のイッカボッグが首都に向かって大勢の人たちと一緒《いっしょ》に歩いているといううわさを聞きつけ、シューヴィルの市民は自分の目で一目見ようと、急いで街の外に出てきていたのです。

「道を空けろ！ **道を空けるのだ！**」人々《ひとびと》が怖がるどころか興奮《こうふん》しているのを見て激怒《げきど》したスピットルワースは、自分の前にいる市民を蹴散《けち》らしながら叫び、自分の馬の脇腹《わきばら》に血がにじむほど拍車《はくしゃ》をかけて、前に進もうとしました。フラプーン卿もそれに続きましたが、朝食を消化する時間がなかったので、今や真っ青な顔をしています。

やっと、スピットルワースと兵隊たちは、遠くから進んでくる大きな集団《しゅうだん》を見つけました。スピットルワースは哀《あわ》れな馬の手綱《たづな》をぐいと引き、馬は道を横滑《よこすべ》りして止まりました。何千というコルヌコピア人が笑い、歌い、その真ん中に、馬二頭分ほどの背丈《せたけ》の巨大《きょだい》な生き物がいました。ランプのような目、沼地《ぬまち》の雑草《ざっそう》のような緑がかった褐色《かっしょく》の長い毛に全身が覆《おお》われています。片方《かたほう》の肩《かた》に少女が乗り、怪物《かいぶつ》の前には二人の少年が木のプラカードを掲《かか》げて行進しています。ときどき怪物が腰《こし》をかがめて、そして――そうです――花を配っているように見えます。

「まやかしだ」スピットルワースがつぶやきました。あまりの驚きと恐《おそ》れで、自分が何を言っているのかさえわかりませんでした。「まやかしにちがいない」彼は一段《いちだん》と大きい声で言い、鶴《つる》のような細い首を伸《の》ばして、どういう仕掛《しか》けなのかを見ようとしました。「沼地の雑草のスーツの中に、肩車《かたぐるま》をした人間たちが立っているにちがいない――兵隊、銃《じゅう》を構《かま》えろ！」

しかし兵士たちはなかなか従《したが》いませんでした。国をイッカボッグから守っているはずだったのに、任務《にんむ》に就《つ》いてから一度もイッカボッグを見たことがないばかりか、本当に見ることを期待さえしていなかったのです。にもかかわらず、今目にしているものがまやかしだ、と言われてもまったく確信《かくしん》が持てませんでした。むしろこの生き物は、兵士たちの目に本物に見えました。犬の頭をなで、子どもに花を配って、肩には女の子が乗っています。まったく獰猛《どうもう》には見えません。その上兵隊たちは、イッカボッグと一緒に行進している何千人もの群衆《ぐんしゅう》を恐れました。みんながその生き物を好いているように見えます。もしイッカボッグが攻撃《こうげき》されたら、みんなはどうするでしょう？

そして一番若手《わかて》の兵士の一人が、完全に冷静さを失って言いました。

「あれはまやかしじゃない。自分は抜《ぬ》ける」

誰にも止められないうちに、彼は馬で脱走《だっそう》しました。

やっとあぶみに足が届《とど》いたフラプーンが、前方に馬を進めて、スピットルワースのそばに位置を占《し》めました。

「どうするつもりだ？」イッカボッグと、楽し気に歌っている群衆が、だんだん近づいてくるのを見つめながら、フラプーンが問いかけました。

「考えているところだ」スピットルワースが唸りました。「考えているところだ！」

しかし、スピットルワースの忙《いそが》しく働く頭脳は、ついに歯車がかみ合わなくなってしまったようでした。一番心を乱《みだ》されたのは、人々の楽し気な顔でした。スピットルワースは、笑いはシューヴィルの菓子《かし》パンやシルクのシーツと同じように贅沢《ぜいたく》なものだと考えるようになっていました。ですから、ぼろを着た人たちが楽しそうなのは、みんなが銃を持っていることよりももっとスピットルワースを怖がらせました。

「わたしがやつを撃ってやる」とフラプーンが銃を構え、イッカボッグに狙《ねら》いを付けました。

「止《や》めろ」とスピットルワースが言いました。「いいか、よく見ろ。多勢《たぜい》に無勢《ぶぜい》だということがわからないのか？」

しかしちょうどその瞬間《しゅんかん》、イッカボッグが耳を聾《ろう》する、血も凍《こお》るような叫び声をあげました。イッカボッグの近くにいた人たちが、急に怯《おび》えた顔をして後退《あとずさ》りしました。花を持っていた人たちの多くが花を落とし、何人かは走って逃げだしました。

もう一度恐ろしい悲鳴をあげ、イッカボッグが膝《ひざ》をつきました。デイジィは振《ふ》り落とされそうになりましたが、しっかりしがみついていました。

それからイッカボッグの大きく膨《ふく》れ上がった腹《はら》に、黒い大きな裂《さ》け目が現れました。

「君が正しかったぞ、スピットルワース！」フラプーンが大声をあげてラッパ銃を構えました。

「中に人が隠れているんだ！」

そして、群衆が叫びながら逃げる中、フラプーン卿がイッカボッグの腹めがけて銃を発射《はっしゃ》しました。

群衆が叫びながら逃げる中、
フラプーン卿がイッカボックの腹めがけて銃を発射しました。

矢野詩葉／7歳

第62章 生まれ継《つ》ぎ

そして、同時にいろいろなことが起こりました。ですから見ていた人たちは誰《だれ》もすべての出来事に追いついていけるはずがありません。でも幸い、私《わたし》はみなさんに全部をお話しできます。

フラプーン卿《きょう》の弾丸《だんがん》は、イッカボッグの広がりつつある腹《はら》の裂《さ》け目に飛んでいきました。バートとロデリックは、何が起こってもイッカボッグを護《まも》ると誓《ちか》いましたから、二人とも弾丸の飛んでくる先に身を投げ出しました。弾《たま》はバートの胸《むね》に命中し、バートは地面に倒《たお》れました。「**イッカボッグは無害です**」と書いた木のプラカードは粉々《こなごな》に砕《くだ》けました。

そして、すでに馬一頭分より背《せ》の高い赤ん坊《ぼう》のイッカボッグが、イッカーのお腹《なか》からもがくように出てきました。その子の『生まれ継ぎ』は恐《おそ》ろしいものでした。なぜなら、親の持っている、銃《じゅう》に対する恐れに満ちた世界に出てきたからです。この世で最初にその子が見たものは、親を殺《ころ》そうとする行為《こうい》でした。ですからその子はまっすぐに、銃に弾を込《こ》めなおしているフラプーンに向

かって走りました。

フラプーンを助けたかもしれない兵士《へいし》たちは、自分たちに向かってくる新しい怪物《かいぶつ》に恐れをなして、発砲《はっぽう》することもせずに馬を早駆《はやが》けさせて去り、怪物の行く手の道を空けました。スピットルワースは一番すばやく逃《に》げ去った一人で、たちまち姿《すがた》が見えなくなりました。赤ん坊のイッカボッグは、その場面を目撃《もくげき》した人が今でも夢《ゆめ》でうなされるような、恐ろしい吼《ほ》え声をあげて、フラプーンに襲《おそ》いかかりました。フラプーンはあっという間に死んで地面に落ちていました。

何もかもがあっという間のできごとでした。人々《ひとびと》は叫《さけ》び、泣き、デイジィは道端《みちばた》で、バートの脇《わき》に横たわって死んでいくイッカボッグにまだしがみついていました。ロデリックとマーサはバートの上に屈《かが》み込んでいましたが、驚《おどろ》いたことに、バートが目を開けました。

「僕《ぼく》――僕、大丈夫《だいじょうぶ》みたい」バートがそうささやきながらシャツの下を探《さぐ》り、お父さんの大きな銀の勲章《くんしょう》を引っ張《ぱ》り出しました。フラプーンの弾丸がそこに埋《う》まっていました。勲章がバートの命を救《すく》ったのです。

バートが生きているのを知ったデイジィは、イッカボッグの毛の中に両手を埋めるようにして、その顔を抱《だ》きました。

「わたしはイッカボッグルを見なかった」死にゆくイッカボッグがささやきました。その両目には、またガラスのリンゴのような涙《なみだ》がたまっていました。

「美しい子よ」デイジィも泣き始めていました。「ほら……見てごらんなさい……」

二番目のイッカボッグルが、イッカボッグのお腹から身をくねらせて出てきました。この子は親し気な顔で、恥《は》ずかしそうな笑みを浮《う》かべていました。なぜなら『生まれ継ぎ』の瞬間《しゅんかん》、親がデイジィの顔を見ていて、その顔に涙を見ましたから、人間も、イッカボッグを自分の家族でもあるかのように愛することができるのだ、ということがわかったからです。周りの雑音《ざつおん》も騒音《そうおん》も忘《わす》れ、二番目のイッカボッグルは道端のデイジィのそばにひざまずき、イッカボッグの大きな顔をなでました。イッカーとイッカボッグルは顔を見合わせて微笑《ほほえ》み、それからイッカボッグの大きな目は静かに閉《と》じました。そしてデイジィは、それが死んだことを知りました。デイジィはそのもじゃもじゃの毛に顔をうずめてすすり泣きました。

「悲しんではいけないよ」低く響《ひび》く、聞き覚えのある声がして、何かがデイジィの髪《かみ》をなでました。「泣かないで、デイジィ。これが『生まれ継ぎ』なのだから。それは輝《かがや》かしいことなのだから」

デイジィは眼《め》をぱちぱちさせて赤ん坊を見上げました。赤ん坊はそのイッカーとまったく同じ声で話していました。

「あなたは、わたしの名前を知っている」デイジィが言いました。

「ああ、もちろん知っている」イッカボッグルが優《やさ》しく言いました。「わたしはあなたのことを全部知って『生まれ継ぎ』された。さあ、わたしのイッカボッブを探《さが》しに行かなくては」デイジィには、それがイッカボッグたちの兄弟姉妹を指すことばだということがわかりました。

立ち上がったデイジィは、フラプーンが道に倒れて死んでいるのを見つけ、最初に生まれたイッカボッグルが熊手や銃を持った人たちに囲《かこ》まれているのを見ました。

「わたしと一緒《いっしょ》にここに乗って」デイジィが二人目の赤ん坊を急《せ》かすようにそう言いました。二人は手を取り合って荷台に乗りました。デイジィは群衆《ぐんしゅう》に向かって大声で、聞いてくださいと言いました。デイジィはイッカボッグの肩《かた》に乗って国中を旅してきた女の子なので、近くにいた人たちは、デイジィが何か聞くのに値《あたい》することを知っているかもしれないと思い、ほかの人にも静かにするようにシーッと言いました。そしてやっと、デイジィは話すことができました。

「みなさん、イッカボッグたちを傷《きず》つけてはなりません」群衆が静かになったときに、最初にデイジィの口から出てきたのはそのことばでした。「もしみなさんがイッカボッグたちにひどいことをすると、その赤ん坊はそれよりもっとひどい子どもとして生まれます！」

「ひどい子として『生まれ継ぐ』」隣《となり》のイッカボッグルが訂正《ていせい》しました。

「そう、ひどい子として『生まれ継ぐ』のです」とデイジィが言いました。「優しさの中で『生まれ継ぐ』と優しい子になります！　イッカボッグたちはきのこしか食べないし、わたしたちと友だちになりたいのです！」

群衆は確信《かくしん》がもてずに、ぶつぶつ言いましたが、それも、デイジィがベアミッシ少佐の沼地《ぬまち》での死を説明するときまででした。少佐がイッカボッグに殺されたのではなく、フラプーン卿に撃《う》たれたことや、スピットルワースがその死を利用して、沼地に棲《す》む殺人鬼《さつじんき》の怪物の話をでっちあげたこと。

　すると群衆は、フレッド王に会って話をしたいと言い、死んだイッカボッグとフラプーン卿を荷台に乗せて、二十人の屈強《くっきょう》な男性《だんせい》が荷車を引きました。そうして行列は城に向かって出発しました。デイジィ、マーサ、そして優しいイッカボッグルは手をつないで先頭を歩き、最初に生まれた荒々《あらあら》しいイッカボッグルは三十人の銃をもった市民に遠巻《とおま》きに囲まれて進みました。そうしなければ、人間を恐れ、憎《にく》んで『生まれ継ぎ』したイッカボッグルは、もっとたくさんの人間を殺してしまったことでしょう。

　ところでバートとロデリックですが、短い相談のあと、二人はその場からいなくなりました。どこに行ったかはまもなくわかりますよ。

第63章 スピットルワース卿《きょう》の最後のたくらみ

デイジィが行列の先頭に立ってお城の中庭に入ったとき、昔とほとんど変わっていないことに驚《おどろ》きました。噴水《ふんすい》は変わらずに吹《ふ》き上げ、孔雀《くじゃく》はあい変わらず気位高く歩いています。たった一つ変わっていたのは、三階の窓《まど》が一つ割《わ》れていたことです。

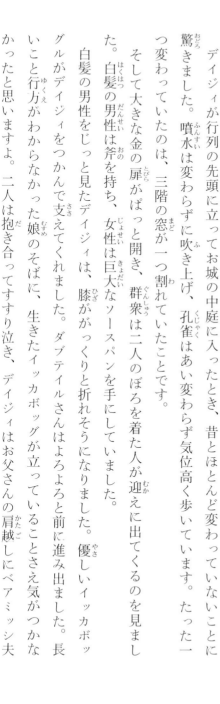

そして大きな金の扉《とびら》がぱっと開き、群衆《ぐんしゅう》は二人のぼろを着た人が迎《むか》えに出てくるのを見ました。白髪《はくはつ》の男性《だんせい》は斧《おの》を持ち、女性《じょせい》は巨大《きょだい》なソースパンを手にしていました。

白髪の男性をじっと見たデイジィは、膝《ひざ》ががっくりと折れそうになりました。優《やさ》しいイッカボッグルがデイジィをつかんで支《ささ》えてくれました。ダブテイルさんはよろよろと前に進み出ました。長いこと行方《ゆくえ》がわからなかった娘《むすめ》のそばに、生きたイッカボッグが立っていることさえ気がつかなかったと思いますよ。二人は抱《だ》き合ってすすり泣き、デイジィはお父さんの肩越《かたご》しにベアミッシ夫人を見つけました。

「バートは生きてるわ！」デイジィは、必死になって息子《むすこ》の姿《すがた》を探《さが》しているパン職人《しょくにん》長に向かって呼《よ》びかけました。「でも、することがあって……バートはすぐ戻《もど》ります！」

囚人《しゅうじん》が次々《つぎつぎ》に急いで城から出てきました。愛する者同士《どうし》が再会《さいかい》し、喜《よろこ》びの歓声《かんせい》があがりました。孤児院《こじいん》の子どもたちは死んだと思っていた親たちを見つけました。

そして、ほかにもいろいろなことが起こりました。三十人以上の屈強《くっきょう》な男たちが、獰猛《どうもう》なイッカボッグルを囲《かこ》んで、それがほかの人を殺《ころ》さないうちに引っ張《ぱ》っていきました。デイジィはダブテイルさんに、マーサが一緒《いっしょ》に暮《く》らしてもいいかと聞き、グッドフェロー大尉《たいい》はフレッド王と一緒にバルコニーに姿を現《あらわ》しました。フレッド王はまだパジャマ姿で泣いていました。グッドフェロー大尉が、王様なしのやり方を試すときが来たと思うと言うと、群衆は声援《せいえん》を送りました。

しかし、ここで私《わたし》たちは、幸福な場面をいったん離《はな》れ、コルヌコピアに起こった恐《おそ》ろしいことに一番責《せ》めを負うべき人を追いかけなければなりません。

スピットルワース卿は、そこから何マイルも離れたさびしい田舎道《いなかみち》を馬で早駆《はやが》けしていました。そのときその馬が足を引きずりだしました。スピットルワースが無理やり歩かせようとすると、飼《か》い主にさんざん虐待《ぎゃくたい》されてがまんできなくなっていた馬は、後足で立ち上がってスピットルワースを地面に振《ふ》り落としました。スピットルワースが鞭《むち》を加えようとすると、馬は飼い主を蹴《け》とばして、森の中に逃走《とうそう》しました。そこで――みなさんにこれをお教えするのはとてもうれしいのですが――馬はその後親切な農夫に拾われ、面倒《めんどう》をみてもらって健康を取り戻しました。

というわけで、スピットルワース卿は領地《りょうち》の屋敷《やしき》まで田舎道を一人で走ることになりました。首席顧問《こもん》のローブを、踏《ふ》みつけて転んだりしないように、裾《すそ》を持ち上げ、誰《だれ》かが追いかけて来はしないかと、ほんの数歩ごとに後ろを振り返りました。コルヌコピアでの生活はもうおしまいだと、はっきりわかっていましたが、自分のワインセラーにはまだ金貨が山ほど隠《かく》してありましたから、自分の馬車に積めるだけのダカット金貨を積んで国境《こっきょう》を越《こ》え、プルリタニアに忍《しの》び込《こ》むつもりでした。

スピットルワースが館《やかた》に着いたときはもう夜になっていて、足がひどく痛《いた》みました。よたよたと中に入り、大声で執事《しつじ》のスクランブルを呼びました。この執事はだいぶ前に、ノビィ・ボタンズの母親とフローディシャム教授《きょうじゅ》のふりをした人です。

「ここにおります、閣下《かっか》！」と地下のワインセラーから声がしました。

「なぜ灯《あか》りをつけないのだ、スクランブル？」スピットルワースは手探《てさぐ》りで地下に下りながら、大声で言いました。

「閣下、家に誰かいるように見えないほうがよいと思いましてて！」スクランブルが下から大きな声で言いました。

「ああ」スピットルワースは痛む足を引きずり、顔をしかめて階段《かいだん》を下りながら言いました。「それでは、お前は聞いたのだな？」

「はい、閣下」声が反響《はんきょう》しました。「ここを引き払《はら》いたいとお考えになるかと思いましたが？」

「そうだ、スクランブル」スピットルワース卿は遠くに見える一本のろうそくの灯りに向かって、足を引きずって歩きました。「まさにそのとおりだ」

スピットルワースは、長年にわたって黄金をためておいたワインセラーのドアを押《お》し開けました。執事の姿は、ろうそくの薄灯《うすあか》りでぼんやり見えるだけでしたが、またフローディシャム教授の格好《かっこう》をしていました。白い鬘《かつら》をつけ、分厚《ぶあつ》い眼鏡《めがね》のせいで目がほとんどないように見えます。

「閣下、変装《へんそう》して旅をするのがよろしいのではないでしょうか」スクランブルがボタンズの年老いた寡婦《かふ》の黒いドレスと赤毛の鬘を持ち上げました。

「良い思いつきだ」スピットルワースは首席顧問の服を脱《ぬ》ぎ、寡婦の衣装《いしょう》を着ました。

「スクランブル、風邪《かぜ》を引いたか？　声がおかしいようだが」

「単にここの埃《ほこり》のせいでございます、閣下」執事はろうそくの灯りからさらに離れました。「それで、閣下は、レディ・エスランダをどのようになさりたいのでしょうか？　まだ図書室に閉《と》じ込められたままですが」

「残していけ」一瞬《いっしゅん》考えてから、スピットルワースが言いました。「まだ機会があるうちにわたしと結婚《けっこん》しなかったむくいだ」

「わかりました、閣下。馬車と馬二頭に、金貨のほとんどを積んであります。この最後のトランクを運ぶのを、閣下がお助けくださいますでしょうか？」

「スクランブル、わたしを置いて出ていくつもりではなかっただろうな」スピットルワースが、あと十分到着《とうちゃく》が遅《おそ》かったら、スクランブルがいなくなっていたのではないだろうかと、怪《あや》しむように聞きました。

「めっそうもない、閣下」スクランブルが請《う》け合いました。「あなた様を置いて行くなど、夢《ゆめ》にも思いません。馬丁のウィザーズが御者《ぎょしゃ》をつとめます。もう準備《じゅんび》して、中庭でお待ちしております」

「それは上々《じょうじょう》」そして二人は最後の金貨の入った重いトランクを上まで持ち上げ、誰もいない屋敷の中を通って裏《うら》の中庭に出ました。そこには、暗い中でスピットルワースの馬車が待っていました。馬の背《せ》にまで金貨の袋《ふくろ》が乗っています。そのうえ、馬車の上にも、ケースに入った金がくくりつけられています。

スクランブルと二人で最後のトランクを馬車の上に押し上げたとき、スピットルワースが聞きました。

「あの奇妙《きみょう》な音は何だ？」

「わたくしには何も聞こえませんが、閣下」とスクランブル。

「おかしな唸《うな》り声のようだが」とスピットルワース。

暗い中に立っているスピットルワースに、何年も前の、沼地《ぬまち》で冷たく真っ白な霧《きり》の中に立っていたときのこと、犬がトゲのある茂《しげ》みに絡《から》まって、抜《ぬ》け出そうともがいていたときの、哀《あわ》れっぽい鳴き声の記憶《きおく》が戻ってきました。いま聞こえるのも同じような音です。何かの生き物が罠《わな》にはまって、逃《に》げられずにいる音です。スピットルワース卿は、あのときと同じように神経《しんけい》をとがらせました。その後のいきさつは、ご存知《ぞんじ》のとおり、フラプーンがラッパ銃《じゅう》を発砲《はっぽう》して、二人は富豪《ふごう》への道を上り始め、国家は破滅《はめつ》の道へと落ちることになったのです。

「スクランブル、わたしはあの音が気に入らん」

「さようでございましょうとも、閣下」

月が雲間から現れ、そのとき急に声の調子ががらりと変わった執事を急いで振り向いたスピットルワース卿は、自分の銃の銃口《じゅうこう》が自分に向けられているのを見ました。スクランブルはフローディシャムの鬘と眼鏡をとり、執事ではないどころか、バート・ベアミッシの姿を現しました。その瞬間《しゅんかん》、月の光で、少年は父親そっくりに見えたので、スピットルワースは、ベアミッシ少佐が自分を罰《ばっ》するために死からよみがえったという、途方《とほう》もない考えにとらわれました。

スピットルワースは慌《あわ》てふためいてあたりを見回し、馬車の開いているドアの向こう側に本物のスクランブルを見つけました。猿《さる》ぐつわをかまされ、縛《しば》られて床《ゆか》に転がっています。奇妙な哀れっぽい鳴き声の出どころはそこでした——そしてレディ・エスランダが微笑《ほほえ》みながら二つ目の銃を持ってそこに腰《こし》かけていました。馬丁のウィザーズに、どうして何もしなかったのかと言おうと口を開けたスピットルワースは、そこにいるのがウィザーズではなく、ロデリック・ローチだと気がつきました。（二人の少年が、門から屋敷に続く道を馬で疾走《しっそう》してくるのを見た馬丁は、何か問題が起こったと正しく推量《すいりょう》して、スピットルワース卿の馬の中から自分が気に入っていた一頭を盗《ぬす》み、夜の闇《やみ》へと走り去ったのです）

「どうやってこんなに早くここに着いた？」スピットルワースはやっとそれだけしか言えませんでした。

「農家から馬を借りたのだ」とバートが言いました。

実はバートもロデリックも、スピットルワースよりずっとよい乗り手でしたから、途中《とちゅう》で馬が動けなくなることはありませんでした。スピットルワースを追い越し、館に着いてから十分に時間がありましたから、レディ・エスランダを自由にし、どこに金貨が隠してあるかを探し出し、執事のスクランブルを縛り上げ、スピットルワースがいかに国をだましていたかを全部白状《はくじょう》させていました。スクランブルがフローディシャム教授や寡婦のボタンズのふりをしたことも含《ふく》めてです。

「君たち、落ち着こうではないか」スピットルワースが弱々《よわよわ》しく言いました。「ここには十分な金がある。君たちと分け合おう！」

レディ・エスランダが微笑みながら
二つ目の銃を持ってそこに腰かけていました。

我妻怜華／9歳

「あなたが分けるべきものではない」とバートが言いました。「あなたはシューヴィルに戻り、正当な裁判《さいばん》を受けるのだ」

第64章　再《ふたた》びコルヌコピア

その昔、コルヌコピアという小さな国がありました。国を治めていたのは新しく任命《にんめい》された顧問《こもん》たちと首相で、私《わたし》がこれを書いているときには、首相の名前はゴードン・グッドフェローでした。コルヌコピアの国民がグッドフェローを首相に選んだのは、彼《かれ》がとても正直な人だったからで、国民が真実の価値《かち》を学んだからです。グッドフェロー首相がレディ・エスランダと結婚《けっこん》すると発表すると、国中がお祝いにわきました。この女性《じょせい》は親切で勇敢《ゆうかん》な人で、スピットルワース卿《きょう》を有罪《ゆうざい》にする重要な証拠《しょうこ》を提供《ていきょう》しました。

幸福な王国が荒廃《こうはい》と絶望《ぜつぼう》に追い込《こ》まれるのを許《ゆる》してしまった王様は、首席顧問やそのほかスピットルワースの嘘《うそ》で得《とく》をした人間たち、たとえばマ・グルンターや「たたきやジョン」、召使《めしつかい》のカンカービィ、オットー・スクランブルと一緒《いっしょ》に裁判《さいばん》を受けました。

尋問《じんもん》の間中、王様はただ泣いてばかりいましたが、スピットルワース卿は冷たく高慢《こうまん》な声で答え、嘘ばかり言い、自分の邪悪《じゃあく》さをほかの多くの人のせいにしました。そのことが、ただ泣いてばかりだったフレッドよりもっと立場を悪くしました。二人とも、ほかの多くの罪人《ざいにん》たちと一緒に、城の地下牢《ちかろう》に入れられました。

ところで、みなさんは、バートとロデリックにスピットルワースを撃《う》って欲《ほ》しかったと思うでしょうね。わかります。なにしろ、この人が何百人という人を死に追いやったのですから。でも、スピットルワース自身が死んだほうがましだと思ったと知ったら、みなさんもすっきりすることでしょう。毎日毎日、昼も夜も地下牢に座《すわ》って、粗末《そまつ》な食事を食べ、ごわごわしたシーツで寝《ね》て、フレッドが何時間も泣き続ける声を聞かされる羽目になったのですからね。

スピットルワースとフラプーンが盗《ぬす》んだ金貨は取り戻《もど》され、チーズの店やパンの店、乳製品《にゅうせいひん》工場、養豚場《ようとんじょう》、肉屋、ブドウ園などを失った人たちが、また元どおりに仕事をすることができるようになり、有名なコルヌコピアの食料やワインを作り始めました。

でも、長い間貧《まず》しかったので、多くの人たちが、チーズやソーセージ、ワインやパンの作り方を学ぶ機会を奪《うば》われてしまっていました。何人かは司書になりました。というのは、レディ・エスランダが、もう必要のなくなったすべての孤児院《こじいん》を図書館にするというすばらしい考えを持っていて、彼女《かのじょ》がそういう図書館に本を入れるのを助けました。それでもまだたくさんの人が仕事を失っていました。

そういう状況《じょうきょう》が、コルヌコピアの五番目の偉大《いだい》な都市を立ち上げました。名前はイッカビィです。それはクルズブルグとジェロボアムの間で、フルーマ川の川岸にありました。

二番目に生まれたイッカボッグルが、何の生業《なりわい》も学んだことのない人たちの問題のことを聞いたとき、きのこの栽培《さいばい》を教えてもよいと、遠慮《えんりょ》がちに申し出たのです。それならよく知っているからということでした。きのこ栽培は大成功で、その周りに豊《ゆた》かな町が生まれたのです。

みなさんはきのこなんか好きじゃないと思うかもしれませんね。でも、いいですか、イッカビィのきのこスープを一度食べたら、みなさんは絶対《ぜったい》に、一生きのこが好きになりますよ。クルズブルグとバロンズタウンは、イッカビィきのこ入りのレシピを開発しました。事実、グッドフェロー首相がレディ・エスランダと結婚する少し前に、プルリタニアの王様がグッドフェローに、一年分のコルヌコピアのポーク・マッシュルーム・ソーセージと引き換《か》えに、自分の娘《むすめ》たちの誰《だれ》とでも結婚してよいと申し出たのです。グッドフェロー首相は、結婚式《けっこんしき》への招待状《しょうたいじょう》と一緒に、そのソーセージを贈《おく》り物として送り、レディ・エスランダは短い手紙を添《そ》えて、ポルフィリオ王に、食べ物と交換《こうかん》に娘たちを提供するのを止《や》め、結婚相手を自由に選ばせるようにと意見しました。

イッカビィは、しかし、変わった都市でした。というのは、シューヴィルやクルズブルグ、バロンズタウン、ジェロボアムと違《ちが》って、そこには一つどころか三つの特産品があったのです。

まず一つは、きのこ。どれも真珠《しんじゅ》のように美しいきのこです。

二つ目は漁師《りょうし》たちがフルーマ川で捕《つか》まえた豪華《ごうか》な銀鮭《ぎんざけ》と鱒《ます》です――フルーマ川の魚の研究をしていたあの老夫人のことですが、みなさんにぜひお知らせしたいのは、イッカビィの広場の一つに、その夫人の銅像《どうぞう》が誇《ほこ》らしげに立っているということです。

三番目は、イッカビィの羊毛です。

あのね、グッドフェロー首相は、長い飢餓《きが》の時代を生き延《の》びた数少ないマーシランド人が、飼《か》っている羊のために、北の土地よりも良い草地を手に入れるべきだと考えたのです。さて、マーシランド人がフルーマ川の岸辺の豊かな草地をいくつか与《あた》えられると、本来持っていた能力《のうりょく》を発揮《はっき》することになったのです。コルヌコピアのウールは、世界一柔《やわ》らかくシルクのようでした。それで作ったセーターやソックス、スカーフなどは、ほかのどこで作られるものよりも美しく、着心地のよいものでした。ヘッティ・ホプキンズ一家の羊農場はすばらしいウールを作りました。でも一言言わせていただくと、一番すばらしい衣服はロデリックとマーサのウールを使って織《お》られたものでした。二人はイッカビィのすぐ外側に羊農場を持ち、繁盛《はんじょう》していました。そうです、ロデリックとマーサは結婚しました。そして、これをお話しするのは、私もうれしいのですが、二人は幸せで、五人の子どもを持ち、ロデリックは少しマーシランド人のなまりで話すようになりました。

もう一組、結婚した人がいます。みなさんに喜《よろこ》んでお知らせしましょう。牢獄《ろうごく》を出たあとはもう隣同士《となりどうし》に住む必要がなくなったのですが、二人の古い友だち、ベアミッシ夫人とダブテイルさ

グッドフェロー首相がレディ・エスランダと結婚すると発表すると、
国中がお祝いにわきました。

岩下はる／12歳

んは、もうお互《たが》いなしでは暮《く》らせなくなっていました。そこでバートが花婿付添人《はなむこつきそいにん》になり、デイジィは花嫁付添人《はなよめ》になって、大工とパン職人《しょくにん》長は結婚しました。バートとデイジィは、昔から兄弟姉妹のようでしたが、本当にそうなったのです。ベアミッシ夫人は、シューヴィルの中心地にすばらしいパン屋を開店し、「妖精《ようせい》のゆりかご」、「乙女《おとめ》の夢《ゆめ》」、「公爵《こうしゃく》の好み」、「たわいない楽しみ」、「天国の望み」を作りましたし、「イッカパフ」も作りました。これはみなさんが想像《そうぞう》できる限《かぎ》り最高に軽くてフワフワの菓子《かし》パンで、ペパーミント・チョコレートを削《けず》ったものを繊細《せんさい》に軽く振《ふ》りかけてあり、見た目には沼地《ぬまち》の雑草《ざっそう》で覆《おお》われているような感じでした。

バートはお父さんの跡《あと》を継《つ》いで、コルヌコピアの軍隊に入隊しました。正しくて勇敢な若者《わかもの》ですから、やがて軍隊の長になっても、私は驚《おどろ》きませんね。

デイジィはイッカボッグの世界一の権威《けんい》になりました。イッカボッグのすばらしい行動についてたくさんの本を書きましたし、デイジィのおかげでイッカボッグは保護《ほご》され、コルヌコピアの人々《ひとびと》に愛されました。余暇《よか》にはお父さんと一緒の大工仕事のビジネスで成功し、そこで一番人気のある製品は、イッカボッグ人形でした。二番目に生まれたイッカボッグルは、かつて王様の鹿狩《しかが》りの場所だったところで、デイジィの作業場の近くに住み、二人はずっと仲のよい友だちでした。

シューヴィルの中心には、博物館が建てられ、毎年多くの人がやってきました。そこは、スピットルワースの嘘八百を国が信じていた時代を忘《わす》れないようにと、グッドフェロー首相と顧問たちが、デイジィ、バート、マーサ、ロデリックの助けを借りて作ったものです。入館者は、フラプーンの銃弾《じゅうだん》が埋《う》まったままの、ベアミッシ少佐の勲章《くんしょう》を見ますし、シューヴィルで一番大きい広場から取り除《のぞ》かれたノビィ・ボタンズの銅像もあります。広場にはそのかわり、マツユキソウの花束を持ってマーシランドから出てきた、勇敢なイッカボッグの像《ぞう》が立っています。その行動を起こすことで、このイッカボッグは、この国の人と自分の種族を救《すく》ったのです。入館者がほかに見ることのできる展示物《てんじぶつ》は、スピットルワースが雄牛《おうし》の骨格《こっかく》と大釘《おおくぎ》で作ったイッカボッグの偽《にせ》のはく製《せい》、それに画家の想像の中にしか存在《そんざい》しないドラゴンのようなイッカボッグと戦っているフレッド王の肖像画《しょうぞうが》です。

でも、私がまだ話していない生き物が一つありますね。最初に生まれたイッカボッグルです。残忍《ざんにん》な生き物で、フラプーンを殺《ころ》し、最後にその姿《すがた》を見たときには、大勢《おおぜい》の屈強《くっきょう》な男たちに引っ張《ぱ》られていくところでしたね。

さあ、この生き物は、たしかに問題でした。デイジィはみんなに、その野蛮《やばん》なイッカボッグルを襲《おそ》ったり、いじめたりしてはいけないと説明しました。そんなことをすれば、そのイッカボッグルはこれまで以上に人間を憎《にく》むことになる。そうなったら、そのイッカボッグルが親になって『生まれ継ぎ』するときに、出てくるイッカボッグルたちは、親よりも野蛮になって、スピットルワースが嘘ででっち上げたような問題が、本当にコルヌコピアで起こりかねないと言いました。初めのうち、このイッカボッグルがヒトを殺さないように、頑丈《がんじょう》な檻《おり》に入れておく必要がありましたし、それに、それが危険《きけん》な生き物なので、自らすすんできのこを持っていくという志願者《しがんしゃ》はなかなか見つかりませんでした。このイッカボッグルがやや好いていたのは、バートとロデリックでした。というのは、『生まれ継ぎ』の瞬間《しゅんかん》に、二人が自分のイッカーを護《まも》ろうとしたからです。もちろん問題があり、バートは軍隊でここにはいませんし、ロデリックは羊農家のきりもりがあり、二人とも、一日中野蛮なイッカボッグルのそばに座って、なだめている時間がなかったのです。

この問題の解決《かいけつ》は、まったく思いがけないところからやってきました。

フレッドはそれまでずっと、牢獄で涙《なみだ》が枯《か》れるほど泣いていました。自分勝手で、うぬぼれで、弱虫――たしかにそうだったのですが、フレッドは誰をも傷《きず》つけようとしたことがありません――もちろん、結果的に傷つけ、しかもひどく傷つけましたが。王位を失ってからまるまる一年間、フレッドは最悪の絶望に陥《おちい》っていました。当然、城ではなく地下牢で生活していたせいもありますが、同時に心から恥《は》ずかしく思っていたからです。

フレッドは、自分がどんなにひどい王様だったか、どんなにひどいふるまいをしてきたかに気がつき、もっと良い人間になりたいと心からそう思いました。そこである日、反対側の独房《どくぼう》でくよくよと考えていたスピットルワースを驚かせたことには、フレッドが看守《かんしゅ》に、自分が野蛮なイッカボッグの面倒《めんどう》をみたいと名乗り出たのです。

そしてフレッドは、本当にそうしたのです。第一日目の朝は、死ぬほど怖《こわ》くて膝《ひざ》ががくがく震《ふる》えていましたし、それから何日間も同じことが続きましたが、かつての王様は野蛮なイッカボッグの檻に通って、コルヌコピアの話をして聞かせました。自分がどんなにひどい間違《まちが》いを犯《おか》したか、本気でより良い、優《やさ》しい人間になろうと思えば、どうしたらそうなれるかなどを話したのです。フレッドは毎日夕方には牢獄に戻らなければなりませんでしたが、イッカボッグを檻ではなく、すてきな野原に移《うつ》してくれと頼《たの》みました。驚いたことに、これがうまくいき、イッカボッグは次の朝に、ぶっきらぼうな声でフレッドにお礼を言いました。

それから何か月、何年と過《す》ぎていき、フレッドはもっと大胆《だいたん》になり、イッカボッグはもっと優しくなりました。とうとう、フレッドは歳《とし》をとり、イッカボッグの『生まれ継ぎ』の時が来て、『生まれ継ぎ』したイッカボッグルたちは優しくて穏《おだ》やかでした。フレッドは、兄弟を失ったかのように、そのイッカーの死を嘆《なげ》きました。フレッドは最後の王様なのに、コルヌコピアのどこの都市にもその銅像は立ちませんでしたが、そのお墓《はか》には、時おり花が供《そな》えられていました。それを知ったら、フレッドは喜んだことでしょう。

人間が本当にイッカボッグから『生まれ継ぎ』したのかどうか、私にはわかりません。たぶん私たちは、良かれ悪《あ》しかれ、自分が変わるときに一種の『生まれ継ぎ』をしているのでしょう。私が知っているのは、国というものはイッカボッグたちと同じように、優しさによって穏やかになるということです。ですからコルヌコピア王国は、それから末永《すえなが》く幸せが続いたのです。

作者紹介

J.K.ローリング

J.K.ローリングは、1997年から2007年の間に全７巻が刊行された「ハリー・ポッター」シリーズの作者。ハリー、ロン、ハーマイオニーのホグワーツ魔法魔術学校での冒険を描いた「ハリー・ポッター」シリーズは、これまでに５億部以上を売り上げ、８０以上の言語に翻訳され、８本の大ヒット映画になった。このシリーズと並行して、チャリティーのために短い副読本を３冊執筆した。そのうちの一冊、『幻の動物とその生息地』は新しい映画シリーズになり、その脚本もJ.K.ローリングが担当している。J.K.ローリングは、脚本家ジャック・ソーンと演出家ジョン・ティファニーとともに、おとなになったハリーの姿を描いた舞台劇『ハリー・ポッターと呪いの子 第一部・第二部』を制作した。現在もヨーロッパ、北米、オーストラリアで上演され、高い評価を受けている。

J.K.ローリングは、その優れた作品を称えられ、数々の賞や勲章を授与されている。また、慈善信託「ボラント」を通じて多くの慈善活動を支援しているほか、児童のためのチャリティー団体「ルーモス」の創設者でもある。「ルーモス」は児童養護施設が必要のない世界を実現し、離れ離れになった家族を再会させるための活動をおこなっている。

覚えているかぎりずっと前から、J.K.ローリングの夢は作家になることだった。一番のしあわせは、部屋の中で物語を作ること。現在は、家族とともにスコットランドで暮らしている。

『イッカボッグ』は、「ハリー・ポッター」シリーズが完結して以来、J.K.ローリングがはじめて手掛けた児童向けの物語。はじめは、コロナによるロックダウンの最中に、ご家族みなさんに楽しんでいただき、作品の一部となる挿絵を描いていただくために、オンラインで無料公開された。『イッカボッグ』挿絵コンテストで入選した読者の方々が描いてくれたフルカラーの挿絵のおかげで、生き生きと鮮やかな本が完成した。

訳者紹介
松岡 佑子（まつおか・ゆうこ）
翻訳家。国際基督教大学卒、モントレー国際大学院大学国際政治学修士。日本ペンクラブ会員。スイス在住。訳書に「ハリー・ポッター」シリーズ全7巻のほか、「少年冒険家トム」シリーズ全3巻、『ブーツをはいたキティのおはなし』、『ファンタスティック・ビーストと魔法使いの旅』、『とても良い人生のために』（以上静山社）がある。

イッカボッグ

2020年11月24日　第1刷発行

著者　J.K.ローリング
訳者　松岡佑子
発行者　松岡佑子
発行所　株式会社静山社
〒102-0073　東京都千代田区九段北1-15-15
電話・営業　03-5210-7221
https://www.sayzansha.com

翻訳協力　井上里
ルーシー・ノース
日本語版デザイン　坂川栄治+鳴田小夜子（坂川事務所）
組版　アジュール
印刷・製本　中央精版印刷株式会社

Published by Say-zan-sha Publications, Ltd.
ISBN978-4-86389-596-6 Printed in Japan